OETINGER TASCHENBUCH

Marah Woolf wurde 1971 in Sachsen-Anhalt geboren, wo sie auch heute noch mit ihrem Mann und drei Kindern lebt. Sie studierte Geschichte und Politik und erfüllte sich mit der Veröffentlichung ihres ersten Romans 2011 einen großen Traum. Die Arbeit an der MondLichtSaga wurde Ende 2012 abgeschlossen. Seitdem haben sich ihre Bücher als E-Book oder Taschenbuch mehr als eine Million Mal verkauft. Für ihre Recherchen lebte Marah mit ihrer Familie ein komplettes Jahr in Schottland. Unter dem Pseudonym Emma C. Moore schreibt sie außerdem Liebes- und Kurzromane.

Marah Woolf

BOOKLESS

GESPONNEN AUS GEFÜHLEN

Oetinger Taschenbuch

Außerdem bei Oetinger Taschenbuch erschienen:

BookLess. Wörter durchfluten die Zeit

MIX
Papier aus verantwortungsvollen Quellen
FSC® C083411

Originalausgabe
1. Auflage 2017

Dieses Werk wurde vermittelt durch die
AVA international GmbH Autoren- und Verlagsagentur, München.
www.ava-international.de
http://marahwoolf.com/
Umschlaggestaltung: Carolin Liepins
Druck: CPI books GmbH, Birkstraße 10, 25917 Leck, Deutschland
ISBN 978-3-8415-0487-6

www.oetinger-taschenbuch.de

FÜR JEDEN EINZELNEN VON EUCH

ALS DANKESCHÖN DAFÜR,

DASS IHR MEINE BÜCHER LIEBT

Ein Roman ist wie der Bogen einer Geige und ihr Resonanzkörper wie die Seele des Lesers.

Stendhal

PROLOG

Die Finsternis lag um Lucy wie ein waberndes Tuch, sie wickelte sie ein und nahm ihr den Atem. Panisch suchte sie den konturlosen Raum ab, um ihren Blick irgendwo zu verankern. Ihr Herz raste, als sich in der Schwärze, die sie umgab, etwas zu formieren begann. Kälte durchdrang die dünne Decke, in die sie eingewickelt war, und stach in ihre Haut. Weißer Dunst stieg in feinen Wölkchen zwischen ihren Lippen empor.

Nebelhafte Gestalten schritten auf sie zu. Sie traten an das Bett und umzingelten sie. Lucy wollte schreien, doch nicht das leiseste Geräusch verließ ihre Kehle. Sie kamen immer näher. Trotz ihrer Panik registrierte sie, dass die durchscheinenden Wesen aus Buchseiten bestanden. Es mussten Hunderte beschriebener Seiten sein, die in unterschiedlichster Größe und Beschaffenheit sanft vor sich hin blätterten. Das vertraute Papier strafte den grauenhaften Anblick Lügen. Manche der Seiten waren eingerissen, vergilbt oder verbrannt. Manche wirkten wie frisch gedruckt. Selbst die Gesichter der Wesen bestanden aus winzigen Blättern. Deutlich sah Lucy nachtschwarze Augen und offene Mundhöhlen darin. Verschlissene papierene Mäntel hüllten die Wesen ein. Das Blättern der Seiten verursachte keinerlei Geräusch. Stille umgab die Gestalten, vollständige Stille.

Das Grauen, das Lucy bei dem Anblick der Wesen durchfloss, war nicht in Worte zu fassen. Was immer diese Kreaturen waren, sie meinten es nicht gut mit ihr, das spürte sie bis in die letzte Faser ihres Körpers.

»Das ist nicht wirklich«, murmelte sie, und der Klang ihrer Stimme schien eigenartig fremd. Der Drang aufzuspringen wurde übermächtig. Doch eine unbekannte Kraft nagelte sie auf dem Bett fest. Die Furcht machte sie bewegungslos. Aus schmalen Schlitzen musterte sie die gelb-grauen Gestalten. Skelettartige Finger fuhren durch die Luft und griffen nach ihr. Dann hörte sie Stimmen.

»Du wirst uns nicht entkommen. Wir werden dich bestrafen«, flüsterte eins der Ungeheuer in ihr Ohr.

Du öffnest das Buch, das Buch öffnet dich.

Chinesisches Sprichwort

1. KAPITEL

Mit einem Schrei fuhr Lucy hoch und sah sich angsterfüllt um. Sie war allein in einem Zimmer, das durch gleißendes Licht erhellt wurde. Kaltes Licht, das den bevorstehenden Winter ankündigte. Schmerz schoss durch sie hindurch, als sie versuchte, sich zu bewegen.

Ein Traum, es war nur ein Traum, dachte sie erleichtert und sah sich um. Kahle Wände und der Geruch von Desinfektionsmitteln umfingen sie. Das musste ein Krankenzimmer sein. Wie war sie hierhergekommen? Sie betrachtete ihre bandagierten Hände und versuchte, einen klaren Gedanken zu fassen, aber in ihrem Kopf war nur Watte.

Vor der Tür erklang ein Geräusch, und die Klinke wurde heruntergedrückt. Sie erblickte Colins Schulter, mit der er die Tür aufstieß. Als er sich zu ihr umwandte, sah sie, dass er ein Tablett auf den Händen balancierte.

»Sorry, Prinzessin. Ich dachte, du schläfst länger. Es tut mir leid, dass ich nicht da war, als du aufgewacht bist. Ich wollte etwas zu trinken für uns holen.«

Er ließ sich auf dem Stuhl neben Lucy nieder und stellte das Tablett auf das Nachtschränkchen neben dem Bett.

Lucy roch den verlockenden Duft frisch gebrühten Kaffees. Sie schluckte und spürte einen scharfen Schmerz in ihrem Hals. Colin reichte ihr ein Glas Wasser. Vorsichtig trank sie. Die Kühle tat ihrer geschundenen Kehle gut.

Dann räusperte sie sich. »Was genau ist passiert, Colin?«

»Woran erinnerst du dich?«, stellte er eine Gegenfrage.

»Madame Moulin – sie wollte mich abholen«, kam es stockend über ihre Lippen. »Aber ich hatte das Medaillon im Archiv vergessen. Ich musste zurück und …« Lucy hielt inne. »Die U-Bahn …« Sie konnte nicht weitersprechen.

Colin nahm ihre Hand in seine und wartete geduldig, bis tröpfchenweise die Erinnerungen zurückkamen.

»Sie war plötzlich nicht mehr da«, sagte Lucy verwundert. »Ich habe es nicht mal bemerkt. Erst als die Frau neben mir anfing zu schreien, sah ich ihren Schal am Boden liegen.«

Lucy schwieg und sah forschend in Colins Gesicht. So gern hätte sie einen Funken Hoffnung gesehen.

Ernst sah er sie an. »Sie war sofort tot.« Sein Daumen strich über ihren verbundenen Handrücken. »Sie hat nichts gespürt.«

Wie konnte er das wissen?, fragte Lucy sich.

»Sind die Bücher in Sicherheit? Sie dürfen Nathan nicht in die Bibliothek lassen«, platzte es aus ihr heraus.

Colin betrachtete sie sorgenvoll. »Es ist alles in Ordnung, Lucy. Eine Menge Leute kümmern sich um die Bücher. Mach dir keine Sorgen. Du musst nur gesund werden.«

»Ich kann nicht tatenlos hier herumliegen. Ich muss etwas tun. Ich darf ihm die Bücher nicht überlassen.«

»Wovon redest du?« Verständnislos sah er sie an.

»Das Feuer, das war sein Werk. Das war kein normaler Brand. Es hat mich gejagt.«

»Das glaubst du doch selbst nicht.«

Lucy seufzte. »Ich habe doch versucht, es dir zu erklären. Das, was mit Madame Moulin und den Büchern passiert ist, war kein Zufall. Das waren sie. Nathan und sein Großvater.«

»Wie kommst du auf den Unsinn? Es hat gebrannt, ja, aber weshalb sollten Nathan oder sein Großvater Feuer in dem Archiv legen?«

»Verstehst du nicht?«, begann sie. »Ich habe mich geweigert, gemeinsam mit Nathan die Bücher auszulesen. Die Bücher haben mich um Hilfe gebeten. Ich soll ihnen helfen, Nathan und seinen Großvater zu stoppen. Madame Moulin wollte mich fortbringen, deshalb musste sie sterben, und dann wollten sie mich töten. Die Bücher haben geschrien. Sie haben um ihr eigenes und um mein Leben gekämpft. Sie wollten nicht zulassen, dass das Feuer mich tötet. Sie haben sich für mich geopfert.« Sie schluchzte und wusste selbst, wie verrückt und hysterisch sie klang. »Ich konnte sie nicht davon abhalten. Sie hätten das nicht tun dürfen, nicht für mich. Es war meine Aufgabe, sie zu schützen. Ich kann sie nicht im Stich lassen.«

Lucy schmiegte sich weinend in Colins Arm, und er hielt sie fest.

»Lucy«, sagte er. »Du stehst unter Schock. Es sind nur Bücher. Du bist wichtiger.«

»Es sind nicht nur Bücher, Colin.« Sie versuchte, sich zu beruhigen. Colin reichte ihr ein Taschentuch, und sie putzte sich die Nase. Colin musste verstehen, warum sie das hier tun musste. Er war der einzige Mensch, dem sie vertraute. »Wenn ein Mensch ein Buch liest, schenkt er diesem ein Stück von sich selbst – einen winzigen Traum, eine Erinnerung, einen Wunsch. Die Seele jedes Buches wird gespeist aus den Sehnsüchten und Begierden der Menschen, die es lesen. Und wenn ein Buch so grausam ums Leben kommt, dann geht dies unwiederbringlich verloren.«

Die Bücher hatten sie gebeten, ihnen zu helfen, aber stattdessen hatte sie ihren Vernichter direkt zu ihnen geführt. Sie musste das wiedergutmachen.

»Du glaubst mir doch, Colin, oder?«, fragte sie zaghaft.

Er nickte und strich ihr sanft über die Wange.

»Wir finden einen Weg, damit alles wieder in Ordnung kommt. Uns wird schon etwas einfallen. Aber du solltest trotzdem mit Nathan sprechen.«

Lucy glaubte, sich verhört zu haben. Wütend funkelte sie ihren Freund an. »Hast du nicht begriffen, was ich gesagt habe? Er ist an allem schuld. Er hat mich belogen und betrogen. Er wollte mich für seine Zwecke benutzen. Ich wäre gestorben, wenn die Bücher mich nicht beschützt hätten«, fügte sie hinzu. »Ich dachte, ich bedeute ihm etwas.« Ein bitteres Lachen verließ ihre geschundene Kehle. »Stattdessen hat er versucht, mich umzubringen.«

»Lucy. Sieh mich an! Hör mir zu!« Colin schüttelte sie sacht. Verwirrt hielt sie inne.

»Es war nicht so, wie du denkst. Du hast dich da in etwas hineingesteigert. Nathan hat das Feuer nicht gelegt.«

»Wer sonst?«, fragte sie empört. »Niemand anders hatte einen Grund.«

»Aber er war es nicht«, sagte Colin noch einmal.

»Nicht?«, flüsterte sie.

»Er hat dich gerettet. Wäre er nicht gewesen, wärst du verbrannt.«

Ungläubig blickte Lucy ihren besten Freund an.

»Das kann nicht sein«, widersprach sie nach einer Weile. »Weshalb hätte er das tun sollen? Ich bin ihnen im Weg. Sie wollten mich umbringen, genau wie Vikar Ralph und Madame Moulin. Ihnen ist jedes Mittel recht.«

Colin nippte an seinem Kaffee. »Wenn Nathan nicht gewesen wäre, würdest du hier nicht liegen. Ich schwöre es dir. Genau so war es. Die Feuerwehr hat sich geweigert, hinunterzugehen. Alles stand in Flammen. Sie konnten nicht mehr zu dir vordringen. Er hat dich gerettet. Er hätte mit dir verbrennen können. Es war ihm egal.«

»Dann wird er einen guten Grund gehabt haben«, fuhr Lucy Colin wütend an. Sie konnte das nicht glauben.

Colin stellte die Tasse zurück auf das Tablett. »Okay«, lenkte er ein. »Wir besprechen das ein anderes Mal. Es ist besser, du ruhst dich jetzt aus.«

Eine Krankenschwester betrat den Raum und musterte Colin vorwurfsvoll. »Sie regen sie zu sehr auf«, sagte sie mit strenger Miene. »Ich muss Sie bitten, zu gehen.«

Colin lächelte sie an. »Nur einen Moment noch, bitte.«

Die Schwester nickte und machte sich an Lucys Tropf zu schaffen. »Ich gebe Ihnen etwas, damit Sie schlafen können«, erklärte sie.

Colin bettete Lucy sanft auf das Kissen und strich ihr das wirre Haar aus dem Gesicht.

»Du musst mir glauben«, sagte er eindringlich.

Lucys Augenlider senkten sich bereits. Trotzdem versuchte sie, den Kopf zu schütteln.

»Wir reden später. Ich bleibe hier«, sagte er.

Lucy drehte den Kopf zum Fenster. Warum log er sie an? Tränen tropften auf das weiße Kissen. Colin gab ihr einen Kuss auf die Stirn, zog die Decke über ihre Schultern, nahm seinen Kaffeebecher und verließ das Zimmer.

Er musste Nathan anrufen, dachte Colin. Er hatte es ihm versprochen.

Langsam wählte er dessen Nummer. Es würde Nathan nicht gefallen, was er ihm zu sagen hatte.

»Kann ich zu ihr?«, fragte dieser statt einer Begrüßung.

»Sie will dich nicht sehen.«

»Hast du ihr erzählt, dass ich sie gerettet habe?«

»Natürlich. Aber das spielt für sie keine Rolle. Sie gibt dir die Schuld am Tod von Madame Moulin und am Tod der Bücher.«

»Hat sie das gesagt?«

»Denkst du, ich lüge dich an?«

Nathan schwieg am anderen Ende.

»Ich bin nicht derjenige von uns, der sie belogen hat«, sagte Colin. »Du hättest ihr von Anfang an die Wahrheit sagen sollen. Was würdest du an ihrer Stelle jetzt glauben?«

»Sie ist in dem Krankenhaus nicht sicher«, erwiderte Nathan, ohne auf diesen Vorwurf einzugehen. »Mir wäre es lieber, wenn ich sie fortbringen könnte.«

»Was meinst du damit: nicht sicher? Das ist ein Krankenhaus.«

Nathan antwortete nicht.

»Dann stimmt es, was Lucy gesagt hat? Dein Großvater ist für das Feuer verantwortlich?«, fragte Colin, jedes Wort mit Bedacht wählend. Er hätte Lucy glauben müssen, schalt er sich. Wenn sie wirklich weiterhin in Gefahr war ... Er verbot sich, diesen Gedanken weiterzudenken. Welche Optionen hatte er schon, Lucy zu schützen?

»Du dürftest das alles gar nicht wissen, Colin«, unterbrach Nathan seine Gedanken. »Es ist gefährlich. Lucy hätte es dir nie erzählen dürfen.«

»Irgendjemandem musste sie sich anvertrauen, und du stehst gerade ganz unten auf ihrer Liste. Sie glaubt, du und dein Großvater, ihr steckt unter einer Decke.«

»Ich kann es ihr nicht verdenken. Aber jetzt musst du sie überzeugen, mit mir zu gehen.« Nathan Stimme klang flehend. Konnte jemand so gut lügen?

»Das wird sie niemals tun«, sagte Colin. »Du musst ihr Zeit lassen. Ich bleibe bei ihr, versprochen. Ich passe auf sie auf.«

»Du liebst sie, oder?«, fragte Nathan unerwartet.

»Wie ein Bruder, Nathan.« Colin grinste in sich hinein. »Nur wie ein Bruder. Ich bin der Letzte, auf den du eifersüchtig sein musst, das kannst du mir glauben. Für mich wäre sie viel zu schade.«

»Ich weiß nicht, ob mich das beruhigt.«

Colin zuckte mit den Achseln, obwohl er sich bewusst war, dass Nathan das nicht sehen konnte. Dann trank er einen Schluck kalten Kaffee und fragte: »Wie lautet dein Plan?«

»Ich bin bei meinem Großvater«, verriet Nathan, und bei Colin gingen alle Alarmglocken an. »Ich muss herausfinden, was er vorhat.«

»Aber er wird wissen, dass du Lucy gerettet hast. Ich an seiner

Stelle würde mich fragen, warum. Er hatte entschieden, dass sie sterben soll. Er wird nicht gerade begeistert sein.« Colin schauderte bei seinen eigenen Worten.

»Da hast du recht«, antwortete Nathan. »Aber er braucht mich. Ich bin sein Erbe. Er wird mich bestrafen, wenn er es für richtig hält. Aber ohne mich ist der Bund nichts.«

»Ich hoffe, du weißt, was du tust.«

»Lass das nur meine Sorge sein. Pass du auf Lucy auf, das ist das Wichtigste.«

»Das mache ich.« Colin legte auf und blickte der Krankenschwester entgegen, die auf ihn zukam.

»Die Besuchszeit ist vorbei. Ich muss Sie bitten, zu gehen.«

Colin zögerte. Er durfte Lucy nicht allein lassen. Das hatte er Nathan versprochen. Andererseits hatte er kaum eine Wahl.

»Sie ist bei uns in guten Händen«, versicherte ihm die Schwester, der sein besorgter Blick nicht entgangen war. »Dank des Schlafmittels wird sie vor morgen früh nicht aufwachen.«

»Ich setze mich unten in die Lobby.« Er kramte nach einem Stift und einem Zettel. »Wenn etwas Ungewöhnliches passiert, dann rufen Sie bitte an.«

Die Schwester grinste verschmitzt. »Hier passiert nie etwas Ungewöhnliches.«

»Einmal ist immer das erste Mal«, orakelte Colin.

Nathan stand aufrecht vor seinem Großvater im Salon des Stadthauses.

Batiste war wütend, so wütend, wie er ihn noch nie erlebt hatte. Während er tobte, wurde Nathan selbst immer ruhiger. Wenn er seinem Großvater erklärt hatte, weshalb er Lucy gerettet hatte, würde dieser ihn verstehen. Nur leider ließ dieser ihn nicht zu Wort kommen. Aber das hatte er erwartet.

»Was hast du dazu zu sagen?«, blaffte Batiste und verstummte endlich.

»Ich glaube, deine Entscheidung, Lucy zu töten, war falsch. Lebend ist sie nützlicher für uns.« Seine Stimme zitterte nur ein ganz klein wenig. Er war sicher, die richtige Entscheidung getroffen zu haben. Jetzt musste er nur noch Batiste davon überzeugen.

Dessen Hals färbte sich rot, doch bevor er wieder zum Schreien ansetzte, sprach Nathan bereits weiter.

»Wir brauchen sie für den Bund«, erklärte er schnell. »Wenn Lucy uns vertraut, werden wir die Hüterin ein für alle Mal zurückholen. Ich dachte, das wäre auch dein Ziel.«

Batiste kniff die Augen zusammen und schwieg eine ganze Weile. »Deshalb hast du dein Leben aufs Spiel gesetzt und sie aus dem Feuer geholt?«

»Das Risiko war es wert.« Nathan machte eine wegwerfende Handbewegung, ohne den Blick von seinem Großvater abzuwenden. »Dafür ist sie mir zu Dank verpflichtet. Meinst du nicht?«

Batistes Lippen verzogen sich zu einem zynischen Lächeln, das Nathan erwiderte. Er stand auf und klopfte seinem Enkel auf die Schulter.

»Das hätte ich dir nicht zugetraut, Nathan. Nein, wirklich nicht.« Batiste humpelte zum Fenster. Seine Hunde folgten ihm auf dem Fuße.

»Ich weiß«, antwortete dieser.

»Das nächste Mal sagst du mir Bescheid, wenn du so einen Alleingang planst. Verstanden?« Batiste fand zu seinem gewohnten Befehlston zurück.

»Sicher, Großvater«, erwiderte Nathan. »Wenn du mit mir gesprochen hättest, wäre es einfacher gewesen. Wir sollten besser zusammenarbeiten.«

»Wir werden sehen«, antwortete Batiste ausweichend.

»Ich bin jetzt ein Perfectus. Ich werde dein Nachfolger sein«, erinnerte Nathan ihn. »Es ist an der Zeit, dass du mir mehr vertraust.«

»Vielleicht hast du recht«, erwiderte Batiste.

»Gut, dann werde ich ihr morgen einen Besuch abstatten, wenn du nichts dagegen hast.«

»Sirius wird dich begleiten«, forderte Batiste.

Er traute ihm immer noch nicht. Nathan ballte verärgert die Hände zu Fäusten. Was sollte er noch tun, um sich seinem Großvater zu beweisen? »Das ist keine gute Idee. Sie hat ihn gesehen. Sie weiß, was er getan hat.«

Batiste runzelte nachdenklich die Stirn, bevor er einlenkte. »Meinetwegen. Überzeuge sie davon, mit uns zu kommen. Beaufort ist kein geduldiger Mensch und ich auch nicht.«

»Ja, Großvater.«

Als Lucy am nächsten Morgen erwachte, erschien ihr die Umgebung vertrauter. Das Hämmern in ihrem Schädel war einem dumpfen Schmerz gewichen. Allerdings störte jetzt ein schwarzer Fleck die eintönige weiße Atmosphäre des Krankenzimmers.

Auf dem Stuhl neben ihrem Bett saß Nathan. Er verbarg sein Gesicht in den Händen und verharrte dort völlig regungslos. Seine Haare waren untypisch zerzaust, als hätte er sie gerauft.

Ein Keuchen entrang sich ihrer Kehle. Der Schmerz in ihrem Kopf pulsierte. Lucy presste die verbundenen Finger gegen die Schläfen.

Nathan sah auf und betrachtete sie schweigend. Der Blick seiner dunklen Augen drang direkt in ihr Herz. Dann griff er nach ihrer Hand. »Lucy«, sagte er. »Ich habe schon befürchtet, du schläfst ewig.« Seine Lippen zauberten ein Lächeln auf sein ebenmäßiges Gesicht.

Sie zog ihre Hand fort. Sie durfte sich von dem sanften Klang seiner Worte nicht täuschen lassen und von seinem Lächeln schon gar nicht. Seine Wut über ihre Weigerung, mit ihm zusammenzuarbeiten, war ihr noch allzu gegenwärtig. Sie rief sich seine Worte ins Gedächtnis. *Es ist unsere Aufgabe, Lucy. Und ich möchte, dass du mir hilfst, sie auszuführen. Die Menschen wissen großartige Bücher, großartige Worte und Gedanken kaum mehr zu schätzen. Vielleicht müssen wir die Bücher heute nicht mehr vor der Kirche und den Mächtigen dieser Welt schützen, aber vor den Unwissenden, den Ignoranten und vor der Dummheit.* Seine nachtschwarzen Augen hatten bei diesem Appell gefunkelt, und Lucy hatte Angst bekommen vor der Leidenschaft für diese Mission, die darin aufgeflackert war. Jetzt verbarg er sein wahres Wesen wieder hinter einer sorgsam gehüteten Maske. Sie würde er damit nicht mehr täuschen. Er hatte genug Unheil angerichtet.

Sie hoffte, er spürte nicht, wie groß ihre Furcht vor ihm war. Sie rückte von ihm fort. »Verschwinde«, krächzte sie, nicht sicher, ob er das Wort hatte verstehen können. Ihre Stimme klang merkwürdig. Panisch suchten ihre Augen nach dem Notrufknopf. Es musste einen geben. Doch selbst wenn sie ihn fand, würde sie mit ihren umwickelten Händen nicht danach greifen können. Sie räusperte sich und versuchte es noch einmal. In ihrem Hals brannte ein Feuer. »Verschwinde«, brachte sie deutlicher hervor.

Doch er schüttelte den Kopf.

Sie versuchte, ihre Hände zu Fäusten zu ballen, aber die Verbände hinderten sie daran. Sollte sie schreien? Wer hier würde ihr schon glauben? Die Ärzte würden sie für verrückt erklären. Am liebsten hätte sie geweint, wenn es denn etwas genützt hätte. Wie hatte sie nur so blauäugig sein können? Jetzt war sie verantwortlich für den Tod eines Menschen und den von Hunderten von Büchern.

»Ich werde nicht gehen, bevor ich dich nicht in Sicherheit gebracht habe«, sagte Nathan sanft und rückte näher an das Bett heran.

Lucy lachte hart auf. Das Geräusch, das über ihre Lippen kam, war weit davon entfernt, wie ein Lachen zu klingen. Sicherheit – allein das Wort aus seinem Mund war purer Hohn.

»Geh jetzt! Ich will dich nie wiedersehen. Du hast mich benutzt«, flüsterte sie.

»Ich weiß«, antwortete Nathan. »Und es tut mir leid. Lass es mich wiedergutmachen. Allein hast du keine Chance. Du musst dir von mir helfen lassen. Du musst mir vertrauen.«

Seine Eindringlichkeit brachte Lucys Überzeugung ins Wanken. Seine Stimme und sein Blick – so vertraut und doch so fremd – verwirrten sie. Sie dachte an den Moment, als dieser Blick sie das erste Mal gestreift hatte. An den Moment, als seine Hände sie das erste Mal berührt hatten. Genauso schnell, wie dieser Gedanke gekommen war, schüttelte sie ihn ab.

»Geh einfach«, bat sie. »Ich kann dir nicht mehr vertrauen. Das ist vorbei.«

»Du solltest ihr den Gefallen besser tun, Nathan«, erklang Colins Stimme.

Er stand an der Tür, und Lucy fragte sich, wo er die ganze Zeit gewesen war. Nun erschien er ihr wie ein rettender Engel. Dankbar lächelte sie ihn an.

»Ich glaube, es ist besser so«, setzte Colin hinzu.

Nathan nickte und stand auf. Kurz wechselten die beiden jungen Männer einen Blick, dann vergrub Nathan seine Hände in den Taschen seiner Hose und verschwand.

Lucy biss sich auf die Lippen, um ihr erleichtertes Aufschluchzen zu unterdrücken.

Colin trat zu ihr und setzte sich auf den Rand des Bettes. Er nahm sie in seine Arme, und sie verbarg ihr Gesicht an seiner Brust. Beruhigend strich er ihr übers Haar.

»Es wird alles gut«, flüsterte er. Seine Worte klangen nicht überzeugend. Als ob er ihnen Nachdruck verleihen wollte, zog er sie fester an sich.

Minutenlang saßen sie da. Das Beben in Lucy ließ nach, aber trotzdem weigerte sie sich, den Kopf von Colins Brust zu heben. Sie wusste nicht, was jetzt aus ihr werden sollte. Sie wusste nicht, was sie tun konnte, um den Büchern zu helfen. Noch nie in ihrem Leben hatte sie sich so allein und verraten gefühlt.

Jeder, der behauptet, er hätte nur ein Leben,
weiß nicht, wie es ist, ein Buch zu lesen.

Unbekannter Autor

2. KAPITEL

Die Perfecti hatten sich im Salon des Londoner Stadthauses versammelt. Batiste de Tremaine hatte nicht vor, viel Zeit bis zu seinem nächsten Schachzug verstreichen zu lassen, erkannte Nathan, deshalb war er in London geblieben und hatte sogar Sofia herbeordert. Kerzenleuchter tauchten den Raum in geheimnisvolles Licht. Die weiße Bluse der Haushälterin aus Cornwall war der einzige helle Fleck zwischen den schwarzen Gestalten. Miss Hudson war seinem Großvater offensichtlich nicht vertrauensvoll genug. Sofias vorwurfsvoller Blick traf Nathan. Er zuckte mit den Achseln und wandte sich ab. Er fragte sich, womit er diesen Blick verdient hatte. Sie hatte sich nie in seine Ausbildung zum Perfectus eingemischt. Es dürfte sie nicht überraschen, dass er in die Fußstapfen seines Großvaters trat.

Batiste humpelte ihm entgegen und legte ihm einen Arm um die Schultern. »Komm zu uns«, sagte er vertraulich. »Ich bin dabei, alle über die jüngsten Ereignisse zu informieren.«

Nathan sah seinen Großvater an. Weshalb war ihm so daran gelegen, vor den anderen Mitgliedern des Bundes Zusammenhalt zu demonstrieren?

»Sir Beaufort ist überaus glücklich, dass du seine Braut gerettet hast«, sagte dieser da.

Das dunkle Lachen der anwesenden Männer erfüllte den Raum. Nathan löste sich unauffällig von seinem Großvater.

»Ich habe den Herren berichtet, dass die Kleine eine echte Wildkatze ist. Aber ich werde sie zu zähmen wissen. Sie wird dem Bund eine angemessene Erbin schenken. Eine Erbin, die sich den Zielen des Bundes unterordnen wird.«

Nathan entging der höhnische Blick nicht, mit dem Sir Beaufort ihn bei diesen Worten bedachte. Beide hatten ihre letzte Begegnung nicht vergessen. Wenn er sich vorstellte, wie der fast vierzigjährige Mann seine Hände auf Lucys Körper legte, wurde ihm übel. Er würde alles in seiner Macht Stehende tun, um das zu verhindern.

Die Männer nahmen an der gedeckten Tafel Platz, und Batiste de Tremaine erhob sein Glas. »Ich möchte mit Ihnen auf meinen Enkel anstoßen. Er hat bewiesen, dass er ein würdiger Nachfolger ist.«

Ernst erwiderte Nathan die Blicke der um ihn Versammelten. »Ich werde die Ziele des Bundes stets über alles stellen. Wir sind nicht uns verpflichtet, sondern unseren Vor- und Nachfahren.«

»In diesem Sinne.« Batiste hob sein Glas und trank einen Schluck des dunkelroten Getränks.

Das Essen wurde schweigend eingenommen. In Nathan machte sich Unruhe breit. Es würde nicht lange dauern, bis jemand eine Frage nach seinem weiteren Vorgehen stellte.

Fieberhaft überlegte er, was er antworten sollte. Sein Zusammentreffen mit Lucy im Krankenhaus war nicht ermutigend gewesen. Wahrscheinlich stand sie noch unter Schock. Morgen wollte er sie wieder besuchen, dann würde sie ihm dankbar sein, weil er sie gerettet hatte. Sie würden in Ruhe miteinander reden, und er konnte ihr die Beweggründe seines Tuns darlegen. Außerdem musste er ihr klarmachen, dass sie seines Schutzes bedurfte. Er sah sich um und fragte sich, wo die Hunde seines Großvaters waren. Normalerweise wichen sie nicht von seiner Seite.

»Wie lange wird es dauern, bis Sie die Kleine überzeugt haben?«, unterbrach Sir Beaufort Nathans Gedanken. »Ich bin nicht gewillt, viel länger zu warten. Das Mädchen muss endlich wissen, wo ihr Platz ist. Sie hat eine Aufgabe für den Bund und meine Familie zu erfüllen. Ich kann gern selbst dafür sorgen, dass sie erfährt, wo sie hingehört.«

Nathan sah den Mann gleichmütig an. »Wir sollten es nicht überstürzen«, antwortete er. »Sie wird Zeit brauchen.«

Beaufort musterte ihn mit versteinerter Miene.

»Ich muss mit ihr zusammenarbeiten«, setzte Nathan nach. »Und sie soll es freiwillig tun. Sonst hat ihre Arbeit keinen Wert für uns, das wissen Sie so gut wie ich.«

Batiste mischte sich in die Unterhaltung ein. »Sir Beaufort, wir sollten Nathans Rat folgen. Ich glaube, er weiß am besten, wie er das Mädchen dazu bekommt, sich uns anzuschließen.«

Beaufort nickte steif und wandte sich einem anderen Gespräch zu.

»Trotzdem will ich in Zukunft derartige Alleingänge nicht mehr erleben«, zischte Batiste Nathan zu.

»Das hast du mir bereits gesagt, Großvater«, erwiderte Nathan. »Wenn du erlaubst, würde ich mich gern zurückziehen.«

Batiste musterte ihn abschätzend. »Geh in dich und überleg, was das Beste für den Bund ist.«

Nathan neigte leicht seinen Kopf und stand auf. Keine Sekunde länger hätte er es mit Beaufort an einem Tisch ausgehalten.

Er ging in sein Zimmer und warf sich auf das schmale Bett. Hier hatte er mit Lucy noch vor wenigen Tagen gelegen. Was wäre eigentlich passiert, wenn es nicht bei den unschuldigen Küssen geblieben wäre? Er schob den Gedanken von sich. Sie war nicht für ihn bestimmt. Wenigstens an diesem Grundsatz musste er festhalten. Er zog das Medaillon, das er Lucy abgenommen hatte, aus der Hosentasche und ließ es vor seinem Gesicht baumeln. Dafür hatte sie ihr Leben aufs Spiel gesetzt? Behutsam klappte er es auf und betrachtete die Gesichter ihrer Eltern. Lucy sah ihrer Mutter sehr ähnlich. Das Bild war wahrscheinlich der Grund, weshalb sie so an dem Schmuckstück hing. Er klappte das Medaillon zu, stand auf und fragte sich, wann seinem Großvater das Fehlen des Briefes auffallen würde.

Draußen war es dunkel. Durch die Scheiben drang nur das Licht der Straßenlaternen. Es hinderte Lucy daran, einzuschlafen. Sie richtete sich auf. Mitsamt der Infusionsvorrichtung, die neben ihrem Bett stand, bewegte sie sich langsam zur Toilette. Sie betrachtete ihr Gesicht. Aus dem Spiegel schaute sie eine Fremde an. Ihre Augen waren rot geweint, und Brandblasen zierten ihre Wangen. Die Salbe, die darauf getupft worden war, machte das Bild noch gruseliger. Sie ging zurück zum Bett und griff nach dem Wasserglas, das auf dem Nachtschränkchen stand.

Vor ihrer Tür hörte sie leise Schritte und Stimmen. Sicherlich waren es die Nachtschwestern, die regelmäßig nach ihr schauten.

Sie legte sich wieder hin, doch der Schlaf erlöste sie nicht von der Flut der Gedanken in ihrem schmerzgeplagten Kopf. Was sollte sie tun? Je länger sie darüber nachdachte, umso verworrener wurden ihre Ideen. Sie durfte nicht noch jemanden in Gefahr bringen. Madame Moulin und der Vikar waren tot. Sie wollte nicht auch noch Colin verlieren. Nathan hatte recht gehabt. Sie hätte Colin die Geschichte nicht erzählen dürfen. Jetzt war es zu spät für diese Einsicht. Er wusste bereits zu viel. Womöglich war es das Beste, wenn sie aus London verschwand. Die Frage war nur, wohin? Sie hatte weder die nötigen finanziellen Mittel noch Familie oder Freunde, bei denen sie unterschlüpfen konnte. Und sie durfte die Bücher nicht enttäuschen. Es musste ihr gelingen, sie vor Nathans Zugriff zu retten. An welcher Stelle war ihr Leben so kompliziert geworden? Fragen über Fragen galoppierten durch ihr Gehirn. Warum hatte Nathan sie gerettet? Wie hatten er und sein Großvater überhaupt erfahren, dass Madame Moulin sie hatte fortbringen wollen? Wie war dieses verdammte Feuer entstanden? Je mehr sie darüber nachdachte, umso sicherer wurde sie, dass alles nur ein Ablenkungsmanöver gewesen war. Batiste und Nathan hatten niemals vorgehabt, sie umzubringen. Sie wollten ihr einen Schrecken einjagen und sie zwingen, mit ihnen gemeinsame Sache zu machen. Nur Madame Moulin war ihnen im Wege gewesen. Jetzt, da sie tot war, war Lucy auf sich allein gestellt. Wenn Nathan es mit seiner Rettungsaktion geschafft hätte, ihr Vertrauen zu erobern, hätten die beiden leichtes Spiel gehabt. Lucy spann diese Überlegung weiter. Womöglich hatten sie damit gerechnet, dass sie Nathan vor lauter Dankbarkeit keinen Wunsch mehr abschlug. Wut wallte in ihr auf. Hatte er sie deshalb auch geküsst? Was hatte er sich dabei gedacht? Die arme dumme Waise ist Wachs in meinen Händen, wenn ich sie auf meinen Armen durch das Feuer trage? Wie einfältig sie gewesen war. Wie hatte sie nur auf ihn hereinfallen können? Hinter seiner schönen Fassade verbarg sich die Seele eines Teufels. Sie hätte es wissen müssen. Hatte sie denn nichts aus ihren Büchern gelernt? Waren es nicht immer die gleichen Männer, die Mädchen wie sie um den Finger wickelten, um ihnen einen Dolch ins Herz zu stoßen? Das würde ihr nicht noch einmal passieren, schwor sie sich. Er hatte sie genarrt, und sie hatte einen hohen Preis dafür bezahlt. Noch einmal würde ihm das nicht gelingen.

Lucy schloss die Augen. Sie musste aufhören, darüber nachzugrübeln, befahl sie sich. Sie musste wieder zu Kräften kommen, wenn sie gegen Nathan und seinen Großvater kämpfen wollte. Aber an Schlaf war nicht zu denken. Ein Gefühl drohender Gefahr bemächtigte sich ihrer. Minuten vergingen, in denen Lucy die Tür ihres Zimmers nicht aus den Augen ließ. Es würde etwas geschehen, das spürte sie deutlich. Etwas, das schlimmer war als das Feuer. Sie war hier nicht mehr sicher. Hilfe suchend tastete sie nach dem Medaillon an ihrem Hals. Es war nicht dort. Das durfte nicht sein! Sie sprang auf und riss sich dabei den Infusionsschlauch aus dem Arm. Der Schmerz ließ sie schwindeln. Sie drückte mit den Fingern auf die Wunde, aus der das Blut herauslief. Dann zog sie hektisch die Schubfächer des Nachtschränkchens auf: gähnende Leere. Das Medaillon musste doch irgendwo sein. Sie lief zum Schrank und schüttelte ihre dreckigen Sachen aus, in der Hoffnung, dass das Medaillon herausfiel. Doch nur Ruß legte sich als feiner schwarzer Film auf den blank gescheuerten Fußboden. Lucy fühlte sich wie betäubt. Wankend ging sie zum Bett zurück.

Nur um das Schmuckstück zu holen, war sie in die Bibliothek gegangen. Seinetwegen war Madame Moulin gestorben, so viele Bücher waren Opfer der Flammen geworden, und nun war es fort. Nathan musste es gestohlen haben. Vielleicht war das der einzige Grund, weshalb er sie gerettet hatte. Womöglich wollten er und sein Großvater lediglich in den Besitz des Schmuckstückes gelangen. Was würde er damit tun? Würde das Medaillon ihm Einlass in die Geschichte der Hüterinnen gewähren? Würde er es zerstören, wenn es ihm nicht zeigte, wonach er verlangte? Sie hatte nicht gut genug darauf aufgepasst, warf sie sich vor. Sie hatte versagt. Wieder einmal. Wütend schlug sie auf das Bettzeug und verzog im selben Augenblick das Gesicht. Sie brauchte dringend ein Schmerzmittel und am besten noch eine Schlaftablette. Morgen konnte sie weitersehen. Das hier war ein Krankenhaus. Was sollte ihr hier geschehen? Ihre Nerven waren einfach völlig überreizt.

Der lange, hellgrün gestrichene Flur, der sich vor Lucy ausdehnte, war menschenleer. Aus dem Raum auf der gegenüberliegenden Seite drangen Stimmen zu ihr. Dort bekam sie sicher die Tabletten, die sie brauchte, und konnte nachfragen, ob jemand etwas über den Verbleib ihres Medaillons wusste. Womöglich bewahrte man die Wertsachen der Patienten separat auf. Das hoffte sie jedenfalls. Sie sah auf den Verband an ihrer Hand, der voll von getrocknetem Blut war, das aus der Wunde in ihrer Armbeuge gelaufen war. Sie musste aussehen wie ein Zombie. Leise ging sie auf das Schwesternzimmer zu und spähte durch das gläserne Fenster. Was sie sah, ließ ihr das Blut in den Adern gefrieren.

Ein ihr nur zu gut bekannter riesiger, schwarz gekleideter Mann beugte sich über eine der Frauen, die dort vor einem Monitor saß. Er versetzte ihr einen Schlag gegen den Hals, und sie sank auf dem Tisch zusammen. Lucy biss in den Verband ihrer Hand, um nicht zu schreien.

Der zweite massige Mann drehte die andere Schwester in ihrem Stuhl zu sich herum. Lucy sah das Entsetzen in deren Gesicht.

»In welchem Zimmer liegt Lucy Guardian?«, fragte er.

Die junge Frau starrte ihn an wie ein verängstigtes Kaninchen.

»Sag schon!« Er schüttelte sie unsanft.

Der Blick der Frau glitt zu der Glasscheibe, die das Zimmer vom Flur trennte. Der Mann bemerkte es nicht. Lucy blickte ihr flehend in das angstverzerrte Gesicht.

»Zimmer 316«, hörte sie die Frau sagen. Ein kurzer Schlag, und auch sie wurde ohnmächtig.

Lucy drückte sich in eine Türnische und versuchte, ihren Atem zu kontrollieren. Sie waren auf der Suche nach ihr. Ihr ungutes Gefühl hatte sie nicht getrogen. Batiste de Tremaine ließ ihr nicht die kleinste Verschnaufpause. Die Tür des Schwesternzimmers ging auf. Einer der Männer trat heraus, dicht gefolgt vom zweiten. Sie blickten sich kurz im Flur um. Lucy drückte sich noch tiefer in die Türnische, ihr stockte der Atem. Sie durften sie auf keinen Fall sehen!

Die Männer stürmten in die andere Richtung davon. Viel Zeit blieb ihr nicht, bis sie herausfanden, dass das die falsche Nummer gewesen war. Lucy rannte in ihr Zimmer. Das dumpfe Pochen in ihrem Schädel ignorierte sie. Sie riss ihre Jeans und ihre Jacke aus dem Schrank und stieg umständlich hinein. Dann zog sie ihre Turnschuhe an und öffnete die Tür.

Die beiden Gorillas waren nicht zu sehen. Wohin sollte sie sich wenden? Der Aufzug schied aus, er lag in der falschen Richtung. Sie würde den beiden direkt in die Arme laufen. Lucys Blick glitt suchend den Flur entlang. Es musste ein Treppenhaus geben. Sie entdeckte das Schild am anderen Ende des langen Gangs. Sie mobilisierte all ihre Kraftreserven und sprintete los. Als sie die Tür zum Treppenhaus aufriss, wandte sie sich kurz um. Einer der Männer bog um die Ecke. Er sah sie und brüllte auf. Lucy zögerte keine Sekunde und verschwand hinter der Tür. Ihre Lunge stach in ihrer Brust. Lange hielt sie dieses Tempo nicht durch. Sie sprang die Treppe mehr hinunter, als dass sie lief. Hoffentlich brach sie sich nicht die Beine. Über sich hörte sie die Tür in den Angeln quietschen und gegen die Wand donnern. Da war jemand sehr wütend. Stampfende Schritte jagten hinter ihr her. Sie waren zu nah. Wo sollte sie hin? Lucy riss eine Tür auf, die in den Wirtschaftstrakt des Krankenhauses führte. Große Wäschekarren säumten den Gang. Doch sie boten ihr keinen Schutz. Das surrende Geräusch von Waschmaschinen war zu vernehmen. Panisch blickte sie sich um. Arbeitete hier auch jemand? Sie rannte den Gang entlang und rüttelte an verschiedenen Türen. Alle waren verschlossen. Ihre einzige Möglichkeit war die Laderampe, die sie am Ende des Weges ausmachte. Wenn sie es aus dem Krankenhaus heraus schaffte, war ihre Chance, den Verfolgern in der Dunkelheit zu entkommen, deutlich größer.

Mit letzter Kraft schlitterte sie auf den Ausgang zu. Da kam ihr einer der Verfolger mit einem fiesen Lächeln auf den Lippen auf der Rampe entgegen. Lucy prallte zurück. Hektisch wandte sie sich um, doch aus der Richtung, aus der sie gekommen war, schlenderte der andere Hüne auf sie zu. Sie hatten sie eingekreist. Sie fühlte sich wie die Maus in der Falle. Es gab keinen Ausweg. Aber Lucy war nicht bereit, aufzugeben. Ihre Beine zitterten vor Anstrengung. Grinsend näherten sich die Männer. Sie mussten sich sehr sicher sein, dass sie nicht mehr entkommen konnte. Lucy spannte ihren Körper. Sie hatte nur eine winzige Chance. Der Mann, der die Rampe heraufgekommen war, hatte sie erreicht. Lucy holte Schwung und schlug ihm ihren Handballen mit voller Wucht unter seine breite Nase.

Der Kerl schrie auf und taumelte zurück. Ihr wurde schwarz vor Augen. Die Brandwunden und ihr Handgelenk schmerzten höllisch. Der Mann hinter ihr hatte sich fluchend in Bewegung gesetzt. Sie holte mit dem Fuß aus und trat dem Mann zwischen die Beine. Dass sie in ihrem Zustand zu solch einem Kraftakt in der Lage war, verwunderte sie selbst. Vermutlich verlieh ihr die Todesangst diese ungeahnten Fähigkeiten. Fluchend krümmte der Mann sich auf dem Boden. Lucy zitterte vor Erschöpfung, der Adrenalinstoß hielt sie nicht mehr lange auf den Füßen. Die Nachwirkungen des Feuers gewannen wieder die Überhand. Doch Lucy hatte keine Wahl. Sie rannte über den dunklen Wirtschaftshof des Krankenhauses. Wie befürchtet, kümmerte der zweite Verfolger sich nicht um seinen Kumpan, sondern folgte ihr. Sie bog um eine Ecke und erkannte erleichtert in einiger Entfernung den Haupteingang des Krankenhauses. Leider wirkte er um diese Zeit gottverlassen. Egal, dort musste jemand sein. Jemand, der ihr half.

Das Taxi fuhr in dem Moment vor, in dem Lucy an dem Eingang anlangte. Ein älterer Herr saß auf der Rückbank und zahlte gemächlich. Sie riss die Tür des Wagens auf.

»Schnell, ich muss hier weg«, schrie sie den Mann an, der erschrocken zusammenzuckte.

»So eilig wird es ja nicht sein, junge Dame.«

Lucy sah den bulligen Typ näher kommen. »Doch, das ist es.« Sie zerrte den alten Mann mehr aus dem Auto, als ihm dabei behilflich zu sein, auszusteigen.

Dann ließ sie sich auf den Sitz fallen und zog die Tür zu. Ihr Verfolger hatte sein Tempo erhöht. Nur noch wenige Meter trennten sie voneinander.

Sofia blickte ihrem Mann in die blauen Augen. Harold und sie saßen am Küchentisch in dem Londoner Stadthaus. Sofia fühlte sich immer unwohl hier. Doch sie konnte schlecht ablehnen, wenn Batiste de Tremaine befahl, Miss Hudson zur Hand zu gehen. »Wir hätten es Nathan längst erzählen müssen«, sagte sie mit fester Stimme. »Es war ein Fehler, ihm die Wahrheit vorzuenthalten.«

Harold zuckte mit den Schultern und schwieg, wie er es in unangenehmen Situationen oft zu tun pflegte.

»Wir haben getan, was wir konnten«, erwiderte er nach einer Weile, als die Stille drückend wurde. »Wir hätten alles verloren, wenn sein Großvater es herausgefunden hätte. Wärst du bereit gewesen, dein Zuhause aufzugeben? Batiste de Tremaine hätte uns fortgejagt. Wir hätten den Jungen allein lassen müssen.«

Sofia nickte traurig. »Trotzdem hat er ein Recht auf die Wahrheit gehabt«, flüsterte sie.

Vielleicht war es gut, dass sie jetzt in Nathans Nähe war.

»Er wird die Wahrheit früh genug erfahren, Sofia. Du hast dir so viel Mühe mit seiner Erziehung gegeben. Er ist nicht wie sein

Großvater. Du hättest ein eigenes Kind nicht mehr lieben können. Er wird nicht dieselben Fehler begehen.«

»Aber er tut es schon«, widersprach Sofia ihrem Mann aufgebracht. »Ich dachte immer, wir hätten noch Zeit, bis er zum Perfectus geweiht würde. Du hast seinen Blick nicht gesehen, als ich ihm vor der Weihe sagte, dass es nicht recht sei, was er tut. Einen Moment hatte ich Angst, er würde direkt zu seinem Großvater gehen und ihm davon erzählen. Es war ein Fremder, der mich ansah.«

»Du musst achtsam sein«, beschwor ihr Mann sie. »Er ist und bleibt ein de Tremaine. Trotz allem. Wir können seine Bestimmung nicht ändern.«

»Sein Vater konnte es«, brauste Sofia auf. »War er etwa mutiger als Nathan?«

»Und was hat es ihm gebracht?«, fragte Harold zurück.

Sofia drehte das Weinglas nervös in der Hand. Ja, was hatte es Nathans Vater gebracht? Diese Frage hatte sie sich selbst immer und immer wieder gestellt. Dachte er manchmal an den Sohn, den er verloren hatte? Wünschte er sich, er könnte die Zeit zurückdrehen? Hatte er ein schlechtes Gewissen, seinen Sohn in den Fängen seines Vaters zurückgelassen zu haben?

»Wir haben versprochen, uns um ihn zu kümmern«, flüsterte sie nach einer Weile.

»Und das haben wir, so gut wir konnten«, tröstete sie ihr Mann.

»Weshalb habe ich dann das Gefühl, versagt zu haben? Was, wenn er dem Mädchen etwas antut? Ich könnte es nicht ertragen, wenn ihr etwas zustößt.«

»Das wird es nicht, da bin ich sicher. Nathan ist ein guter Junge. Er wird wissen, was recht ist.«

»Aber du hast doch gehört, worüber er und sein Großvater gesprochen haben«, widersprach Sofia. »Das war eindeutig, oder willst du behaupten, ich habe es falsch verstanden? Du musst mir nichts vormachen. Sie werden das Mädchen nicht in Ruhe lassen.« Sofia erhob sich und lief aufgeregt in der Küche auf und ab. »Können wir denn nichts unternehmen? Können wir das Mädchen nicht warnen? Es muss etwas geben. Kennst du ihren Namen?«

Harold verneinte.

Plötzlich blieb Sofia stehen und schlug sich mit der Hand an die Stirn. »Natürlich«, sagte sie. »Die Bibliothek. Das Mädchen arbeitet in der Bibliothek.«

Harold nickte ergeben. Wenn seine Frau sich etwas in den Kopf gesetzt hatte, ließ sie sich nur schwer davon abbringen. Wäre sie anders, dann hätten sie das Haus der de Tremaines bereits vor vielen Jahren verlassen.

»Ich rufe morgen dort an«, sagte Sofia.

»Das ist keine gute Idee«, versuchte Harold, sie zur Vernunft zu bringen. »Wir sollten uns nicht weiter einmischen.«

Sofia überhörte die flehenden Worte ihres Mannes.

»Natürlich geht uns das was an. Nathan darf sich nicht in ein Monster verwandelt wie sein Großvater. Diese Sache hat bereits zu viel Leid verursacht.«

»Du wirst nicht nachgeben, oder? Selbst wenn ich dich darum bitte«, fragte Harold seine Frau.

Sie schüttelte den Kopf.

»Dann bitte ich dich nicht«, sagte er in einem Ton, der keinen Widerspruch mehr duldete. »Du wirst niemanden anrufen.«

Er stand auf und verließ den Raum.

Bücher sind die Hüllen der Weisheit,
bestickt mit den Perlen der Worte

Moschе Ibn Esra

3. KAPITEL

»Fahren Sie«, kreischte Lucy. »Los.«

Der Fahrer ließ die Türschlösser zuschnappen und gab Gas. Ihr riesenhafter Verfolger packte den Türgriff, und Lucy erwartete beinahe, dass die Autotür aus der Verankerung riss. Doch der Wagen machte einen Satz und fuhr los. Lucy drehte sich um und sah in ein wutverzerrtes Gesicht.

»Soll ich die Polizei rufen?«, fragte der Taxifahrer. Sein linkes Augenlid zuckte nervös.

Polizei? Was sollte sie denen sagen? »Nein. Vielen Dank. Das ist nicht nötig. Es ist nur ein Spiel.«

»Dafür klang es wirklich echt. Sind Sie Schauspielerin?«

Lucy nickte und starrte durch die Rückscheibe nach draußen.

Der Mann stand im Licht der Straßenlaterne und sah ihnen nach. Dann setzte er sich langsam in Bewegung. Lucy wollte gerade aufatmen. So würde er sie nicht einholen.

In diesem Moment geschah etwas Grauenvolles. Lucy traute ihren Augen nicht. Der Mann, oder sollte sie lieber sagen, das Wesen, krümmte sich zusammen und verschwamm vor ihren Augen. Kurze Zeit später rannte an seiner Stelle ein Hund dem Taxi hinterher. Es war dieselbe schwarze Kreatur, die sie vor wenigen Tagen unter ihrem Fenster gesehen hatte.

»Haben Sie ein Handy?«, fragte Lucy den Fahrer. Der wies mit dem Kopf in die Mittelkonsole. Er war ziemlich jung und sah mittlerweile regelrecht begeistert aus. Vermutlich glaubte er tatsächlich, in einem Film gelandet zu sein.

Hektisch wählte sie Colins Nummer. »Colin«, schrie sie in den Hörer. »Sie sind hinter mir her. Ich komme nach Hause. Ich weiß sonst nicht, wohin. Bitte, bitte, komm runter!«

»Lucy, beruhige dich«, sagte Colin. »Wo bist du? Warum bist du nicht mehr im Krankenhaus?«

»Das erkläre ich dir gleich«, sagte sie atemlos und unterdrückte ein Schluchzen. »Ich habe kein Geld.«

»Ich warte unten auf dich«, antwortete Colin beruhigend. »Gleich bist du in Sicherheit.«

Lucy nickte nur und umklammerte das Handy noch, als Colin längst aufgelegt hatte.

»Fahren Sie schneller«, forderte Lucy den Fahrer tonlos auf, ohne die Augen von dem Tier zu lassen. »Fahren Sie schneller.«

»Ich tue mein Bestes, aber ich muss mich an die Vorschriften halten, sonst verliere ich meine Lizenz.«

Lucy traute sich nicht, ihn auf den schwarzen Höllenhund aufmerksam zu machen, der ihrem Wagen nachsetzte. Auf Dauer konnte er es unmöglich schaffen, dem Taxi in dieser Geschwindigkeit zu folgen. Im Grunde hatte er es auch gar nicht nötig. Er wusste, wo sie wohnte. Ihr wurde heiß und kalt. Skeptisch betrachtete der Fahrer die blutigen Verbände.

»Wie heißt der Film?«, fragte er, als er den Wagen anhielt. Colin riss bereits die Tür auf und drückte ihm ein paar Pfundnoten in die Hand.

Lucy sprang aus dem Auto. »Komm«, schrie sie und rannte mit ihm zum Eingang ihres Hauses. Der schwarze Schatten tauchte am Ende der Straße auf. Er schien seine Geschwindigkeit noch zu verdoppeln, als er sie zum Eingang rennen sah. Sie öffnete die Tür, stieß Colin hinein und schlug sie hinter sich zu. Etwas Schweres krachte gegen das Holz, das zum Glück nicht nachgab. Erschrocken sah Colin Lucy an. »Was war das?«

»Das glaubst du mir nie«, antwortete sie, ohne ihre angstgeweiteten Augen von dem Türblatt zu nehmen, das von der Erschütterung nachbebte.

Jules und Marie kamen die Treppe heruntergelaufen. Wieder donnerte es gegen die Tür.

»Was ist das für ein Lärm?«, fragte Marie ihrerseits.

»Hat das Taxi dich bis in den Flur gefahren?«, mutmaßte Jules.

»Das erzählt sie euch gleich.« Colin scheuchte die Mädchen nach oben und verschloss sorgfältig die Wohnungstür.

»Dafür bist du uns eine Erklärung schuldig«, forderte Marie. Sie schüttelte ihre blonden Locken: »Tauchst hier mitten in der Nacht auf …«

Lucy antwortete nicht, sondern lehnte sich an die Wand und atmete tief durch. Sie schloss die Augen und wartete, bis die Anspannung nachließ.

Jules packte sie und verfrachtete sie auf einen Stuhl in der Küche. Tiger sprang auf ihren Schoß und kuschelte sich ein. Lucy vergrub ihre Fingerspitzen in seinem Fell.

»Trink was«, forderte Jules und stellte ein Glas vor ihr ab.

Lucy schüttelte sich, als der scharfe Whisky ihre Kehle hinunterrann.

»Hab dich nicht so«, sagte ihre Freundin. »Das weckt im Nu deine Lebensgeister. Was tust du hier? Du gehörst in dein Bett ins Krankenhaus. Abgesehen davon siehst du aus, als hättest du ein Gespenst gesehen, und deine Verbände sind hinüber. Die müssen wir neu machen.«

Tatsächlich merkte sie erst jetzt, wie ihre Hände brannten. Sie hatte sie benutzt, als wären sie nicht bereits völlig lädiert. Nur ihre Fingerkuppen guckten unversehrt heraus.

Colin kam in die Küche zu den Mädchen. »Er ist weg.«

»Wer?«, fragte Jules, doch Colin ignorierte die Frage.

Er setzte sich Lucy gegenüber. »Was ist passiert?«, fragte er.

»Sie sind im Krankenhaus aufgetaucht. Ich wollte nach meinem Medaillon fragen, da habe ich sie gesehen. Sie haben eine der Schwestern bewusstlos geschlagen und die andere gefragt, in welchem Zimmer sie mich finden. Sie hat mich durch die Scheibe gesehen und ihnen eine falsche Nummer gesagt. Danach haben sie auch diese ausgeknockt. Es war schrecklich. Somit hatte ich jedoch einen Vorsprung und konnte fliehen. Aber es war so knapp. Ich wusste nicht, dass ich so schnell laufen kann.«

»Ich verstehe kein Wort«, sagte Marie. »Wer sind sie?«

Lucy wechselte einen Blick mit Colin.

»Ich bin da in etwas Merkwürdiges reingeraten.« Sie malte Kreise auf die Tischplatte. »Es ist gefährlich, und es ist besser, wenn ihr nichts darüber wisst.«

Jules machte es sich ihr gegenüber gemütlich. »Vergiss es, Lucy. Du erzählst uns auf der Stelle, was los ist. Wir können auf uns selbst aufpassen.« Ihr Blick schwenkte zu Colin, als erwartete sie von ihm Unterstützung. »Endlich passiert mal was Spannendes.«

»Wenn Colin Bescheid weiß, wollen wir es auch wissen«, unterstützte Marie die Forderung ihrer Freundin.

»Mit den Leuten ist nicht zu spaßen«, wandte Lucy ein. »Sie haben das Feuer gelegt, in dem ich fast verbrannt bin.«

Marie riss die Augen auf. »Das ist Quatsch, Lucy. Niemand konnte im Archiv ein Feuer legen. Schuld war ein Kabelbrand. Das hat die Feuerwehr festgestellt. Die Technik da unten ist total marode.«

Lucy schüttelte den Kopf. »Nein, das waren sie.«

»Jetzt erzähl schon«, forderte Jules. »Du kommst uns sowieso nicht davon.« Sie goss Whisky in drei weitere Gläser und knallte eins vor Colins Nase auf den Tisch. Überrascht sah dieser auf.

»Sag du auch mal was«, fauchte Jules ihn an.

Doch Lucy nickte bereits resigniert. »Aber ich habe euch gewarnt«, sagte sie und wickelte den blutigen Verband ihrer rechten Hand ab, unter dem ihr Mal zum Vorschein kam. Obwohl die Hand rundherum Spuren der Verbrennungen aufwies, war das Mal selbst unversehrt.

Fasziniert betrachteten Marie und Jules das Zeichen, das Lucy bisher so sorgfältig vor ihnen verborgen hatte.

»Dieses Buch habe ich schon immer auf meinem Handgelenk«, begann sie. »Früher nahm ich an, es wäre eine Tätowierung. Aber seit Kurzem hat es ein Eigenleben entwickelt.« Lucy blickte in verständnislose Augen. »Es ist ein bisschen verrückt, aber ich habe mir diese Geschichte nicht ausgedacht.«

Und dann erzählte sie von den Büchern und den Stimmen, die sie hörte. Sie schilderte ihren Freundinnen, wie sie herausgefunden hatte, dass die Bücher mit ihr sprachen und sie um Hilfe gebeten hatten. Sie berichtete von den leeren Büchern und von den vergessenen Texten. Sie ließ sich weder von den erstaunten Ausrufen noch von den skeptischen Blicken unterbrechen. Sie beschrieb, wie sie versucht hatte, weitere leere Bücher zu finden, wie sie Nathan ins Vertrauen gezogen hatte, weil es ihr so natürlich erschien. Sie redete und redete. Sie erzählte von den Katharern und dem Bund, dem Nathan angehörte, und von den Drohungen, die Batiste ausgestoßen hatte. Sie ließ weder den Mord an Vikar McLean noch den Unfall Madame Moulins aus, der kein Unfall gewesen war. Völlig erschöpft beschrieb sie zuallerletzt das Feuer, in dem sie beinahe umgekommen wäre.

»Ich weiß nicht, weshalb Nathan mich aus dem Feuer geholt hat. Ich habe keine Ahnung, wie das Feuer entstanden ist. Aber es war Nathans Werk und das seines Großvaters. Da bin ich sicher. Sie wollten unbedingt, dass ich für sie und den Bund arbeite. Als ich nicht dazu bereit war, versuchten sie, mich zu töten. Genau wie Vikar McLean und Madame Moulin. Selbst in dem Krankenhaus war ich nicht sicher vor ihnen.« Sie nahm noch einen Schluck von dem Whisky und verzog das Gesicht. Immerhin wärmte er sie von innen. »Als das Taxi losfuhr, versuchte der Mann, der mich verfolgte, die Tür aufzureißen. Es gelang ihm nicht, und dann … verwandelte er sich plötzlich.«

Der Unglaube war ihren Freunden ins Gesicht geschrieben.

»Ich hab mir das nicht eingebildet. Er verwandelte sich in einen Hund. In den Hund, der mir gefolgt ist«, flüsterte sie, als befürchtete sie, wenn sie zu laut spräche, würde das Untier in ihrer Küche auftauchen. »Ich habe noch nie so etwas Gruseliges gesehen.«

»Lucy, so etwas gibt es nicht, höchstens im Film. Das muss eine

Einbildung gewesen sein oder eine Halluzination«, sagte Jules. »Wahrscheinlich sind das Nebenwirkungen von den Medikamenten, die sie dir gegeben haben.«

Marie nickte, anscheinend froh, dass Jules eine Erklärung lieferte.

»War das derselbe Hund, der an der U-Bahn gestanden hat?«, fragte Colin, ohne auf Jules' Einwurf einzugehen.

Diese schnaubte empört.

»Ich denke schon«, antwortete Lucy und wandte sich zu Jules. »Du musst mir nicht glauben«, sagte sie. »Aber ich weiß genau, was ich gesehen habe. Ich wünschte, es gäbe eine andere Erklärung.« Sie verstummte.

Während ihrer Erzählung hatte sie die abgewickelte Binde vollständig zerrupft. Ohne ein weiteres Wort stand Jules auf und holte einen frischen Verband aus dem Bad, um ihn Lucy anzulegen. Die Wunde in der Armbeuge blutete längst nicht mehr. Behutsam reinigte Jules Lucys Arm von dem getrockneten Blut. Als das Schweigen ihrer Freundinnen anhielt, stieg Verzweiflung in Lucy auf. Sie hatte es geahnt. Die Geschichte war zu irrsinnig, um sie Unbeteiligten zu erzählen.

»Sagt doch etwas«, bat sie.

Marie stieß ihren Atem aus. »Das ist abgefahren, Lucy. Das musst du zugeben.«

Lucy nickte. »Deshalb wollte ich es euch auch nicht sagen.«

»Wenn wir dir die Geschichte glauben, Lucy«, warf Marie ein, »dann bedeutet das, dass Batiste de Tremaine für mehrere Morde verantwortlich ist. Das ist eine unglaubliche Anschuldigung. Der Mann ist am King's College eine Legende.«

»Du wusstest das alles natürlich längst?«, wandte Jules sich an Colin und bedachte ihn mit einem vorwurfsvollen Blick.

Abwehrend hob der die Arme und lächelte sie entschuldigend an. »Auch erst seit vorgestern. Lucy hat es mir erzählt, als ich ihr und Madame Moulin gefolgt bin. Ich habe sie von der Unfallstelle weggebracht und bin mit ihr zur Bibliothek gefahren. Deshalb war ich da, als das Feuer ausbrach.«

»Lucy?«, fragte Marie eindringlich. »Ich möchte dir wirklich glauben. Bitte sag, dass du dir das nicht ausgedacht hast.«

Lucy war kurz davor, in ihr Zimmer zu laufen und sich unter ihrer Decke zu verkriechen. Wenn sie an der Stelle ihre Freundinnen wäre, würde sie so einer Geschichte Glauben schenken? Vermutlich nicht.

Als ob Marie ihr Vorhaben ahnte, hielt sie Lucys Hände fest und sah ihr in die Augen. »Es war richtig, uns alles zu erzählen. So können wir dir helfen.«

Colin machte sich am Wasserkocher zu schaffen und stellte kurz darauf eine dampfende Tasse Kaffee vor Lucy ab.

»Wir sollten einen Plan schmieden«, verkündete er. »Dieser mysteriöse Bund wird dich nicht bekommen.«

»Ihr solltet das nicht auf die leichte Schulter nehmen«, ermahnte Lucy ihre Freunde. »Sie sind gefährlich.«

»Lass uns über Nathan reden«, unterbrach Jules sie, ohne auf ihre Worte einzugehen. »Warum sollte er dich nur aus Berechnung retten?«

»Er hat mich die ganze Zeit belogen«, sagte Lucy aufgebracht.

»Niemand wollte dich aus dem Archiv holen«, warf Jules ein. »Die Feuerwehr weigerte sich, jemanden runterzuschicken. Und dann kam er, durch den Qualm, der aus der Eingangstür drang, die Treppe hinuntergelaufen und hielt dich im Arm. In einem Film hätte ich geheult.« Marie blickte Lucy verklärt an, die nur ein Kopfschütteln für sie übrighatte.

Colin nickte. »Er hatte Angst, dass du stirbst. Das konnte man deutlich sehen.«

Lucy schnaubte. »Angst. Er hat mit seinem Großvater einen Plan ausgeheckt, um mich dadurch an sich und den Bund zu binden.«

»Wenn wir davon ausgehen, dass diese Geschichte stimmt.« Die Zweifel in ihrer Stimme waren nicht zu überhören. »Was hast du jetzt vor?«, fragte Jules und wandte sich damit praktischen Themen zu. »Was hast du für Alternativen?«

Lucy atmete tief durch. »Im Grunde habe ich nur eine«, sagte sie dann. »Ich will die Bücher, die sie noch nicht in ihren Besitz gebracht haben, schützen und die gestohlenen zurückholen. Ich muss Philippas Vermächtnis erfüllen und den Bund daran hindern, noch mehr Bücher zu stehlen«, erklärte sie. »Das muss ein Ende haben.«

Ihre Freunde blickten sie schweigend an.

»Das ist ein großes Ziel«, warf Jules ein. »Wenn es diesen Bund so lange gibt, musste er sich im Laufe der Zeit vieler Feinde erwehren. Wie willst du etwas schaffen, was niemandem vorher gelungen ist?« Skeptisch sah sie ihre Freunde der Reihe nach an. »Es wäre besser, du hältst dich da raus«, setzte sie hinzu. »Besser und sicherer.«

»Ich muss es wenigstens versuchen.« Mutlosigkeit ergriff sie. Jules hatte recht. Und trotzdem musste sie es tun.

Colin sah sie zweifelnd an. »Du solltest deine Ziele nicht zu hoch stecken, Prinzessin«, bemerkte er. »Ich schlage für den Anfang vor, dass wir dich in Sicherheit bringen.«

»Ich soll mich vor diesen Verbrechern verstecken?« Lucy warf ihm einen wütenden Blick zu. »Wie stellst du dir das vor? Was wird aus meinem Leben? Meinem Studium? Euch?«

Colin ließ sich von ihrem Wutausbruch nicht beeindrucken. »Du könntest im Ausland studieren«, schlug er vor.

»Ach ja? Und wer soll das bezahlen?«, fragte sie sarkastisch.

»Ich kann meinen Dad bitten«, warf Jules ein. »Er macht das gern. Darum brauchst du dich nicht zu sorgen.«

»Ihr spinnt doch. Dann bin ich total allein. Irgendwo, ohne euch«, setzte sie hinzu.

»Uns wirst du nicht los, Süße«, tröstete Marie sie, aber in ihren Augen schimmerten Tränen. »Es wäre das Beste.«

Verzweifelt schüttelte Lucy den Kopf.

»Wir müssen verschiedene Optionen durchgehen. Niemand zwingt dich zu diesem Kampf«, beruhigte Colin sie. »Und versuche nicht, die Jeanne d'Arc der Bücher zu werden. Ich lasse nicht zu, dass dieser verrückte Bund dich um die Ecke bringt.«

»Wir sollten das strategisch angehen«, sagte Jules und enthob Lucy damit einer Antwort. Sie angelte ein Blatt Papier und einen Stift vom Fensterbrett. »Was weißt du über den Bund, Lucy? Was hat Nathan dir alles erzählt?«

»Könnten wir das auf morgen verschieben?«, fragte Marie. »Ich bin hundemüde.« Die vorwurfsvollen Blicke von Jules und Colin ließen sie verstummen. »Ich meine ja bloß. Ich kann nicht denken, wenn ich müde bin.«

»Geh ruhig schlafen, Marie«, sagte Lucy. »Das ist schon in Ordnung.«

»Wirklich?«

»Ja klar, wir erzählen dir morgen alles. Du musst schließlich arbeiten.«

»Ich hab dich lieb.« Marie drückte Lucy an sich. »Wir lassen dich nicht im Stich.«

Nachdem sie gegangen war, begann Lucy zu erzählen, was sie wusste.

»Die Bücher, die der Bund ausgelesen hat, sind vollständig verschwunden. Sie haben sich aufgelöst, und die Menschen haben sie vergessen. Laut Nathan besaß der Bund früher eine geheime Bibliothek, in der diese Werke aufbewahrt wurden.«

»Wo befand die sich?«, hakte Jules nach.

»Unter der Festung Montségur. Direkt in dem Berg, wenn ich das richtig verstanden habe. Sie wurde vor dem Sturm auf Montségur im Inneren des Berges versiegelt. Die Bücher, die dort verborgen waren, sind verloren. Niemand kommt mehr in die Bibliothek hinein. Die Katharer wollten verhindern, dass die Kirche diese Bücher bekam. Was ich verstehen kann, wenn man bedenkt, dass der damalige Papst all jene, die ihrem Glauben nicht abschworen, auf den Scheiterhaufen werfen ließ. Die Bücher hätte sicher dasselbe Schicksal ereilt.« Lucy dachte mit Grausen an die Szenen zurück, die das Medaillon ihr gezeigt hatte. »Die Katharer hatten vor, die Bücher den Menschen zurückzugeben. Nur wann dieser Tag sein sollte, ist nie festgelegt worden. Heute will der Bund seine Macht nicht aufgeben. Was wäre er noch, wenn er keine Bücher mehr stehlen würde? Nichts«, beantwortete sie ihre Frage selbst.

»Was passierte mit den Büchern, seit die Männer in England ihr Unwesen treiben?«, fragte Colin.

Lucy versuchte, sich zu erinnern. »Die vier Männer gründeten den Bund zum Schutz der Kinder. Sie nannten sich jetzt nicht mehr Katharer, obwohl sie offenbar viele Grundsätze dieser Glaubensgemeinschaft übernahmen. Aber sie mussten sich verstecken, um nicht entdeckt zu werden. Sie richteten eine neue Bibliothek ein. Nathan hat gesagt, wenn ich mich ihnen anschließe, zeigt er mir den Ort, an dem die Bücher versteckt sind. Aber darauf kann er lange warten.«

»Ich würde zu gern wissen, wo diese Bibliothek ist«, grübelte Colin laut.

»Er hat eine ganze Menge preisgegeben«, stellte Jules fest. »Vielleicht solltest du wenigstens so tun, als ob du ihren Forderungen nachkommst, und wenn er dir die Bibliothek erst gezeigt hat, können wir die Bücher da rausholen.«

»Er hat wahrscheinlich geglaubt, ich laufe mit fliegenden Fahnen zu ihnen über«, bemerkte Lucy böse. »Ich wette, er würde mir die Bibliothek erst zeigen, wenn ich alt und grau bin. Wir können ihm nicht trauen.«

Colin schenkte sich noch etwas von dem Whisky nach. »Wenn ich das richtig verstanden habe, gibt es all die ausgelesenen Bücher nicht mehr.«

Lucy nickte traurig. »Es gibt jeweils lediglich noch ein Exemplar, und das befindet sich im Besitz dieser Männer. In dem Schutzbuch, wie Nathan es genannt hat.«

»Und wie willst du es da wieder rauskriegen?«, fragte Jules vorsichtig.

enn er die Bücher durch bloßes Lesen in seine Gewalt be-
nt, könnte es dann nicht ausreichen, dass Lucy die Bücher zurückliest?«, mutmaßte Colin.

Lucy schwieg einen Moment. »Aber wo sollen die Texte hin? Es gibt nichts mehr, das sie aufnehmen könnte.«

Jules stand auf. »Wir wissen viel zu wenig.«

»Zeichnen ist nicht gerade eine deiner Stärken.« Colin zwinkerte Lucy zu. »Wenn du einen Buchdeckel abzeichnen würdest, stände darin später ein total verquerer Text.«

»Vermutlich«, gab Lucy zu. »Nathan wurde von seinem Großvater ausgebildet, um die Bücher auszulesen. Da ist es doch naheliegend, dass auch eine Hüterin erst lernen muss, wie die Gabe funktioniert. Aber es gibt niemanden mehr, der mir das beibringen kann.«

»Wenn du die letzte Hüterin bist, trifft das zu. Aber vielleicht bist du das nicht.« Jules setzte sich wieder.

»Du denkst an meine Mutter?«

Jules nickte.

Lucy drehte das leere Glas in ihren Händen. »Ich will mir keine unnützen Hoffnungen machen. Du weißt am allerbesten, wie lange ich darauf gewartet habe, dass meine Eltern mich abholen.«

»Aber sie haben es nicht getan«, wandte Colin ein und lehnte sich zurück. Auf seinem Gesicht lag ein triumphierender Ausdruck. »Ich hätte dazu zwei Theorien. Entweder deine Mutter wollte mit dieser Büchersache nichts mehr zu tun haben, oder sie wollte dich in Sicherheit wissen.«

»Oder sie ist längst tot«, sprach Lucy ihre schlimmste Befürchtung aus.

»Das darfst du nicht einmal denken«, unterbrach Colin sie.

Lucy verschränkte ihre Arme vor der Brust, und Colin lächelte.

»Die Hoffnung stirbt zuletzt«, erinnerte er sie.

»Du meinst, Lucys Eltern haben gewollt, dass sie aufwächst, ohne jemals von dem Bund und der Gabe zu erfahren?«, hakte Jules nach.

»Das ist ziemlich wahrscheinlich, oder?«

»Wenn das der Grund war, ist das aber gehörig danebengegangen.«

»Aber wenn ihre Mutter noch lebt, ist sie die Einzige, die Lucy sagen kann, was sie tun muss.«

»Hätte ich mein Medaillon, würde es mir sicher helfen, mehr darüber herauszufinden. Der Mistkerl hat es mir während seiner heldenhaften Rettungsaktion geklaut.«

Weder Colin noch Jules kommentierten diese Bemerkung. Offensichtlich hatte er beide um den Finger gewickelt.

»Die Männer können die Bücher nur auslesen«, überlegte Jules. »Wofür brauchen sie dich? Wollen sie dich einfach unter Kontrolle haben?«

»Nein. Nathan möchte, dass wir die Bücher gemeinsam ›retten‹. Der Bund könnte so viel mehr Bücher in seine Gewalt bringen.«

»Das ist total verrückt. Wie krank muss man sein, um so etwas zu tun?«, sagte Colin. »Wie konnten sie das all die Jahrhunderte vor sich rechtfertigen?«

»Oh«, sagte Lucy, »die Beweggründe der Männer sind für mich ziemlich nachvollziehbar. Jedenfalls die Gründe, die sie früher hatten. Sie wollten die Bücher vor der Kirche oder anderen Mächtigen retten.«

»Aber das ist ewig her«, insistierte Jules. »Werden heute überhaupt noch Bücher verboten?« Sie kratzte sich hinter dem Ohr.

»Keine Ahnung. Heute rechtfertigen die Männer ihre Arbeit auch damit, dass den Menschen die Bücher gleichgültig seien. Sie meinen nicht jedes Buch, sondern besondere Werke, die sie für schützenswert halten. Dazu gehören offensichtlich *Alice*, *Das Bildnis des Dorian Gray* und natürlich *Emma*. Ich will gar nicht wissen, welche Schätze im Laufe der Zeit in ihrer Bibliothek verschwunden sind.« Lucy gähnte. Die Anstrengungen des Tages forderten ihren Tribut.

»Ich frage mich, woher diese Gabe kommt. Weshalb hatten ausgerechnet zwei Kinder der Katharer dieses Talent?«, fragte Colin.

»Das weiß ich nicht.« Lucy zuckte mit den Achseln. »Diese Frage kann nur ein Mitglied des Bundes beantworten. Und auf so ein Gespräch bin ich nicht scharf«, stellte sie klar. »Ich muss ins Bett, Leute.«

»Sie scheinen sehr gewalttätig und nicht viel besser als die Kirche zu sein«, warf Jules ein. »Wir sollten uns von ihnen fernhalten.«

»Aber ich muss den Büchern helfen, und mit Fernhalten geht das nicht.«

»Dann musst du noch einmal ins Archiv gehen und herausfinden, wie du die gestohlenen Bücher befreien kannst«, schlug Jules vor. »Sie müssen dir sagen, was du tun musst.«

Lucy schauderte bei dem Gedanken. »Ich weiß nicht, ob ich das schaffe«, sagte sie. In das Archiv zurückzukehren, an den Ort, wo sie beinahe gestorben wäre, erschien ihr unmöglich. Aber die Bücher waren die Einzigen, die ihr helfen konnten.

»Hat sonst jemand eine andere Idee?«, fragte Jules. »Zurzeit sind eine Menge Leute dort, hat Marie erzählt. Ein zweites Mal wird Batiste kaum ein Feuer legen.«

»Ich hoffe, die Bücher sprechen noch mit mir«, sagte Lucy und stand auf. »Seid mir nicht böse, ich kann einfach nicht mehr. Kann ich bei dir schlafen?«, fragte sie ihren Freund.

»Ja, klar. Ich komme gleich nach.«

»Trinkst du noch eine Tasse Tee mit mir?«, wandte Jules sich an Colin.

»Gern«, sagte er und blickte bei dem Wort Lucy hinterher, die mit hängenden Schultern die Küche verließ. Tiger folgte ihr auf dem Fuße.

Als Colin später in sein Zimmer kam, lag Lucy mit dem Kater eingekuschelt in seinem Bett. Er legte sich zu ihr und hielt sie fest. Dieser merkwürdige Bund würde ihr nichts antun.

Es geht uns mit Büchern
wie mit den Menschen.
Wir machen zwar viele Bekanntschaften,
aber nur wenige erwählen wir
zu unseren Freunden.

Ludwig Feuerbach

4. KAPITEL

Am nächsten Morgen machte Lucy sich mit Jules' Hilfe fertig. Ihre Hände, die in dünnen weißen Verbänden steckten, brauchten noch einige Tage, bis die neue Haut dick genug war, damit sie sie normal benutzen konnte.

»Marie, wie viele Bücher sind eigentlich verbrannt?«, fragte Lucy ihre Freundin beim Frühstück.

»Na ja, genaue Zahlen haben wir nicht. Die meisten Bücher sind nicht durch den Brand beschädigt worden, sondern durch das Löschwasser. Zum Glück haben die Flammen nicht auf die oberen Etagen übergegriffen. Nachdem Nathan dich hinausgebracht hatte, ging dem Feuer die Kraft aus. Das war merkwürdig. Die Feuerwehr wusste so schnell gar nicht, wohin mit dem Wasser. Mr Barnes hat getobt.« Marie kicherte.

»Was ist nach dem Brand mit den Büchern passiert?«, fragte Lucy weiter.

»Ein Spezialkommando ist angerückt und hat die meisten Bücher mitgenommen«, erklärte Marie. »Sie haben sie verpackt und schockgefrostet. Das konserviert sie, und dann können sie später restauriert werden. Das wird nur leider Unsummen kosten. Trotzdem sind viele für immer verloren.«

»Das ist alles meine Schuld«, sagte Lucy leise. »Ich hätte viel früher merken müssen, dass Nathan etwas im Schilde führt.«

Marie strich über den Verband an ihrer Hand. »Ach, Süße«, sagte sie. »Das ist nicht deine Schuld. Das darfst du nicht mal denken. Nathan kam uns allen wie ein netter Kerl vor, und dann sieht er auch noch so gut aus.«

»Das hätte mich eigentlich stutzig machen sollen«, antwortete Lucy. »Wie wahrscheinlich ist es denn, dass ein Typ wie er auf einen Bücherwurm wie mich steht?«

Marie lachte amüsiert. »Ziemlich wahrscheinlich, wenn er selbst Bücherwurm ist. Ich habe noch nie so einen attraktiven Mann in unserem Lesesaal sitzen sehen, du etwa?«

Lucy schüttelte widerwillig den Kopf.

Nach dem Frühstück machte Lucy sich zusammen mit Marie und Colin auf den Weg zur Bibliothek.

»Ich habe kein gutes Gefühl«, sagte Marie. »Was ist, wenn uns jemand auflauert oder uns folgt?« Immer wieder drehte sie sich um.

»Es ist helllichter Tag«, beruhigte Colin die Mädchen. »Da wird schon nichts passieren.«

»Du bist ganz schön tapfer«, plapperte Marie nervös weiter. »Ich würde mir vor Angst in die Hose machen.«

»Ich bin nicht tapfer. Ich habe nur keine Wahl«, widersprach Lucy und wünschte, Jules wäre mitgekommen. Bei ihr hatte man immer den Eindruck, sie wäre jeder Situation gewachsen. Sie nahm es vermutlich auch mit einem dieser Hunde auf.

»Na, mir würde da was einfallen«, erklärte Marie nach kurzer Überlegung. »Ab zum Flughafen und so weit wegfliegen wie möglich.«

»Vielleicht mache ich das ja noch.« Lucy lächelte. »Wenn das hier vorbei ist.«

»Wenn du dann noch fliegen kannst«, unkte Marie.

»Dafür sorge ich schon.« Colin legte Lucy einen Arm um die Schulter, und sie schmiegte sich an ihn. Colin würde sie beschützen. Sofort machte sich ein schlechtes Gewissen in ihr breit, weil sie sie in Gefahr brachte, aber Batiste und Nathan de Tremaine konnten schließlich unmöglich alle ihre Freunde umbringen.

Eilig liefen die drei weiter zur U-Bahn-Station. Lucy entging nicht, dass Colin die Umgebung fest im Blick behielt. Im Grunde glaubte auch sie, dass Batiste de Tremaine nicht aufgegeben hatte. Glücklicherweise ließen dessen Männer sich nicht blicken. Unbehelligt erreichten sie ihr Ziel.

»Beeil dich, bitte«, forderte Colin von Lucy. »Rein und wieder raus. Ich möchte dich so schnell wie möglich zurück nach Hause bringen.«

Lucy stieg hinter Marie die Stufen zur Eingangstür hinauf und sah sich um. Äußerlich hatte der Brand keinerlei Spuren am Gebäude hinterlassen. Vielleicht waren weit weniger Bücher betroffen, als sie befürchtet hatte. »Man sieht gar nichts, Marie.«

»Ich habe es dir doch gesagt«, antwortete ihre Freundin. »Oben ist alles heil geblieben. Die Bibliothek ist trotzdem geschlossen, da die Aufräumarbeiten im Archiv andauern. Es ist am besten, du gehst zuerst zu Mr Barnes, danach kannst du dich in Ruhe unten umschauen.«

Lucy nickte und verzog gleichzeitig das Gesicht. Der Geruch verbrannten Papiers und Leders kitzelte in ihrer Nase. Kein Wunder, dass die Bibliothek geschlossen war. Es würde ewig dauern, bis der Gestank vertrieben war. Als sie die unversehrte Eingangshalle betrat, fiel ihr ein Stein vom Herzen.

Vor der Tür des Direktors holte sie tief Luft, bevor sie sie öffnete.

Mr Barnes starrte sie an wie ein Gespenst. »Dass Sie sich hierher trauen«, stammelte er nach einer Weile. »Nach dem, was Sie angerichtet haben.«

»Was meinen Sie mit ›angerichtet‹?«, fragte Lucy verwirrt und blieb im Türrahmen stehen.

»Das fragen Sie noch?«, keifte er los. »Haben Sie eine Vorstellung davon, wie viele wertvolle Bücher durch Ihre Unachtsamkeit verloren gegangen sind?«

»Meine Unachtsamkeit?« Lucy war perplex. »Ich bin nicht schuld an dem Brand.«

»Reden Sie sich nicht heraus, Mädchen«, fauchte Mr Barnes. »Es hat dort unten noch nie gebrannt, und kaum sind Sie dort unten, kommt es zu so einer Katastrophe. Was haben Sie an dem Tag überhaupt hier zu suchen gehabt?«

Sie musste in einen weiteren Albtraum geraten sein. »Ich denke, die Feuerwehr macht einen Kabelbrand für das Feuer verantwortlich?«, fragte sie tonlos, nachdem Mr Barnes die Puste ausging. Der Mann war mittlerweile puterrot, und bei Lucys Frage wechselte seine Gesichtsfarbe zu Lila.

»Samt und sonders unfähig, diese Leute«, antwortete er nach

Luft schnappend. »Das hat dieser Mann von der Versicherung behauptet, aber das ist Unfug. Ich habe gerade vor ein paar Wochen alles von einer Elektrofirma durchchecken lassen. Diese Behauptungen sind infam. Das klingt ja fast, als wäre ich meiner Aufgabe nicht gewachsen.« Gleich würde der Mann einen Herzinfarkt bekommen. Lucy sah sich Hilfe suchend um, aber der Gang war menschenleer. Offensichtlich hatte Mr Barnes Angst um seinen Job und suchte nun eine Schuldige. Eine kleine Praktikantin kam ihm da gerade recht. Lucy hatte dem Mann nie etwas getan.

»Faseln ständig etwas von Einsturzgefahr. Die wissen einfach nicht, welche Kostbarkeiten hier lagern.« Einen Moment schien es, als ob er Lucys Anwesenheit vergessen hätte. Dann wandte er ihr wieder seinen Blick zu.

»Und Sie, junges Fräulein«, er kam mit ausgestrecktem Zeigefinger auf sie zu, und es fehlte nicht viel, und er hätte Lucy auf die Brust gepikt, »Sie lassen sich besser nicht mehr blicken. Sie haben ab sofort Hausverbot. Und es ist mir egal, was diese unfähigen Beamten herausfinden. Für mich steht die Schuldige fest.«

Lucy wich zwei Schritte zurück.

»Aber ich hätte den Büchern niemals etwas angetan«, verteidigte sie sich.

Mr Barnes' verachtender Blick streifte sie. »Verschwinden Sie. Kommen Sie mir nicht noch einmal unter die Augen. Sie hören von unseren Anwälten.«

Lucy schnellte herum und rannte aus dem Raum. Die schwere Tür fiel krachend hinter ihr ins Schloss. Sie wäre in dem Feuer fast gestorben. Wie konnte er annehmen, sie hätte es gelegt oder es sei durch ihre Unaufmerksamkeit entstanden? Viel wahrscheinlicher war doch tatsächlich ein Defekt in der maroden Elektrik des Archivs. Seufzend rieb sie sich über ihr Gesicht. Die Kopfschmerzen, die sie seit dem Brand begleiteten, verstärkten sich. Die Verbände kratzten auf der Haut. Sie musste grässlich aussehen, doch das war momentan ihr geringstes Problem.

Ihre Beine liefen wie von allein zum Archiv und tasteten sich die Treppe hinunter. Von Stunde zu Stunde hatte sie mehr das Gefühl, nur noch zu funktionieren. Und nun fürchtete sie sich vor dem, was sie zu sehen bekommen würde. Würden auch die Bücher ihr die Schuld geben? Und selbst wenn nicht … selbst wenn sie nie wieder mit ihr sprachen, wusste sie zu genau, dass sie Nathan direkt hierhergeführt hatte. Das konnte sie sich nicht verzeihen.

Unten angekommen, irritierte Lucy zunächst die unnatürliche Helligkeit. Dann bemerkte sie die Flutlichtstrahler, die in den Gängen standen. Der ohnehin unzuverlässige Strom war abgestellt worden, und die Flutlichter wurden über Generatoren mit Strom versorgt, deren Summen den Raum erfüllte.

Die vorderen Reihen waren nicht beschädigt. Das Feuer musste erloschen sein, bevor es diese Regale erreicht hatte. Sie konnte sich nur dunkel daran erinnern, wo sie überall inmitten des brennenden Infernos herumgelaufen war. Sie hatte sich vollkommen verirrt. Wie hatte Nathan sie in dem Chaos überhaupt gefunden? Wie hatte er es geschafft, mit ihr zu fliehen?

Lucy strich über die unversehrten Buchrücken, in der Hoffnung, den Büchern einen Willkommensgruß zu entlocken. Sie schwiegen eisern. Es war genau so, wie sie befürchtet hatte. Ihre Augen brannten von der schlechten Luft, aber Tränen würden ihr nicht weiterhelfen.

Lucy ging tiefer in das Archiv hinein. Aus dem mittleren Bereich drangen Stimmen und ab und zu ein Lachen zu ihr. Je weiter sie ging, umso größer wurde das Ausmaß der Zerstörung. Sie musste sich förmlich zwingen, weiter vorzudringen. Was hatte sie ihren geliebten Büchern angetan? Mr Barnes hatte recht, es *war* ihre Schuld. Wütend ballte sie ihre Fäuste. Noch mal würde ihr so etwas Dummes nicht passieren. Noch mal fiel sie nicht auf ihn rein.

Zwei Reihen weiter entdeckte sie Kollegen aus den oberen Räumen sowie einige Männer und Frauen, die sie nicht kannte. Das mussten die Mitarbeiter der Spezialfirma sein, die den Schaden sichteten und die Bücher, die zu retten waren, in Sicherheit brachten.

Marie saß mit zwei anderen Mädchen zwischen den angekohlten Regalen auf dem Boden und hob verbrannte Bündel in Kisten, die kleinen Gefrierboxen ähnelten. »Was ist los?«, fragte sie. »Hast du ein Gespenst gesehen?«

»Er hat mir Hausverbot erteilt«, murmelte Lucy.

»Warum?«, fragte Marie fassungslos. »Das darf er nicht.«

»Er gibt mir die Schuld. Er behauptet, ich hätte das Feuer gelegt.« Jetzt kamen doch Tränen. Mist!

»Ach, Süße.« Marie schloss ihre Freundin in die Arme. »Er ist bloß wütend. Das wird sich aufklären. Du wirst sehen.«

Lucy schniefte. »Meinst du?«, fragte sie kläglich.

Marie nickte. »Da bin ich ganz sicher.« Sie reichte Lucy ein Taschentuch. »Willst du dich ein bisschen umsehen?« Sie strich ihr tröstend über den Arm.

»Und was, wenn er mich erwischt? Ihr dürft nicht auch noch Ärger bekommen.«

Marie und die anderen Mädchen pusteten unter ihrem Mundschutz los. »Der kommt nie herunter. Er hat Angst, dass das ganze Gewölbe einstürzt«, erklärte eins der Mädchen. »Er schickt lieber das Fußvolk.«

»Oder er fürchtet sich vor den Geistern«, setzte Marie hinzu und entlockte Lucy damit ein Lächeln. Marie schien ihre Angst überwunden zu haben, obwohl sich bei dem Licht sicher keine Spukgestalt aus ihrem Versteck traute.

»Kann ich euch helfen?«, fragte Lucy und kniete nieder.

»Nein«, winkte Marie ab. »Das ist eine große Sauerei, und wir haben keinen Schutzanzug mehr. Außerdem musst du auf deine Hände achtgeben, sonst entzündet sich noch was.«

Lucy musterte die drei Mädchen, deren weiße Schutzanzüge von schwarzen, fettigen Schlieren verdreckt waren.

»Am besten, du beeilst dich. Colin wird schon ungeduldig sein«, raunte Marie ihr zu. »Ich bringe später deine Sachen mit. Jedenfalls die, die nicht verbrannt sind.« Sie reichte Lucy eine Atemschutzmaske. »Setz die lieber auf. Die Luft ist furchtbar. Wir machen jede halbe Stunde eine Pause. Aber damit geht es.«

»Ich brauche nicht lange«, sagte Lucy und wandte sich den Tiefen des Archivs zu. Zwei Reihen weiter schlüpfte sie unter dem rotweißen Absperrband hindurch, das den noch begehbaren Teil des Archivs von dem Rest trennte. Dieser Bereich war am stärksten in Mitleidenschaft gezogen. Grauen erfasste sie, als ihr klar wurde, was sich hier abgespielt hatte. Regale waren umgestürzt und fast komplett verbrannt. Die früheren Gänge waren nicht mehr zu erkennen. Als Lucy zur Decke schaute, sah sie, dass die ohnehin verblichenen Malereien unter dem Ruß verschwunden waren. Zwischen den Trümmern lagen schwarze Klumpen. Das mussten die kläglichen Überbleibsel der Kartons mit den Büchern sein, die das Feuer und das Löschwasser vollständig zerstört hatten. Und sie war mittendrin gewesen. Unerwünschte Dankbarkeit dafür, dass Nathan sie gerettet hatte, drängte an die Oberfläche. Zornig unterdrückte sie das Gefühl. Es war nur seine Schuld, dass es so weit gekommen war. »Es tut mir so leid«, flüsterte sie dem, was von den Büchern übrig geblieben war, ein ums andere Mal zu. »Ich mache das wieder gut, versprochen.« Sie stieg zwischen den Überresten des Archivs hindurch, in der Hoffnung, wenigstens ein unversehrtes Buch zu finden. Oftmals musste sie einen anderen Weg einschlagen, da verkohlte Balken ihr den Durchgang verwehrten. Je tiefer sie in das unterirdische Gewölbe vordrang, desto mehr nahmen die Schäden wieder ab. Es schien so, als wäre der Brand direkt in der Nähe ihres Büros ausgebrochen. Zwar hatte die Hitze des Feuers viele Kartons verbrannt, doch die Regale waren weniger in Mitleidenschaft gezogen. Lucy schöpfte Hoffnung, dass hier, genau wie im vorderen Bereich des Archivs, mehr Bücher erhalten waren. Das Flutlicht, das große Teile des vorderen Archivs erhellte, wurde in diesem hinteren Bereich schwächer. Schon sah sie die zerstörten Kartons nur noch undeutlich. Warum hatte sie keine Taschenlampe mitgenommen? Behutsam tastete sie sich an einem Regal tiefer in einen beinahe unversehrten Gang hinein. Als die Finsternis sie vollständig umfing, blieb sie stehen und atmete tief durch. Der Brandgeruch hing ihr zwar noch in der Nase, wurde aber vom Duft der Ledereinbände fast verdeckt. Lucy lehnte erschöpft den Kopf gegen dicke Folianten.

»Hallo«, flüsterte sie. »Hört ihr mich?« Beklemmende Stille antwortete ihr. »Es tut mir so leid. Ich hätte ihn nicht in das Archiv lassen dürfen. Aber ich hatte keine Ahnung, wer er ist. Bitte redet mit mir. Sagt mir, was ich tun muss.« Wenn sie bloß ihr Medaillon hätte!

Lucy schwieg und wartete auf Antwort. Alles blieb still. Das Pochen in ihrem Kopf war nichts gegen die Verzweiflung, die sich in ihrem Inneren ausbreitete. Würden die Bücher nie mehr mit ihr sprechen? »Ihr müsst mir glauben. Er hat mich belogen.«

»Wir geben dir keine Schuld«, vernahm sie plötzlich eine helle Stimme. »Wir wissen, wer es getan hat.«

Erleichterung durchströmte Lucy. »Ich hatte solche Angst, dass ihr nicht mehr mit mir sprecht. Solche Angst, dass ihr tot seid.«

»Viele von uns haben nicht überlebt, andere sind völlig entkräftet«, erklärte die Stimme. »Du musst uns Zeit geben. Der Rauch und der Qualm haben uns unsere Energie entzogen.«

Eine andere, tiefere Stimme mischte sich ein. »Wir brauchen dich, Lucy, deshalb haben sich viele von uns dem Feuer geopfert. Damit du leben kannst. Damit du uns rettest.«

Obwohl sie es längst geahnt hatte, war Lucy geschockt. »Ihr hättet das nicht tun dürfen!« Das machte die Sache nur noch schlimmer.

Das Buch schwieg.

»Du bist die Hüterin. Du musst den Bund zerschlagen und unsere Brüder und Schwestern zurück ans Licht holen«, sprach ein weiteres. Diese Stimme klang, als ließe sie ihr keine Wahl.

»Weshalb habt ihr mich nicht vor ihm gewarnt?«, fragte Lucy.

»Das ist uns verboten«, erklang eine ältere Stimme von der gegenüberliegenden Seite des Gangs. »Ihr seid beide Kinder des einen Bundes, der geschlossen wurde, unser Wissen zu schützen. Wir sind euch beiden verpflichtet. Wäre es nicht so, hätten wir uns den Männern längst verweigert.«

»Warum tut ihr es nicht?« Lucys Gedanken überschlugen sich. »Sie verstecken euch vor den Menschen. Das ist nicht richtig.«

»Einst war dies notwendig, um uns zu schützen«, antwortete das Buch. »Dies für heute zu entscheiden, liegt nicht in unserer Macht. Du musst ihn vom richtigen Weg überzeugen. So lange sind wir ihm ausgeliefert.«

»Was muss ich tun, um dem ein Ende zu setzen?«

»Begib dich auf die Suche nach dem Vermächtnis der Hüterinnen«, sagte das alte Buch. »Dort wirst du Antworten auf deine Fragen finden.«

»Was ist das für ein Vermächtnis?«, fragte Lucy atemlos. »Ist es ein Buch? Kenne ich es vielleicht?«

Sie bekam keine Antwort.

»Bitte sagt mir ein bisschen mehr«, flehte sie. Aber die Bücher blieben stumm, egal, wie sehr Lucy sie anflehte. Langsam ging sie zurück, und es kam ihr vor, als spürte sie die Erschöpfung der Bücher am eigenen Leib.

Welchen Leser ich wünsche?
Den Unbefangensten, der mich, sich und die
Welt vergisst, und in dem Buche nur lebt.

Johann Wolfgang von Goethe

5. KAPITEL

Nathan beobachtete Jules, die vor dem Eingang ihres Hauses stand und Lucy und Colin entgegensah. Weshalb war Lucy nicht mehr im Krankenhaus? Niemand hatte ihm dort Auskunft über ihren Verbleib geben wollen oder können. Mit einem unguten Gefühl war er hergefahren. Aufmerksam musterte er die Gegend und stieg aus seinem Taxi. Mit schnellen Schritten überquerte er die Straße.

»Lucy.« Sofort schob Colin sich zwischen sie und ihn.

Sie versuchte, seinem Blick standzuhalten. Er trug eine schwarze Jeans und eine gleichfarbige Daunenjacke. Die Sachen mussten ein Vermögen gekostet haben. Er wirkte mit diesen Klamotten fast wie ein anderer Mensch. Lucy kannte ihn sonst nur im Anzug. Wenn er ihr nicht noch vor wenigen Tagen nach dem Leben getrachtet hätte, würde sie ihn heute als äußerst attraktiv bezeichnen. Denn das war er, auch wenn er müde aussah, so als hätte er nächtelang nicht geschlafen. Aber das gehörte vermutlich zu seiner Show.

»Ich will nur mit ihr reden, Colin«, sagte er jetzt. Er hatte Mühe, seine Stimme ruhig klingen zu lassen. Bestimmt kochte er vor Zorn, weil sein Plan misslungen war.

Nathan fuhr sich durch sein Haar, ohne seinen Blick von ihr

abzuwenden. Sie hatte Angst vor ihm, das konnte er deutlich sehen. Das ungewöhnliche Grau ihrer Augen hatte sich verdunkelt.

»Sie möchte nicht mit dir reden«, mischte Jules sich ein und trat zu ihnen. Aus ihren Augen sprühten Funken. Sie sah aus wie eine Löwin, die ihr Junges verteidigte.

Nathan schob sie einfach zur Seite. »Es ist aber wichtig«, sagte er drängend. »Du bist in Gefahr, Lucy. Wenn du nicht mit mir redest, werden andere dich dazu zwingen. Ich konnte dich ein Mal retten. Ein zweites Mal gelingt es mir nicht.«

Er war wirklich ein verdammt guter Schauspieler. Aber das hatte er ja schon mehrfach bewiesen.

»Du, mich gerettet?«, giftete Lucy ihn an. »Du hast mich doch erst in diese Situation gebracht. Und jetzt kommst du und willst dich als Retter aufspielen? Denkst du, ich hab dich und deinen Bund nicht durchschaut? Wo sind die Männer, die ihr die Drecksarbeit machen lasst?« Lucy sah sich um. Seinen Blick mied sie lieber. Diese schwarzen Augen übten eine ungesunde Anziehung auf sie aus.

»Sie wollten Lucy aus dem Krankenhaus entführen oder sie sogar töten«, mischte Colin sich ein. »Das müsstest du besser wissen als wir, Nathan. Selbst ich wäre beinahe auf dich hereingefallen. Glückwunsch.«

Nathan war blass geworden. »Sie waren im Krankenhaus?«

»Tu doch nicht so, als ob du das nicht wüsstest.« Lucy musste sich zusammenreißen, um nicht zu schreien. Die ersten Passanten drehten sich bereits nach dem streitenden Grüppchen um.

»Was habt ihr sonst noch geplant?«, mischte Jules sich wütend ein. »Lucy hat uns alles erzählt, und wir werden ihr helfen. Sie ist nicht mehr allein. Das kannst du deinem Großvater ausrichten. Ihr werdet sie nicht bekommen. Wenn es sein muss, dann gehen wir zur Polizei und zeigen ihn an.«

»Du hast ihnen alles erzählt?« Nathan wirkte vollkommen fassungslos. Er schüttelte ungläubig den Kopf. »Polizei?«, lachte er dann hohl.

»Auf meine Freunde kann ich mich wenigstens verlassen.« Lucy würde nicht zulassen, dass er sich auch noch über sie lustig machte.

Nathan packte ihren Arm und zog sie aus Colins Schutz. Helles Licht loderte bei dieser Berührung von Nathans Mal unter den Ärmeln seiner Jacke hervor. Lucys Licht hatte etwas Schwierigkeiten, den Verband am Handgelenk zu durchdringen. Fasziniert beobachteten sie, wie die Lichter versuchten, sich zu verbinden.

»Du bist tatsächlich naiver, als ich angenommen habe«, sagte Nathan bissig.

»Danke für die Blumen«, zischte Lucy zurück und riss sich los. Die Lichter erloschen genauso schnell, wie sie aufgeflammt waren. Ein Gefühl von Traurigkeit blieb in Lucy zurück. Ob Nathan das auch spürte? Vermutlich nicht. Was sollte man schon spüren, wenn man ein Herz aus Stein hatte?

»Wie konntest du deine Freunde da mit reinziehen? Bist du von allen guten Geistern verlassen? War es so schwer, mir eine Nachricht zu schicken? Ich hätte dir alles erklären können. Nichts von dem wäre passiert. Madame Moulin wäre noch am Leben.«

Lucy holte aus und gab ihm eine Ohrfeige. Es knallte nicht so laut, wie sie beabsichtigt hatte, da die Verbände den Schlag dämpften. Nathan sah sie trotzdem schockiert an. »Wage es nicht, mir an ihrem Tod die Schuld zu geben«, setzte sie hinzu.

»Nathan, reg dich ab«, verlangte Colin. »Das war unter der Gürtellinie.« Lucy fragte sich, wie Colin so ruhig bleiben konnte, aber er war schon immer diplomatischer gewesen als sie. Tränen drangen unter ihren Lidern hervor. Ob irgendwann die Zeit kam, in der sie um ihre Ersatzmutter trauern konnte? Jetzt war sie viel zu sehr damit beschäftigt, ihr Leben zu retten, aber der Verlust tat unendlich weh. Ohne ihre Freunde wäre sie mutterseelenallein.

»Entschuldige, ich habe es nicht so gemeint. Ich wollte dich nicht verletzen.« Nathan schob die Hände in die Taschen seiner Jacke.

Erst jetzt fiel Lucy auf, wie kalt es war. Sie begann zu zittern. »Dafür ist es zu spät«, antwortete sie.

Schweigen breitete sich aus. Er sollte sie nicht so anschauen, dachte Lucy. Nicht nach allem, was geschehen war. Denn sie war nicht imstande, ihren Blick abzuwenden.

»Lucy«, sagte Nathan bedächtig, als legte er jedes Wort auf die Goldwaage, »so geht das nicht. Versteh doch. Der Bund ist zu mächtig. Du kannst dich nicht gegen ihn auflehnen. Du musst tun, was sie von dir verlangen, sonst bringen sie dich um.«

»Das kann ich nicht.« Sie legte all ihre Entschlossenheit in ihre Worte und war sich trotzdem nicht sicher, ob sie ihn überzeugen konnten. »Es ist falsch, was ihr tut. Ich muss den Büchern helfen. Jetzt noch mehr als vorher. Das bin ich ihnen und Madame Moulin schuldig.«

Nathan schien ihr gar nicht zuzuhören, sondern wandte sich an Colin. »Bring sie zur Vernunft«, forderte er ihn auf. »Du bist wahrscheinlich der Einzige, auf den sie hört. Ich bin mit meinem Latein am Ende. Wenn sie nicht für den Bund arbeitet, muss sie verschwinden.« Dann wandte er sich ein letztes Mal an Lucy: »Ich wünschte, es gäbe einen anderen Weg.« Damit drehte er sich um und ging davon.

Colin zog Lucy ins Haus und die Treppe hinauf. Das Zittern hörte einfach nicht auf. Lucy war nicht sicher, ob es von der Kälte oder von ihrer Angst kam. Seine letzten Worte hatten wie eine Drohung geklungen.

»Das klang für mich nicht nach einer Drohung«, widersprach Jules ihr, als sie die Wohnung betrat. »Es klang besorgt, Lucy.«

»Ich lass mich nicht von ihm einwickeln«, sagte Lucy, und ihre Zähne schlugen aufeinander. »Einmal hat gereicht.«

»Aber welchen Grund gibt es für ihn, dich vor dem Bund zu warnen?«, wandte ihre Freundin ein.

»Er will mir Angst machen und mich überreden, mit ihm gemeinsame Sache zu machen. Ist doch klar. Er findet es richtig, was er tut.«

»Vielleicht weiß er nur nicht, wie er aus der Nummer rauskommt?«, sagte Colin. »Er wird nicht mit Absicht ein Feuer gelegt haben, um dich dann zu retten. Das ist total verrückt. Es hätte sonst was schiefgehen können. Da fallen mir andere Sachen ein, um eine Frau zu beeindrucken.«

»Du bist mal wieder sehr witzig.« Jules sah ihn tadelnd an. »Auf deine Methoden wäre ich allerdings neugierig.«

»Betriebsgeheimnis.« Colin lächelte sie an, und Jules schüttelte ärgerlich den Kopf.

»Männer«, murmelte sie vor sich hin.

»Hast du was gegen uns?«, fragte Colin nach.

»Im Gegenteil.« Jules machte sich an einem der Küchenschränke zu schaffen.

»Nathan fällt offenbar nur ein, mir zu drohen«, unterbrach Lucy das Geplänkel der beiden. Sie hatte sich eine Wolldecke aus ihrem Zimmer geholt und schlang sie um ihren Körper. Später würde sie ein heißes Bad nehmen.

»Wenn du denkst, er benutzt dich, warum drehst du den Spieß nicht um?«, schlug Jules vor. »Er wird es nicht mal merken. Männer sind für so etwas nicht sensibel genug. Er wird denken, er hätte dich überzeugt.«

»Du hast keine besonders hohe Meinung von uns, oder?« Colin holte drei Tassen aus dem Schrank und stellte sie auf den Tisch.

Jules zuckte mit den Schultern. »So kommt Lucy am ehesten an die nötigen Informationen. Mach ihm Hoffnungen. Sag, du hättest es dir überlegt.«

Colin hängte Teebeutel in die Tassen. »Du machst mir richtig Angst«, grinste er. »Aber das könnte klappen. Wenn er so tickt wie die meisten meiner Geschlechtsgenossen, wird er sich tatsächlich geschmeichelt fühlen.«

»Sag ich doch«, lachte Jules und stupste ihn mit der Hüfte an.

Zum Glück nahmen ihre Freunde die Sache immer noch mit Humor, obwohl daran nichts lustig war. Vermutlich war es Galgenhumor. »Ich weiß nicht recht«, murmelte Lucy. »Eigentlich möchte ich ihn nicht mehr sehen. Er soll aus meinem Leben verschwinden.«

»Überleg es dir in Ruhe«, sagte Jules. »Nur er kann dir verraten, wo die Bücher verborgen sind, die du retten willst. Diese Information brauchst du. Alles andere wird sich finden.«

»Hast du gemerkt, wie sie sich angesehen haben?«, fragte Jules Colin, als sie allein waren.

»Das war kaum zu übersehen«, antwortete er.

»Und diese Male mit den Lichtern, das war echt krass.«

Colin nickte.

»Sie ist nicht über ihn hinweg. Meinst du nicht auch?«

»Wenn du mich fragst, er über sie auch nicht«, antwortete Colin.

»Ich bin nicht sicher, ob den beiden das klar ist.«

»Nach allem, was Lucy als Kind durchgemacht hat, hätte ich ihr einen netten Jungen und eine unkomplizierte Beziehung gewünscht. Aber offenbar ist ihr das nicht vergönnt. Irgendwie habe ich so etwas befürchtet.«

Jules musterte ihn nachdenklich. »Bist du sicher, dass du sie nicht liebst, Colin?«

»Warum fragst du das?«, wich Colin ihr aus.

Jules zuckte die Schultern und rührte in ihrer Teetasse. »Ich weiß nicht. Wahrscheinlich glaube ich nicht an Freundschaften zwischen Männern und Frauen.«

»Ich bin dein Freund«, sagte Colin und löste eine ihrer Hände von der Tasse.

»Ja, das bist du wohl«, antwortete sie.

»Na, siehst du.« Colin sprang auf. »Hast du Lust auf einen Film?«

Jules sah auf die Uhr. »Mist, schon so spät. Ich muss noch mal zum College. Vielleicht heute Abend«, schlug sie vor.

»Da bin ich verabredet, sorry.«

»Kenne ich sie?«, fragte Jules.

»Nein.« Colin lachte kopfschüttelnd. »Und du wirst sie auch nicht kennenlernen. Das ist nichts Ernstes.«

Jules presste die Lippen aufeinander. »Das ist es doch bei dir nie. Für die ganzen gebrochenen Herzen schmorst du später mal in der Hölle.«

»Da ist es bestimmt viel lustiger als bei euch braven Mädchen im Himmel.«

Lucy musste eingeschlafen sein. Der Vormittag hatte sie mehr erschöpft, als sie zugeben wollte. Der Anblick des zerstörten Archivs, die vielen Bücher, die ihretwegen ihr Leben gelassen hatten, und die Begegnung mit Nathan, das war alles ein bisschen viel gewesen. Der Schlaf hatte ihr gutgetan. Die Kopfschmerzen waren endgültig verschwunden.

Sie ging in die Küche. Es war niemand dort. Jules hatte Vorlesungen, und Marie war sicher noch in der Bibliothek. Aber wo war Colin? Sie ging zu seinem Zimmer und öffnete die Tür. Colin lag auf seinem Bett und schlief tief und fest. Lucy lächelte. Er war die ganze letzte Nacht wach geblieben, um sicherzugehen, dass niemand sie direkt aus seinem Bett raubte. Sie kontrollierte, ob die Eingangstür verschlossen war, und ging in ihr Zimmer zurück. Fast fühlte sie sich wieder normal. Sie setzte sich an ihren Rechner und tippte *de Tremaine* als Suchbegriff ein. Über zwei Millionen Einträge wurden ihr angezeigt. Das konnte sie niemals alles lesen. So geläufig fand sie den Namen gar nicht. Die Worte *Katharer* und *Montségur* reduzierten das Ergebnis auf fünfundzwanzig. Sie öffnete den ersten Eintrag und begann zu lesen. Viel Neues erfuhr sie nicht. Das meiste wusste sie schon von Nathan. Trotzdem durchforstete sie auch die folgenden Artikel nach Hinweisen, bis das vertraute Klappen der Eingangstür erklang. Das musste Marie sein.

»Ich bin hier«, rief sie, bekam aber keine Antwort.

Sekunden später trat jemand hinter sie. Die Angst, die ihren Rücken hochkroch, hatte keine Chance, sich weiter auszubreiten. Eine Hand drückte ihr ein übel riechendes Tuch vor den Mund, und sie verlor das Bewusstsein.

»Colin!« Jules rüttelte an seiner Schulter. »Wo ist Lucy?« Verschlafen brummte er eine Antwort.

»Sie ist nicht in ihrem Zimmer«, hörte er Jules' panische Erwiderung.

»Wo soll sie sonst sein?« Er versuchte, seine Augen zu öffnen. Seine Zunge fühlte sich merkwürdig schwer in seinem Mund an.

»Sie ist nicht in ihrem Zimmer.« Wieder rüttelte Jules ihn. »Das sag ich doch schon die ganze Zeit. Wach auf.«

Colin setzte sich hin, rieb sich die Augen und trank einen großen Schluck Wasser. Irgendwas war komisch. Alles sah so verschwommen aus. »Sie hat geschlafen«, erzählte er dann schleppend. »Ich wollte einen Film anschauen. Dabei muss ich eingeschlafen sein.«

»Du hast nichts gehört?«, fragte Jules und beugte sich hinunter. Kurz darauf hielt sie eine Spritze in den Händen. Sie war leer. »Die haben dir etwas gespritzt«, sagte sie tonlos.

Colin sprang auf und raste aus dem Zimmer. Lucys Bett war nicht gemacht. Neben dem Rechner stand eine benutzte Tasse. Sie hatte den Rechner hochgefahren, bevor sie verschwunden war, er fühlte sich noch warm an. Lange konnte sie noch nicht fort sein. Colin drückte auf die Enter-Taste, und eine Infoseite über die Katharer öffnete sich. Ein feuchtes Handtuch lag auf dem Boden.

Als er sich umdrehte, stand Jules in der Tür. »Was denkst du?« Insgeheim hoffte er auf eine logische Erklärung.

»Sie wäre nicht gegangen, ohne uns eine Nachricht zu hinterlassen.«

»Vielleicht hat sie sich überlegt, dass wir, wenn wir nicht Bescheid wissen, auch nicht in Gefahr sind«, dachte Colin laut. »Das sähe ihr ähnlich. Bestimmt hat sie bereut, dass sie uns alles erzählt hat. Nathan hat ihr heute früh ein ziemlich schlechtes Gewissen gemacht.«

»Und dann hat sie dich mit einer Spritze in Tiefschlaf versetzt? Träum weiter.« Jules tat zwei Schritte und öffnete die Schublade des Schreibtisches. Lucys Geldbörse lag darin. Das Handy entdeckte sie unter einem Schreibblock neben dem Rechner. »Glaubst du, sie wäre ohne das hier gegangen?«

Colin ließ sich auf das Bett fallen. »Ich habe nicht gut genug auf sie aufgepasst.« Stöhnend vergrub er das Gesicht in seinen Händen.

»Du kannst nichts dafür. Mach dir keine Vorwürfe.« Jules setzte sich neben ihn und legte tröstend eine Hand auf seine Schulter. »Ich hätte nie gedacht, dass sie in die Wohnung kommen.«

»Wir hätten damit rechnen müssen. Die haben Menschen umgebracht, und wir haben uns aufgeführt, als wäre das ein Spiel.«

»Meinst du, wir sollten die Polizei einschalten?«, fragte Jules.

»Was sollen wir denen erzählen?« Colin schüttelte verärgert den Kopf. »Die Wahrheit? Dass die Bücher mit ihr sprechen? Dass zwei Männer sie im Auftrag von Batiste de Tremaine entführt haben, die sich in Hunde verwandeln können? Dass das Feuer in der Bibliothek gelegt wurde, um sie zu töten? Die bringen uns auf der Stelle in die Psychiatrie.«

Jules ließ den Kopf hängen. Dieser de Tremaine wusste genau, in welcher ausweglosen Lage sie waren. »Denkst du, sie tun ihr etwas an?« Sie hatten sich alle drei unfassbar naiv benommen.

»Ich rufe Nathan an«, sagte Colin. »Er muss mir sagen, ob Lucy in seiner Gewalt ist.« Er stand auf, um sein Handy zu holen. »Und wenn das so ist, dann kann der Kerl sich auf was gefasst machen.«

»Du hast seine Nummer?«, fragte Jules verwundert.

»Er hat sie mir im Krankenhaus gegeben.«

»Denkst du, er sagt dir die Wahrheit?« Sie durfte sich nicht vorstellen, was die Typen Lucy angetan hatten.

»Ich weiß es doch auch nicht, Jules.« Colin raufte sich die Haare.

»Wenn ihr nicht schon was zugestoßen ist«, sagte Jules ganz leise. Die Angst in ihrer Stimme war unüberhörbar. »Wir hätten sie sofort wegbringen müssen.«

Ein Klingeln ertönte von der Tür.

Lucys Schädel dröhnte, als sie zu sich kam. Wieder einmal. Um sie herum war es stockfinster. Nur ein schmaler Lichtschein flackerte unter der Tür hindurch. Sie lag auf einem Bett. Alles an ihr fühlte sich merkwürdig taub an, und ihre Zunge lag geschwollen in ihrem Mund. Sie hatten sie in ihre Fänge bekommen. Sie begann zu zittern, und gleichzeitig breitete sich ein dünner Schweißfilm auf ihrer Haut aus. Ihr Atem ging unnatürlich schnell. Wie hatte sie so naiv sein können, zu glauben, der Sache gewachsen zu sein? Immerhin hatte Batiste de Tremaine Menschenleben auf dem Gewissen. Nichts hätte ihn abhalten können, sie in seine Gewalt zu bringen. Hoffentlich hatten seine Männer Colin nichts getan.

Das Geräusch eines Schlüssels ließ sie aufhorchen. Sie stellte sich schlafend. Licht flammte auf, und durch ihre Lider sah sie zwei Männer eintreten. Der bulligere von beiden trug ein Tablett in den Händen. Der andere brachte lediglich einen vertrauten Duft in das Zimmer.

»Lucy?« Nathan setzte sich auf die Bettkante. »Bist du wach? Du musst etwas trinken.«

Sein Arm schob sich unter ihren Nacken, und er richtete sie auf. Dann hielt er ihr ein Wasserglas an die Lippen. Lucy schlug es ihm aus der Hand, und das Wasser versickerte in der Decke. Sofort wurde ihr kalt. Doch darauf konnte sie jetzt keine Rücksicht nehmen. Sie musste aus diesem Bett weg, aus dem Zimmer, aus dem Haus. Mit dem Ellenbogen stieß sie Nathan zur Seite, strampelte sich frei und sprang auf. Der bullige Typ war schneller, als sie es ihm zugetraut hätte. Erst als er sich umdrehte, erkannte sie in ihm einen der Männer aus dem Krankenhaus. Er packte ihren Arm, noch bevor sie die Tür erreichte, und zog sie zurück. Seine Finger umfassten ihr verbundenes Handgelenk wie ein Schraubstock und drückten sie zurück auf das Bett. Kampflos würde sie sich nicht ergeben. Wieder versuchte sie, sich loszureißen, obwohl sie wusste, wie sinnlos es war. Sie sollte ihre Kräfte besser schonen.

»Das reicht, Orion«, sagte Nathan mit fester Stimme. »Sie wird vernünftig sein. Nicht wahr?«

Lucy drehte sich zu ihm. Am liebsten hätte sie ihm seine verlogenen Augen ausgekratzt. Da ihr das nicht möglich war, spuckte sie ihm ins Gesicht.

»Du mieser kleiner Verräter.«

Nathan verzog keine Miene, sondern wischte sich mit einem Taschentuch das Gesicht ab.

»Tee für dich.« Er wies auf das Tablett, das auf dem Tisch stand.

»Im Schrank hängen Kleider. Orion wird dich in einer halben Stunde abholen. Wir speisen gemeinsam mit meinem Großvater.«

Die Tür schloss sich hinter den beiden, und Lucy blieb allein mit ihrer unbändigen Wut und ihrer Angst.

Ob Colin oder Jules zur Polizei gegangen waren? Sie musste nur durchhalten, bis jemand kam und sie befreite. Bestimmt dauerte ihre Gefangenschaft nicht lange. So eine Macht konnte nicht einmal Batiste de Tremaine haben. Tränen stiegen ihr in die Augen, die sie herunterzuschlucken versuchte. Heulen half auch nicht. Stattdessen sollte sie nach einem Ausweg suchen.

Wie spät mochte es sein? Sie ging zum Fenster und schob die Vorhänge zur Seite. Es war dunkel, doch in dem parkähnlichen Garten, der sich vor ihr erstreckte, brannten zahllose Lichter.

Das Zimmer, in das sie eingesperrt war, lag zu hoch, um hinunterzuklettern. Also versuchte sie es an der Tür. Wie erwartet, war diese jedoch abgeschlossen. Suchend sah sie sich um. Gab es in dem verdammten Raum nichts, mit dem sie das Schloss aufbrechen konnte? Sie wurde nicht fündig. Das Zimmer schien nicht regelmäßig benutzt zu werden. Es war eher eine Art Gästezimmer. Auf dem Fensterbrett lag eine Staubschicht, und es fanden sich keinerlei persönliche Dinge. Trotzdem war es äußerst luxuriös eingerichtet. Die Möbel mussten allesamt Antiquitäten sein. Das weiße Himmelbett, auf dem sie gelegen hatte, wurde von lindgrünen Vorhängen eingerahmt. Dieselbe Farbe fand sich in dem Teppich, den Fenstervorhängen und in den Sesseln, die um einen nussbaumfarbenen Tisch platziert waren. Lucy ging zurück zum Fenster, um noch einmal nach draußen zu schauen. Wo hatten sie sie hingebracht? Sie war definitiv nicht mehr in London. Der Garten zog sich um ein Gebäude, das riesig und alt aussah. Das musste der Landsitz der de Tremaines sein. Trotz der Dunkelheit arbeiteten zwei Gärtner dort unten. Lucy klopfte an die Scheiben und schrie. Keiner von beiden hob seinen Kopf. Kein Wunder, dass sie sie nicht hörten. Selbst im Zimmer klang das Klopfen mit den Verbänden an den Händen dumpf. Vielleicht wollten sie sie auch nicht hören, sicher war sie nicht die erste Gefangene in diesem düsteren Gemäuer. Immerhin hatten sie sie nicht gleich umgebracht. Damit bestand Hoffnung, dass sie rechtzeitig gefunden wurde, bevor ihr etwas zustieß.

Sie ging zum Tisch. Obwohl ihr Durst unerträglich war, beschloss sie, den Tee nicht anzurühren. Bestimmt waren irgendwelche Drogen untergemischt oder sogar Gift.

Stattdessen ging sie ins Bad und kippte das Getränk in den Ausguss. Leitungswasser musste vorerst genügen.

Mehr als die Hälfte unserer
heutigen Bildung verdanken wir dem,
was wir nicht lesen sollten.

Oscar Wilde

6. KAPITEL

Jules sah Colin an, als das Klingeln verstummte. »Erwartest du jemanden?«

»Nein.«

»Wer kann das sein?«

»Wir sollten aufmachen und es herausfinden.«

Jules schlich zur Tür und sah durch den Spion.

»Polizei«, formten ihre Lippen lautlos.

»Mach schon auf.«

Jules öffnete die Tür, vor der zwei zivile Beamte standen, die ihre Ausweise vor das Guckloch hielten.

»Guten Morgen«, begrüßte der jüngere Beamte Jules. »Wohnt hier Miss Lucy Guardian?«

»Ja, wieso?«

»Wir haben die Anweisung bekommen, sie zum New Scotland Yard zu begleiten. Außerdem muss sie dringend zurück ins Krankenhaus.«

»Was wollen Sie von ihr?«, fragte Jules.

»Das besprechen wir besser mit ihr persönlich.«

»Sie ist nicht da«, mischte Colin sich ein und trat hinter sie.

»Können Sie uns sagen, wo wir sie finden?«, fragte der andere Beamte. Er war etwas korpulenter und trug einen Schnauzbart.

»Sie hat das Haus heute Mittag verlassen«, antwortete Jules.

»Und Sie wissen nicht, wo sie hinwollte?«

»Nein.«

»Gibt es Umstände, die vermuten lassen, dass sie das Haus nicht freiwillig verlassen hat?«

»Wie kommen Sie darauf?«

Der jüngere Beamte holte Luft, offenbar war er nicht sicher, wie viel er preisgeben durfte. »Letzte Nacht wurden im St.-Thomas-Hospital zwei Krankenschwestern bewusstlos geschlagen. Die Männer, die dafür verantwortlich sind, waren auf der Suche nach Miss Guardian. Wir wüssten gern, ob Miss Guardian uns etwas über diese Männer sagen kann. Die Schwestern konnten sie in unserer Kartei nicht identifizieren.«

»Also? Ist Miss Guardian gestern Nacht nach Hause gekommen?«, fragte der Ältere und unterbrach die Erklärung seines Kollegen.

Jules nickte. »Das ist sie, aber jetzt ist sie verschwunden. Wir befürchten, dass die Männer sie geschnappt haben.«

»Ist Ihre Freundin in illegale Geschäfte verwickelt? Drogen oder Ähnliches?«, rasselte der Schnauzbärtige herunter.

»Nein. Nein, natürlich nicht«, antwortete Jules hastig.

Er blätterte in seinen Unterlagen. »Miss Guardian ist erst siebzehn«, stellte er fest. »Wo wohnen ihre Eltern?«

»Sie ist eine Waise«, erwiderte Colin schroff.

»Okay, wer ist dann ihr Vormund?«, führte er das Verhör ungerührt fort.

»Sie ist in einem Kinderheim aufgewachsen. Ich gebe Ihnen gern die Adresse.«

Der Polizist nickte. »Das beantwortet allerdings nicht meine Frage.«

»Ich weiß nicht, wer ihr Vormund ist.« Colin bemerkte Jules' überraschten Blick. Aber er wollte jetzt nicht auch noch von Madame Moulin und ihrem Unfall erzählen. Die Sache war kompliziert genug.

Der Beamte kritzelte etwas. »Gut, das werden wir herausfinden.«

»Dürfen wir ihr Zimmer sehen?«, fragte der andere Beamte.

Jules und Colin sahen sich an. Dann räumten sie ihren Platz an der Tür und ließen die beiden eintreten.

Aufmerksam sahen die Beamten sich in dem Zimmer um. »Fehlt irgendetwas? Eine Reisetasche? Ihr Handy oder Geld?«

»Ihr Handy und ihr Geld sind noch da. Auch sonst fehlt nichts«, antwortete Colin.

»Was hat sie Ihnen erzählt, als sie gestern Nacht herkam? Sie müssen ziemlich überrascht gewesen sein. Den Ärzten zufolge hätte sie noch längere Zeit medizinisch versorgt werden müssen. Kann es sein, dass Ihre Freundin etwas mit dem Brand in der Bibliothek zu tun hat? Womöglich handelt es sich auch um ein Kunstraubdelikt, das damit vertuscht werden sollte. Der Direktor der Bibliothek hat so etwas gegenüber unseren Kollegen angedeutet.«

»Sind Sie verrückt geworden?«, fuhr Colin die Männer an. »Lucy ist in Lebensgefahr, und Sie schwafeln was von Kunstraub?«

Interessiert wandten sich die beiden ihm zu. »Lebensgefahr?«

Jules legte Colin beruhigend eine Hand auf den Arm und wandte sich an die Polizisten.

»Wir glauben, sie wurde entführt«, erklärte sie.

»Wissen Sie auch, von wem?«

»Batiste de Tremaine«, enthob Colin sie einer Antwort.

»Dem ehemaligen Professor des King's College?«

Colin nickte, obwohl es ihn erstaunte, dass ein einfacher Polizist den Professor kannte.

»Welches Interesse sollte er an Miss Guardian haben?«, fragte der ältere der beiden Männer, und Colin hörte deutlich den Unglauben in seiner Stimme.

»Das ist etwas kompliziert.«

Der Jüngere nickte. »Möchten Sie Anzeige erstatten?«

Colin sah Jules an. »Werden Sie dann nach ihr suchen?«

»Das kommt darauf an, was Sie uns erzählen.«

»Sie müssen schnell handeln«, sagte Jules. »Batiste de Tremaine hat bereits mehrere Menschen auf dem Gewissen.«

»Machen Sie sich nicht lächerlich, Miss«, mischte der Ältere sich wieder ein. »Sir de Tremaine ist regelmäßiger Gast beim Polizeiball. Er ist ein enger Freund des Commissioners. Passen Sie besser auf, wen Sie beschuldigen.« Er wandte sich seinem Kollegen zu. »Ich denke, hier gibt es nichts mehr für uns zu tun.«

Dieser nickte, schaute jedoch noch einmal zu Colin. »Wenn Sie bei Ihrer Anschuldigung bleiben, kommen Sie bitte zum Yard. Die Kollegen werden Ihre Anzeige aufnehmen. Sollte Miss Guardian sich bei Ihnen melden, richten Sie ihr aus, dass wir auf der Suche nach ihr sind.«

Colin antwortete nicht, und kurz darauf klappte die Eingangstür.

Jules ließ sich auf Lucys Bett fallen. »Schöne Scheiße«, murmelte sie.

»Da hast du recht«, bestätigte Colin. »Was machen wir jetzt?«

»Ich habe keine Ahnung.«

Lucy überlegte fieberhaft, was sie unternehmen sollte. Solange sie in diesem Raum war, hatte sie keine Gelegenheit, zu entkommen. Nathan hatte gesagt, Orion würde sie in einer halben Stunde abholen. Orion? Was für ein blöder Name.

Vielleicht war es das Beste, herauszufinden, was die Männer mit ihr vorhatten. Im Grunde wollten sie etwas von ihr. Wenn sie tat, als wäre sie bereit, es ihnen zu geben, ließen sie sie womöglich lange genug am Leben, damit sie einen Weg fand, zu fliehen. Eine andere Möglichkeit hatte sie momentan nicht. Trotz der Verbände waren ihre Hände eiskalt. Das Zittern musste aufhören. Sie sollten nicht sehen, wie groß ihre Angst war. Langsam atmete sie ein und aus und versuchte, sich zu beruhigen. Ihr Leben hing davon ab, dass die Männer ihr das Manöver abnahmen.

Viel zu schnell hörte sie wieder den Schlüssel im Schloss. Dieses Geräusch würde sie den Rest ihres Lebens hassen.

»Ich bringe Sie ins Lesezimmer«, erklärte Orion. »Machen Sie keine Dummheiten.«

Lucy stand auf und folgte ihm. Aufmerksam musterte sie ihre Umgebung.

Der Flur, den sie entlangliefen, war geschmückt mit riesigen Porträts. Offenbar war dies die Ahnengalerie der de Tremaines. Trotz der unterschiedlichen Kleidung, die die Männer in den verschiedenen Epochen getragen hatten, war die Familienähnlichkeit nicht zu leugnen. Vergeblich suchte Lucy Bildnisse von Frauen, doch diese kamen bei den de Tremaines nicht vor. Bestimmt war ihnen ihr Geld zu schade gewesen, um es für Gemälde ihrer Angetrauten zu verschwenden, dachte sie böse. An dem Mobiliar war eindeutig zu erkennen, dass es daran eigentlich nicht mangelte. Das ganze Haus, oder vielleicht war die Bezeichnung Schloss angebrachter, war die Verkörperung von Luxus und Dekadenz. Trotz des Alters, das man dem Anwesen ansah, war es wunderschön, wie Lucy neidlos eingestehen musste. Nur still war es. Unglaublich still und dunkel. Jedes Geräusch wurde durch die dicken Teppiche gedämpft, die die Fußböden bedeckten oder an den steinernen Wänden hingen. Viel Leben gab es nicht. Es musste einsam gewesen sein, hier als kleiner Junge aufzuwachsen, ohne Geschwister und ohne Eltern.

Lucy fluchte lautlos. Sie würde nicht anfangen, Mitleid mit Nathan zu empfinden.

Orion öffnete eine der dunklen Holztüren und bedeutete Lucy, einzutreten. »Die Herren sind gleich bei Ihnen.« Hinter ihr fiel die Tür ins Schloss.

Lucy befand sich in einem Raum, dessen vier Wände von mächtigen Bücherregalen verdeckt wurden. Die Regale ragten vom Boden bis zur Decke. Nur die Fenster, die Tür und ein Kamin waren ausgespart. Die bordeauxroten Vorhänge waren zugezogen, und in dem offenen Kamin flackerte ein Feuer. In der Mitte des Raumes stand ein Tisch mit drei Sesseln. Hastig trat sie an eins der Regale heran. Ob sie es versuchen sollte?

»Hört ihr mich?«, flehte sie. »Redet mit mir, bitte. Ich brauche eure Hilfe.«

Die Bücher blieben still. Resigniert wandte Lucy sich ab und setzte sich an den Tisch.

Ein Licht bahnte sich einen Weg unter dem Verband und dem Ärmel ihres Pullovers hervor, und sofort begannen die Bücher, aufgeregt zu wispern.

»Eine Hüterin«, hörte Lucy eine helle Stimme. »Warum bist du hier?«, fragte eine andere. »Wer bist du?«

Rasch stand sie wieder auf und ging zurück zum Regal. »Mein Name ist Lucy. Ich will herausfinden, wie ich euch beschützen und die anderen Bücher zurückholen kann.« Zärtlich streichelte sie einen der Buchrücken. Sie spürte trotz der Verbände den weichen Samt unter ihren Fingern.

»Du bist hier nicht sicher«, flüsterte das Buch.

»Das weiß ich. Sie haben mich entführt. Aber vielleicht kann ich hier am besten herausfinden, wie ich die de Tremaines besiegen kann.«

»Das ist ein schwerer Weg, Lucy«, wisperte eine Stimme, die sich fast überschlug, so eilig hatte sie es, ihre Informationen preiszugeben. »Du wirst viel Kraft brauchen. Seit Hunderten von Jahren warten wir darauf, dass jemand den Männern entgegentritt. Du weißt, wozu sie fähig sind. Es gab tapfere Hüterinnen, wie Philippa und ihre Tochter. Es gab Hüterinnen, die uns unserem Schicksal überlassen haben. Und es gab solche, die kämpften und dies mit ihrem Leben bezahlten, wie deine Mutter«, mischte eine grollende Stimme sich ein.

Lucys Herz gefror. »Meine Mutter ist tot?«, fragte sie flüsternd, und die winzige Hoffnung, die sie immer gehegt hatte, erstarb.

»Wir konnten sie und deinen Vater nicht retten.«

Lucy klammerte sich an einem der Regale fest. Ihre Finger begannen, unter der Berührung zu prickeln.

»Du kannst diese Aufgabe nicht allein bewältigen«, wisperte das kleine Buch neben ihr eindringlich. Sie ließen ihr keine Zeit, das eben Gehörte zu verarbeiten. Das Kribbeln in Lucys Händen kroch ihre Arme entlang und bahnte sich einen Weg in ihr Innerstes.

»Du wirst seine Hilfe brauchen«, sagte ein anderes Buch.

»Du musst Vertrauen haben. Nur gemeinsam könnt ihr uns retten! So ist es vorherbestimmt«, ergänzte ein drittes.

»Wem soll ich vertrauen?«, fragte Lucy noch völlig durcheinander. Hoffnung glomm in ihr auf. Sie war nicht allein. Es gab jemanden, der ihr helfen würde. Doch ihre Eltern waren tot. Die Bücher hatten es die ganze Zeit gewusst. Ihre Knie gaben unter ihr nach, und sie bekam keine Antwort auf ihre Frage.

Stattdessen öffnete sich hinter ihr die Tür, und wie durch einen Nebel hörte Lucy Nathans Stimme und die seines Großvaters.

»Da ist ja unser Gast«, sagte Batiste, und es klang, als hätte er lange darauf gewartet, dass sie ihn mit seiner Anwesenheit beehrte.

Lucy wagte nicht, sich zu ihm umzudrehen. Sie brauchte einige Sekunden, um sich zu fangen.

»Alles in Ordnung, Lucy?«, fragte Nathan und trat neben sie.

Die Berührung seiner Hand an ihrer Taille verstärkte das Prickeln. Sie fuhr herum und wich vor ihm zurück. »Lass mich los«, zischte sie und würdigte seine Frage keiner Antwort.

Batiste de Tremaine stand auf seinen Stock gestützt neben dem Tisch. Er musterte sie beide aufmerksam. Sie musste sich mehr zusammenreißen, wenn sie die beiden hinters Licht führen wollte.

»Wie ich sehe, gefällt Ihnen das Lesezimmer. Haben Sie Bekanntschaft mit meinen Büchern gemacht?«

Lucy überging seine Äußerung, und er verzog sein Gesicht zu einem Lächeln.

»Sofia hat das Essen angerichtet. Wir können hinübergehen«, sagte er. Trotz seiner Gebrechlichkeit war die Aura von Autorität, die er sein Leben lang verströmt hatte, deutlich spürbar. Wäre sie ihm in einem Vorlesungssaal begegnet, hätten seine hochgewachsene Gestalt und sein leidenschaftlicher Blick ihr vermutlich imponiert. Vergeblich versuchte sie, das Monster zu entdecken, das er war. Doch er war genau so ein Blender wie sein Enkel. Sie musste sich in Acht nehmen.

Nathan bedeutete ihr, voranzugehen, und führte sie zu ihrem Stuhl. Er zog ihn zurück, bevor er zum Stuhl ihr gegenüber ging. Diese mittelalterliche Höflichkeit und der Raum, der von unzähligen Kerzenleuchtern erhellt wurde, durften sie nicht beeindrucken, ermahnte sie sich.

Nachdem Batiste de Tremaine am Kopfende der Tafel Platz genommen hatte, setzte sich auch Nathan hin.

Ein leises Knurren drang an ihre Ohren. Unter dem Fenster am anderen Ende des Raumes liefen zwei schwarze Hunde auf und ab. Lucy zuckte zusammen, als sie begriff, um welche Tiere es sich handelte.

»Orion, Sirius, Ruhe«, ordnete Batiste an, und die beiden legten sich hin. Alles hier war ein wohldurchdachtes Spiel, ging es Lucy auf. Sie wollten ihr Angst machen und sie einschüchtern, damit sie später leichter auf ihre Forderungen einging.

Eine ältere Dame betrat den Saal mit einem Tablett, auf dem drei Teller standen. Ein köstlicher Duft stieg Lucy in die Nase. Ihr Magen knurrte vernehmlich und erinnerte sie daran, dass sie seit

Stunden nichts gegessen hatte. Die Frau servierte die Suppe und zog sich zurück.

»Essen Sie, meine Liebe«, forderte Batiste sie auf.

Der Mann tat, als wäre sie freiwillig hier. Na gut, sie würde das Spiel vorerst mitspielen. Umständlich griff sie nach dem Löffel. Der Verband behinderte sie. Aber solange sie aß, würde er sie kaum töten.

Die Suppe schmeckte noch besser, als sie roch. Lucy warf Nathan einen Blick zu. Ihre Kehle zog sich zusammen, als er gönnerhaft lächelte. Augenblicklich verging ihr der Appetit. Vermutlich dachte er, er hätte bereits gewonnen. Sie legte ihren Löffel neben den Teller.

»Es tut uns sehr leid, Lucy, dass wir zu so drastischen Mitteln greifen mussten, um Sie herzuholen. Aber Sie müssen uns verstehen. Wir wollen nur das Beste für die Bücher, und das ist sicher auch in Ihrem Interesse«, sagte Batiste so unvermittelt, dass sie zusammenzuckte.

Lucy lag eine Erwiderung auf den Lippen, die sie klugerweise herunterschluckte. Erst einmal wollte sie hören, was er noch zu sagen hatte. Nathan schwieg, ließ sie aber nicht einen Moment aus den Augen.

»Wenn Sie mögen, zeigen wir Ihnen später unsere Bibliothek. Sie werden staunen, welche Schätze wir bereits gerettet und in Sicherheit gebracht haben«, erzählte Batiste weiter. »Und übermorgen erwarten wir Gäste zum Dinner. Ich bin sicher, Sie werden einige interessante Herrschaften kennenlernen. Wie geht es Ihren Händen? Ich hoffe, das Feuer hat sie nicht allzu stark verletzt.« Er musterte die Verbände. »Sobald Sie wiederhergestellt sind, sollten wir mit Ihrer Ausbildung beginnen. Was meinst du, Nathan?« Batiste blickte zu seinem Enkel, der nur nickte.

Lucy spürte seinen Blick undurchdringlich auf sich ruhen. Er würde sie durchschauen.

»Es wird nicht lange dauern, bis sie sich an Ihre Aufgabe gewöhnt haben, meine Liebe. Glauben Sie mir.« Er legte seinen Löffel neben den Teller.

»Erzählen Sie mir von meiner Mutter«, platzte es aus Lucy heraus. »Sie sagten, Sie hätten sie gekannt.«

In Batistes Gesicht war keine Regung zu erkennen. Er lächelte Lucy weiterhin höflich an. »Oh ja, ich kannte sie. Sie war eine bezaubernde Frau. Sehr starrköpfig, aber bezaubernd. Wie ich hörte, ist sie tot.« Batiste starrte Lucy durchdringend an. Da war es – das Monster. »Ein Feuer«, lächelte er. »Was für ein Glück, dass Sie nicht dasselbe furchtbare Schicksal ereilt hat, sondern Nathan rechtzeitig zur Stelle war, um Sie zu retten. Bestimmt hat sie sehr gelitten. Ein schrecklicher Tod.«

Lucy presste sich unter diesen Worten in den weichen Stuhl, auf dem sie saß. Ihr Blick schnellte zu Nathan. Auch dieser sah seinen Großvater fassungslos an. Das Schweigen wurde unerträglich.

»Ich denke, ich bringe Lucy zurück in ihr Zimmer«, sagte Nathan nach einigen Sekunden, die sich wie eine Ewigkeit anfühlten.

»Ja, ich glaube auch, für eine erste Lektion reicht unser kleines Gespräch.« Batiste lehnte sich auf seinem Stuhl zurück und tupfte mit der Serviette seine Mundwinkel ab. Die ältere Frau betrat den Saal mit Tellern in den Händen.

»Unser Gast ist satt, Sofie«, sagte Batiste. »Nehmen Sie das wieder mit.«

Nathan zog Lucy, die unbeweglich dasaß, von ihrem Stuhl. »Lass uns gehen«, befahl er. Er schob sie durch den Raum vor sich her und zur Tür hinaus.

»Musste das sein?«, zischte er, kaum dass sie draußen waren. »Weshalb provozierst du ihn so?«

Sie würde ihm nicht antworten. Sie würde einfach gar nichts mehr sagen. Willenlos ließ sie sich von ihm durch die Gänge schieben.

»Provozier ihn nicht. Tu, was er verlangt. Solange wird dir nichts passieren. Das kann doch nicht so schwer sein, Herrgott noch mal. Hörst du mir überhaupt zu?«

Er öffnete die Tür zu Lucys Zimmer. Dort setzte er sie in einen Sessel. Dann kniete er vor ihr nieder, um ihr besser ins Gesicht schauen zu können. Lucy spürte seine Hand an ihrer Wange. Es fühlte sich tröstlich an. Aber sie durfte nicht vergessen, dass er ihr Feind war.

»Alles wird gut«, flüsterte er. »Du wirst sehen. Ich passe auf dich auf.«

Als Lucy nicht antwortete, verließ er den Raum. Die Tür schloss er hinter sich ab.

»Das war nicht nötig«, warf Nathan seinem Großvater vor, als er zurückkam. »Ich dachte, wir wären uns einig, dass ich versuche, sie auf meine Weise zu überzeugen.«

»Jetzt weiß sie genau, woran sie ist«, widersprach sein Großvater und nippte an seinem Rotwein.

»Das wusste sie vorher schon«, fuhr Nathan ihn heftiger an als geplant. »Sie ist schließlich nicht dumm.«

»Nein, das ist sie ganz sicher nicht. Sie ist wie ihre Mutter. Die war genauso arrogant.« Batistes Stimme troff vor Hass. Er trank noch einen Schluck und gewann die Kontrolle zurück. »Du spielst das Spiel perfekt, Nathan. Ich bin der Böse und du der Gute.« Lauernd betrachtete Batiste seinen Enkel. »Tröste sie. Gib weiterhin vor, sie vor mir zu beschützen, und in ein paar Tagen frisst sie dir aus der Hand.« Er lachte laut auf und rieb sich die Hände.

»Wenn du das für richtig hältst, Großvater«, antwortete Nathan. Er zwang sich, seinen Blick nicht abzuwenden.

»Übermorgen kommt Beaufort, spätestens er wird sie gefügig machen. Wenn sie erst einmal weiß, wo ihr Platz ist, wird sie schnurren wie ein Kätzchen und alles tun, was wir verlangen.«

Vom Schlechten kann man nie zu wenig
und das Gute nie zu oft lesen.

Arthur Schopenhauer

7. KAPITEL

Lucy schleppte sich zu ihrem Bett und verharrte dort eine Ewigkeit in zusammengekrümmter Stellung. Sie wartete, bis die Angst von ihr abfiel. Die Angst und die Trauer. Nach all den Jahren wusste sie nun endgültig, dass sie ihre Eltern verloren hatte.

Irgendwann wurde die Tür aufgeschlossen. Lucy hob nicht einmal den Kopf. Als sie aufstand, um zur Toilette zu gehen, sah sie Sandwiches auf dem Tisch stehen. Gierig schlang sie sie hinunter. Sie konnte nicht ewig hungern. Ihr war bereits ganz schwindelig, was aber sicherlich auch an Batistes Worten lag. Sie brauchte Kraft, um das hier durchzustehen.

Ob Colin bei der Polizei gewesen war? Ob sie ihm glaubten, dass Batiste de Tremaine sie entführt hatte? Wenn ja, suchten sie zuerst sicher in dem Londoner Stadthaus nach ihr. Erst dann würden sie die Polizei in Cornwall um Hilfe bitten. Wie lange dauerte so etwas? Ein oder zwei Tage? Lucy grauste davor, so lange in diesem Haus mit diesen Verrückten eingesperrt zu sein. Darüber durfte sie nicht nachdenken. Auch die Gedanken an ihre Eltern musste sie verdrängen. Trauern konnte sie später lange genug. Wenn sie überlebte. Jetzt musste sie erst einmal sich selbst retten. Sich und die Bücher. *Begib dich auf die Suche nach dem Vermächtnis der Hüterinnen*, hatten die Bücher im Archiv sie aufgefordert.

Dort würde sie Antworten auf ihre Fragen finden. Fragte sich, was dieses Vermächtnis sein sollte. Es klang wie ein Buchtitel. Allerdings konnte es auch ein Schmuckstück sein, vielleicht sogar ihr Medaillon. Es hatte ihr so viele Antworten gegeben und jedes Mal auch neue Rätsel, dachte sie verzweifelt. Sie musste Nathan fragen, ob er es ihr fortgenommen hatte. Vielleicht sagte er ihr ausnahmsweise einmal die Wahrheit. Auch wenn er es ihr nicht zurückgab, wusste sie dann wenigstens, wo es war. Lucy erhob sich und ging zum Fenster. Nathan stand im Garten und unterhielt sich mit der älteren Frau, die sie bedient hatte. Wer war das? Die beiden besprachen nichts Unterhaltsames. Nathans Gesicht sah ernst aus. Jetzt blickte er zu ihrem Fenster herauf. Sie fuhr zurück und versteckte sich hinter der Gardine. Einen Moment später lugte sie wieder hervor. Die beiden waren verschwunden. Lucy seufzte und legte sich auf das Bett.

Die Schatten in dem Zimmer wurden länger und länger. Lucy wartete, dass etwas geschah. Nathan und Batiste würden sie nicht in Ruhe lassen. Sie heckten etwas aus und würden sich an ihrer Angst weiden. War sie mutig genug, ihnen in die Augen zu blicken, wenn sie sie quälten? Sie wollte nicht sterben. Dazu war sie viel zu jung. Sie wollte noch so viel erleben, so viel sehen. Sie war noch nicht einmal richtig verliebt gewesen. Nathan zählte wohl nicht. Ihr Magen zog sich zusammen. Dieses Scheusal Batiste würde vor nichts zurückschrecken, das war ihr spätestens deutlich geworden, als sie vorhin den grausamen Ausdruck in seinen Augen gesehen hatte, mit dem er ihr vom Tod ihrer Eltern erzählte. Vielleicht sollte sie tun, was sie von ihr verlangten? Für eine Weile, bis sie herausgefunden hatte, wie sie den Büchern helfen konnte. Dann würde sie wenigstens am Leben bleiben. Lucy schlug die Hände vors Gesicht. Wie konnte sie nur daran denken? Niemals würde sie einem Buch so etwas Grässliches antun können.

»Bloß ein oder zwei Bücher«, flüsterte eine leise Stimme ihr zu, »um dich zu retten. Tot nützt du den Büchern nichts. Sie würden es verstehen.«

»Nein, das würden sie nicht«, sagte Lucy laut in die Stille. »Sie würden mich hassen, und ich hätte sie für immer verloren.«

»Aber du musst auch an dich denken«, widersprach die Stimme. »Die Männer kennen kein Mitleid. Hältst du wirklich aus, was sie dir antun werden? Es könnte schlimmer sein als der Tod.«

In den Schatten des Zimmers begann sich etwas zu regen. Lucy glaubte, zu halluzinieren. So weit war es schon mit ihr? Hatten sie ihr doch mit der Suppe eine Droge verabreicht? Wollten sie sie zu ihrem willenlosen Werkzeug machen? Sie krabbelte an das Kopfende des Bettes. Etwas Helles kroch auf sie zu. Jetzt sah sie es deutlicher. Es näherte sich von allen Seiten, doch es war seltsam konturlos. Eine Erinnerung schlich sich in ihren Kopf. Aber das war nur ein Traum gewesen. Ein Traum, den sie so schnell wie möglich vergessen wollte. Schlief sie? Sie versuchte, sich zu kneifen, doch das gelang mit ihren verbundenen Händen nicht. Woher kam diese Kälte? Lucy biss sich auf die Lippen und schmeckte Blut. Das war kein Traum.

Die Gestalten richteten sich auf. Stille hüllte sie ein. Dabei müsste das viele Papier rascheln. Weshalb bewegten die Seiten sich so lautlos? Diesmal würde sie ihnen nicht entkommen. Aus diesem Raum gab es kein Entkommen. Es war ein Albtraum, auch wenn sie ihn mit offenen Augen erlebte. Sie hatten ihr gedroht, und nun waren sie gekommen, um ihre Drohung wahr zu machen. Angestrengt versuchte sie, sich an ihre Worte zu erinnern, während sie wie gelähmt auf die Wesen starrte, die ihr Bett umzingelten. Wenn sie schrie, kam vielleicht jemand und rettete sie. Aber wer sollte das sein? War es möglich, vor einem Menschen mehr Angst zu haben als vor diesen Kreaturen?

Eins der Wesen beugte sich zu ihr hinunter. Skelettartige Finger fuhren durch die Luft. Lucy atmete stoßweise. Gleich würde ihr Herz stehen bleiben.

»Wir haben dich gewarnt«, murmelte das Ding. »Du wirst uns nicht entkommen. Du und deinesgleichen seid schuld an unserem Schicksal.«

Lucy schüttelte den Kopf. Zu mehr war sie nicht in der Lage. Der modrige Geruch des Papiers nahm ihr den Atem. Ihr Blick glitt über eingerissene Seiten voller Löcher und kaum lesbarer Buchstaben.

»Wir können dich spüren«, murmelte die Gestalt. »Wir finden dich überall.«

Eisige Luft schloss Lucy ein. Ein feiner Schleier staubfeinen Papiers legte sich auf sie. Sie fror erbärmlich.

Dann waren sie plötzlich fort.

Wie hatte Batiste das bewerkstelligt? Wie hatte er diese Gespenster aus Papier geschaffen?

Noch Stunden nachdem die Gestalten verschwunden waren, lag Lucy mit aufgerissenen Augen im Bett und versuchte, die Dunkelheit zu durchdringen. Als die Tür sich öffnete, konnte sie nur mit Mühe einen Aufschrei unterdrücken. Wer schlich sich mitten in der Nacht in ihr Zimmer? Was für eine Teufelei heckten sie jetzt aus? Leise Schritte eilten durch den Raum und kamen auf das Bett zu.

»Lucy«, hörte sie Nathans Stimme. »Bitte wach auf. Ich bringe dich von hier fort.« Er rüttelte an ihrer Schulter. »Wir müssen uns beeilen. Weshalb bist du so eiskalt?«

Sie richtete sich auf. Vor Nathan hatte sie immer noch die wenigste Angst. Sie sah über seine Schulter, in der Befürchtung, einen der riesigen Hunde zu erblicken. Doch da war nur Dunkelheit. »Lass mich in Ruhe«, begehrte sie auf.

Nathan schaltete eine Taschenlampe an.

»Lucy, bitte. Wir haben nicht die Zeit, um das zu diskutieren.«

»Vergiss es«, zischte sie. »Mit dir gehe ich nirgendwohin. Colin weiß, was passiert ist. Es wird nicht lange dauern, bis die Polizei mich findet. Oder sind sie euch schon auf den Fersen?« Das musste es sein. Hoffnung keimte in ihr auf.

»Kannst du nicht ein Mal machen, was man dir sagt?«, fuhr er sie zornig an.

»Soll ich mich etwa freiwillig zur Schlachtbank führen lassen?«

»Ich habe für so etwas keine Zeit«, unterbrach Nathan sie. »Tut mir leid.«

Er beugte sich vor und drückte ihr etwas ins Gesicht. Wieder kroch ihr dieser unangenehme süßliche Geruch in die Nase.

Wütend schlug Jules die Wohnungstür hinter sich zu und verschwand in ihrem Zimmer. Eine Minute später klopfte es, und Marie streckte ihren zerzausten Kopf herein.

»Alles in Ordnung? Wo warst du um diese Zeit? Weißt du nicht, dass es ein Gesetz gibt, dass man samstags ausschlafen muss?«

»Nichts ist in Ordnung«, knurrte Jules und schmiss ihre Tasche unter den Tisch. »Ich war bei der Polizei.«

»Allein? Wieso?«, fragte Marie erstaunt.

»Wieso wohl?«, fluchte Jules. »Ich mache mir Sorgen. Und ich dachte, ich spreche noch mal mit den Beamten, die gestern hier waren.« Sie und Colin hatten Marie am Vorabend alles von dem Besuch erzählt.

»Warum hast du nicht gefragt, ob ich mitkomme?«

»Du warst beschäftigt«, warf Jules ihr mit einem Blick auf Chris an den Kopf. »Ihr wart nicht zu überhören.« Maries Freund stand mit Shorts und freiem Oberkörper hinter ihr in der Tür und grinste. Neidlos musste Jules gestehen, dass es besser gewesen wäre, mit so einem Bild von Mann im Bett zu liegen, als sich auf der Polizeistation zum Idioten zu machen. »Und Colin auch«, warf sie wütend hinterher. »Immer wenn man ihn braucht, turtelt er mit irgendwem herum.«

»Er ist in der Uni«, warf Chris zur Verteidigung seines Freundes ein. »Hat einen Termin oder so.«

»Das muss das erste Mal in diesem Semester sein«, sagte Jules spitz. »Termine am Samstag. Wer es glaubt, wird selig.«

Chris grinste. »Das zweite Mal.«

»Was haben sie gesagt?«, unterbrach Marie die beiden und setzte sich neben Jules aufs Bett.

»Was wohl?«, antwortete diese unwirsch. »Sie haben gefragt, ob ich Hilfe brauche. Oder ob es jemanden gibt, den sie benachrichtigen sollen. Nach der Story dachten sie wohl, dass ich einer Irrenanstalt entsprungen bin. Zum Schluss war ich froh, dass sie mich gehen ließen.«

»Colin hat Nathan übrigens nicht erreicht«, sagte Marie jetzt. »Er hat ihm aber eine Nachricht geschickt. Wir hoffen, er meldet sich bald.«

»Weshalb sollte er das tun?«, motzte Jules. »Meint ihr, er schreibt: *Hey, Leute, wir haben Lucy zwar entführt, aber es geht ihr gut.*«

Jules wühlte aufgebracht in den Unterlagen auf ihrem Schreibtisch. »Die de Tremaines haben einen Landsitz in Cornwall. Ich wette, er hat sie dorthin gebracht.«

»Wie kommst du darauf?«, fragte Marie überrascht.

Jules zog ein Blatt Papier aus dem Wust heraus. »Das Anwesen gehört der Familie seit Ewigkeiten. Wenn die nicht so unheimlich wäre, würde ich sagen, Nathan ist eine gute Partie. Dort können sie Lucy viel besser verstecken als in der Stadt.«

Marie trat neben ihre Freundin und knuffte sie in den Arm. »Dann haben wir doch einen Anhaltspunkt«, sagte sie und sah das Haus auf dem Ausdruck genauer an. »Und wir haben jemanden mit einem Auto.« Sie warf einen grinsenden Blick zu Chris.

Nathan betrachtete Lucy. Er zog ihr die Decke bis unters Kinn und legte ihr eine Hand auf die Stirn. Ob er zu viel von dem Betäubungsmittel benutzt hatte? Sie waren bereits vor einer Stunde angekommen, und Lucy war immer noch nicht aufgewacht. Sie war leichenblass. Es hätte alles so einfach sein können, wenn sie nicht so störrisch gewesen wäre. Nach einem letzten Blick auf Lucy beschloss Nathan, die Tür offen zu lassen, damit das Licht der flackernden Kerzen, die er im Flur aufgestellt hatte, in das Zimmer fiel. Er ging in die Küche, um Tee zuzubereiten. Sie würde Durst haben, wenn sie aufwachte. Das hoffte er zumindest. Widerstände waren jetzt das Letzte, was er brauchen konnte. Das würde seinen ganzen Plan durcheinanderbringen.

Ein letztes Mal umrundete er das Haus, um nachzusehen, ob alle Fensterläden fest vernagelt waren. Falls sich irgendwer in die Einöde verirrte, sollte ihm nicht auffallen, dass sich jemand hier eingenistet hatte. Aufmerksam suchte er die Umgebung des Hauses mit seinen Blicken ab. Wie die Male zuvor fiel ihm nichts Ungewöhnliches auf. Das herbstbunte Laub der Bäume an den Berghängen vermischte sich mit dem Licht der ersten Sonnenstrahlen zu einem Gewirr aus Funkeln und Glanz. Bald würde es Tag werden. Nathan war nicht sicher, ob er sich dann wohler fühlen würde. Müdigkeit drohte ihn zu übermannen. Er war die halbe Nacht gefahren. Nur ein Mal hatte er angehalten, um Vorräte einzukaufen. Dafür hatte er Lucy allein im Auto gelassen, doch das Risiko hatte er eingehen müssen. In ein paar Stunden würde sich zeigen, ob er die richtige Entscheidung getroffen hatte. Mit schleppenden Schritten ging er zurück ins Haus. Wenn sie aufwachte, musste er sie überzeugen, dass sie beide auf derselben Seite standen.

Das Wasser, das sich seinen Weg zwischen ihre Lippen bahnte, schmeckte köstlich. Lucy konnte sich nicht erinnern, wann sie schlichtes Wasser jemals als solch eine Wohltat empfunden hatte. Es kühlte ihren Mund und lief durch ihre ausgetrocknete Kehle. Hastig schluckte sie. Nachdem das Wasser ihre Lebensgeister endgültig geweckt hatte, wurde ihr klar, dass jemand sie stützte und das Glas hielt. Und schlagartig wurde ihr auch bewusst, wer dieser Jemand war. Sie schlug die Augen auf und starrte Nathan an. Gleichzeitig rückte sie von ihm ab, um Abstand zwischen sich und ihn zu bringen.

Nathan rührte sich nicht. Wenn Lucy gehofft hatte, ein Zeichen von Reue oder Bedauern in seinem Blick zu finden, wurde sie enttäuscht.

»Wurde auch Zeit, dass du aufwachst«, sagte er anklagend. »Ich dachte, ich muss dich zu einem Arzt bringen. Und das ist das Letzte, was wir uns leisten können.«

»Hast du sie noch alle?«, schnappte Lucy empört. »Du machst mir Vorwürfe? Du warst es doch, der mich betäubt hat.« Ihre Stimme drohte, vor Wut zu kippen. War er jetzt total übergeschnappt?

»Ich habe nur getan, was ich für das Beste hielt«, verteidigte er sich. »Du weigerst dich ja standhaft, zu tun, was man dir sagt.«

»Hat dein blöder Geheimbund dir das Gehirn vernebelt? Wo sind wir hier eigentlich?« Ihr Blick huschte durch den spärlich möblierten Raum. Sie rutschte zur Bettkante, um aufzustehen. Sie würde verschwinden. Keine Minute länger blieb sie mit dem Verrückten in dieser Bruchbude. Den Schwindel, der in ihr aufstieg, kaum dass sie stand, versuchte sie zu ignorieren.

Nathans Hände legten sich auf ihre Taille und hielten sie fest. Das war eindeutig zu nah.

»Lass mich los«, zischte sie.

»Wenn du meinst, du kannst allein stehen, bitte.« Er folgte ihrem Wunsch. Halt suchend griff sie nach einem Bettpfosten.

»Wo sind wir?«, wiederholte sie die Frage. Es hatte sie aus einem Palast in eine Besenkammer verschlagen. Was war das für eine neue Masche?

»Ich bringe dich hinaus«, sagte er, ohne ihre Frage zu beantworten. »Du bist nicht meine Gefangene.«

Gut zu wissen. Dann machte es ihm sicher nichts aus, wenn sie bei der ersten Gelegenheit weglief. Nathan reichte ihr seine Hand, doch sie stieß sie weg und tastete sich hinter ihm durch das Zimmer hinaus und den Flur entlang. Sie ertrug seine Berührungen einfach nicht. Aufmerksam blickte sie sich um und fragte sich, weshalb es so eiskalt in dem Haus war und warum nur einige Kerzen Licht spendeten. Noch größer wurde ihre Verwirrung, als Nathan eine Kommode zur Seite rückte, mit der er die Eingangstür verrammelt hatte, eine Kette löste und die Tür aufschloss.

Was war das hier? Alcatraz?

Als Nathan die Tür aufstieß, prallte sie unwillkürlich zurück. Ein Schwall kalter Luft strömte in den Flur und mit ihr graues Licht. Schritt für Schritt tastete sie sich nach draußen. Die Kälte kletterte von ihren Fußsohlen aufwärts in ihre Beine. Sie trug nur Strümpfe an den Füßen. Nathan hinter ihr schwieg, während sie Blicke in jede Himmelsrichtung warf. Sie sah Bäume, Berge und einen sturmgrauen Himmel über sich. Sie war im Nirgendwo gelandet. Völlig allein mit einem Wahnsinnigen.

»Hier wird er uns nicht finden«, sagte Nathan hinter ihr. »Und mir wäre es lieber, du versuchst nicht, fortzulaufen. Es ist gefährlich in den Wäldern, wenn man sich nicht auskennt. Ich möchte nicht, dass dir etwas zustößt.«

Ohne ein Wort wandte sie sich um und ging zurück in das Zimmer. Sie legte sich in das Bett, wickelte sich in die Decke und wandte ihr Gesicht zur Wand. Sie wusste weder, was sie sagen, noch, was sie tun sollte.

»Magst du etwas essen?«, fragte Nathan, der ihr gefolgt war. Seine Stimme klang versöhnlich. »Ich habe Tee gekocht. Er wird dir guttun, und ein Aspirin hätte ich auch.«

War es Wunschdenken, oder klang er tatsächlich besorgt?

»Ich möchte gar nichts von dir«, erwiderte sie.

Trotz der Absage hörte sie kurze Zeit später, wie er einen Teller und ein Glas auf dem Nachtschrank platzierte.

Lucy reagierte nicht. Fieberhaft überlegte sie, wie sie diesem Schlamassel entkommen konnte. Womit auch immer Nathan sie betäubt hatte, es machte sie immer noch ganz schwummerig. Vielleicht war es keine schlechte Idee, etwas zu essen und die Schmerztablette zu schlucken.

Nachdem sie den trockenen Toast gegessen und den Tee getrunken hatte, fühlte sie sich besser.

Warum hatte er sie in diese Einöde gebracht? *Hier wird er uns nicht finden*, gingen ihr seine Worte durch den Kopf. Versteckte er sie vor seinem Großvater? Ein Hoffnungsfunke glomm in ihr auf. Er war winzig, und sie erstickte ihn sofort im Keim. Noch mal täuschte er sie nicht. Wie waren sie hergekommen? Getragen hatte er sie wohl kaum. Also musste irgendwo ein Auto sein. Wenn sie ihm die Schlüssel stahl, konnte sie zurück in die Zivilisation und Colin anrufen. Lange durfte sie damit nicht warten, wer wusste schon, wann Batiste de Tremaine auftauchte. Wahrscheinlich war ihnen die Polizei bereits so dicht auf den Fersen, dass es zu gefährlich gewesen war, sie in dem Landsitz zu lassen. Wenn die Luft wieder rein war, würde Nathan sie zurückbringen. So musste es sein. Deshalb hatte er sie hergebracht. Hier würde kein Mensch nach ihr suchen. Ob er einen dieser Hunde bei sich hatte? Bisher hatte sie keinen gesehen. Wenn sie allein waren, musste sie nur warten, bis Nathan einschlief. Er sah müde aus, das hatte sie sogar in dem Kerzenlicht erkannt.

Nathan trat mit einer Kerze in der Hand ins Zimmer und schloss die Tür.

Lucy sah ihn an. »Was willst du?«, fragte sie.

»Ich muss schlafen. Ich bin die halbe Nacht gefahren. Meinst du, du hältst es einige Stunden mit mir in einem Raum aus?«

»Wohl kaum«, antwortete sie.

Nathan ließ sich in aller Seelenruhe auf der Bettkante nieder und zog seine Schuhe aus. »Wir müssen uns in den nächsten Tagen miteinander arrangieren. Leider ist dieses Bett das einzige im Haus. Ich halte es für sicherer, wenn wir zusammenbleiben. Das Haus hat weder Heizung noch Strom. Du kannst dich da auf den Stuhl setzen oder im Bett bleiben. Es ist kalt, vielleicht bist du froh, wenn ich dich wärme. Wäre schließlich nicht das erste Mal.« Ein Lächeln umspielte seine Lippen, das Lucy nicht erwiderte. »In jedem Fall bleibst du in diesem Zimmer.«

»Da lege ich mich lieber mit einer Viper ins Bett«, sagte Lucy.

»Gut, dann nicht. Wenn du den Stuhl bevorzugst, bitte.« Er wies auf einen unbequem aussehenden Holzstuhl in einer Ecke. Lucy stand auf, wickelte sich in die Decke und stapfte zu dem Stuhl.

»Die Decke gehört ins Bett«, sagte Nathan trocken und schnappte danach, als sie sich an ihm vorbeidrängelte.

Mit verschränkten Armen setzte Lucy sich auf den Stuhl. Er sah nicht nur unbequem aus.

Nathan musterte sie. »Ich hatte gehofft, diese Maßnahme wäre nicht notwendig. Aber da du nicht zur Vernunft kommst …« Er zog ein kurzes Seil aus seiner Hosentasche.

Lucy schnappte nach Luft. Bevor sie protestieren konnte, griff er nach ihren Handgelenken und umschlang sie mit dem Strick. Seine Finger streiften ihre Haut an den Unterarmen beinahe zärtlich. Lucy schauderte, was nicht nur an der Kälte in dem Zimmer lag. Der Knoten, mit dem er seine Fesselung komplettierte, sah nicht so aus, als würde sie ihn mit den Zähnen aufbekommen.

»Ich mache das nicht gern«, erklärte er und sah sie an. »Ich wünschte …« Er brach mitten im Satz ab.

Sie würde ihn nicht anbetteln, die Fesseln zu lösen, schwor sie sich. Am liebsten hätte sie vor Wut mit den Füßen aufgestampft, aber Nathan machte sich auch an ihren Beinen zu schaffen und band sie am Stuhl fest.

»Wie gesagt, ich hatte gehofft, es ist nicht nötig. Aber du lässt mir keine Wahl. Falls du doch mit ins Bett kommen möchtest, kannst du mich bitten.« Er lächelte sarkastisch. »Ich beiße auch nicht.«

»Darauf kannst du warten, bis du schwarz wirst«, fauchte Lucy.

Nathan zuckte mit den Achseln. »Wenn du meinst.« Er sah auf sie herab, und seine schwarzen Augen verdunkelten sich. Abrupt wandte er sich ab.

Ungeniert zog er seine Hose aus, wickelte sich in die Decke und legte sich ins Bett. Er löschte die Kerzen, und nur Minuten später vernahm sie seine gleichmäßigen Atemzüge.

In der Dunkelheit begannen Lucys Gedanken, Amok zu laufen. Was hatte er mit ihr vor? Weshalb verbarrikadierte er sie so in dem Haus? Um Lucy an der Flucht zu hindern, reichte es, sie festzubinden. Schließlich war sie keine Entfesselungskünstlerin, obwohl es einen Versuch wert war. Lucy hob ihre Handgelenke zum Mund und begann, an dem Seil zu knabbern und daran zu ziehen. Die Schnur zog sich bei jeder Bewegung fester zusammen und verursachte ihr zusätzliche Schmerzen. Ihre jämmerlichen Versuche, die Fesseln an den Fußgelenken zu lockern, endeten mit dem gleichen Resultat. Lucy schimpfte leise vor sich hin und gab auf. Irgendwo im Haus tickte eine Uhr in nervtötender Monotonie, und trotz der Kälte dämmerte sie weg. Allerdings verhinderten der harte Stuhl und die Fesseln, dass sie dauerhaft Schlaf fand. Irgendwann war das Taubheitsgefühl in ihren Händen und Füßen so schmerzhaft, dass Lucy es keine Minute länger aushielt. Es gab nur einen, der Abhilfe schaffen konnte, und wenn sie nicht mehr festgebunden war, würde es ihr leichter fallen, zu fliehen, verteidigte sie ihren Sinneswandel. Es war besser, vorerst so zu tun, als ob sie sich mit ihrer Gefangenschaft abfand. Offenbar waren Nathan und sie allein, und mit ihm wurde sie im Zweifelsfall fertig. Ihre Angst vor seinem Großvater war ungleich größer. Vermutlich war das dumm, aber ihr Herz schien Nathan trotz allem noch mehr zu mögen, als unter den Umständen gut für sie war.

»Nathan«, rief sie. »Wach auf.«

Nichts rührte sich.

»Nathan«, zischte sie noch mal. »Du musst mich losbinden. Meine Hände sterben ab.«

»Hhm?«, erklang es verschlafen vom Bett.

»Könntest du aufwachen und mir die Fesseln lösen?«

»Warum?«

»Sie schneiden mir in die Haut, und das tut höllisch weh.«

»Hast du versucht, dich loszumachen?« Sein Ton klang beinahe amüsiert.

»Selbstverständlich. Hast du gedacht, ich lasse mich einfach so von dir festbinden?«

»Vielleicht hätte ich dir sagen sollen, dass sie sich dann fester zusammenziehen.«

Lucy schnaubte. »Das wäre hilfreich gewesen.« Allerdings machte er trotzdem noch keine Anstalten, aufzustehen, um ihr zu helfen. »Was ist nun?«, fragte sie gereizt.

»Was soll sein?«, murmelte er. »Lass mich schlafen. An dem Schlamassel bist du selbst schuld.«

Lucy scharrte mit dem Stuhl. »Mach dich nicht lächerlich, Nathan. Ich bin an gar nichts schuld. Du hast mich entführt und gefesselt, und wenn du nicht willst, dass ich schreie, dann machst du mich jetzt los.«

»Schreien würde nichts nützen. Wir sind hier ganz allein. Ich denke darüber nach.«

»Denk schneller.«

»Versprichst du, nicht abzuhauen?«

»Könnte ich das denn?«

»Versprichst du es?«, wiederholte Nathan seine Frage.

Lucy stöhnte. »Ich verspreche es. Machst du mich jetzt los?«

»Du musst noch das Zauberwort sagen.«

»Bitte«, presste sie hervor.

Er stand auf, und Lucy hörte das Ratschen eines Feuerzeugs. Kurze Zeit später flackerte das schummrige Licht der Kerze auf. Nathan kam auf sie zu. Dem Zustand seiner verstrubbelten Haare nach zu urteilen, hatte wenigstens einer von ihnen gut geschlafen.

»Wenn ich dich losmache«, erklärte er wie nebenbei, »möchtest du dann sitzen bleiben oder mit ins Bett kommen?«

»Ich bleibe lieber sitzen«, antwortete Lucy, obwohl ihr der Rücken mörderisch wehtat.

»Deine Lippen sind ganz blau«, sagte Nathan. »Eigentlich wäre es mir egal, aber ich habe das Theater nicht veranstaltet, damit du erfrierst.« Er zog sie von dem Stuhl hoch und zerrte sie zum Bett. »Stell dich nicht so an«, verlangte er, als sie versuchte, sich aus seinem Griff zu befreien. »Es ist kalt, und wir brauchen den Schlaf.«

Zähneknirschend gab Lucy ihre Gegenwehr auf. Die Wärme, die aus Nathans Hand strömte, erschien ihr plötzlich unwiderstehlich. Sie würde sich nur einen Moment geben, nur um sich auszuruhen und Kraft zu schöpfen. »Ich bekomme die Decke«, bestimmte sie.

»Träum weiter.«

Lucy legte sich auf die durchgelegene Matratze und rutschte an den äußersten Rand. Bevor Nathan sich neben sie legen konnte, griff sie nach der Decke und wickelte sich darin ein.

Ohne ein Wort zu sagen, zerrte er die Decke zu sich zurück. Mistkerl. Wenn sie einen Teil davon für sich beanspruchen wollte, musste sie wohl oder übel näher an ihn heranrücken. Immerhin war es deutlich bequemer und wärmer, als gefesselt auf einem Stuhl zu sitzen. Nachdem Nathan das Licht gelöscht hatte, starrte Lucy in die Dunkelheit.

Ungeachtet dessen, was Nathan ihr angetan hatte, konnte sie nicht leugnen, dass ihre Haut prickelte, weil sie ihn so nah neben sich spürte. Und das war keineswegs ein unangenehmes Gefühl. Hoffentlich merkte er nicht, welche Wirkung er noch immer auf sie hatte. Auf keinen Fall durfte er denken, dass er ihr noch etwas bedeutete. Unruhig rutschte sie hin und her. Sie musste ihn hassen, dafür, was er ihr und den Büchern angetan hatte und vermutlich noch antun würde. Aber dieses Gefühl wollte sich nicht einstellen.

Er lag ganz entspannt neben ihr auf dem Rücken und hatte die Arme hinter dem Kopf verschränkt. Sie rückte ein winziges Stück näher an ihn heran. Er war so schön warm. Ob er wieder schlief? Sie sah nur die Konturen seines Gesichtes, aber nicht, ob er seine Augen offen oder geschlossen hielt. Batistes Blick schob sich in ihre Erinnerung, und trotz der Wärme, die Nathan verströmte, lief ihr eine Gänsehaut über den Rücken. Nathan hatte Batistes Worte, als er ihr den Tod ihrer Eltern bestätigte, als genauso grausam empfunden wie sie, das hatte sie gesehen. Er hatte sie aus dem Feuer gerettet. In diese Richtung durfte sie nicht denken, ermahnte sie sich. Für das Stockholm-Syndrom war sie schließlich noch nicht lange genug mit ihrem Entführer allein. Er war genauso grausam wie sein Großvater, rief sie sich ins Gedächtnis. Wann er sie wohl zurückbrachte? Wenn die Polizei sie in dem Landhaus nicht fand, wo suchten sie als Nächstes nach ihr? Ob sie überhaupt suchten? Immerhin war sie erst siebzehn. Mussten sie da nicht nach ihr fahnden? Wenn sie es sich recht überlegte, wäre es ein Wunder, wenn die Polizei ihren Freunden diese Geschichte glaubte. Batiste de Tremaine wurde sicherlich nicht oft wegen Entführung angezeigt. Aber das war der einzige Grund, der ihr einfiel, warum Nathan sie in dieses abgelegene Haus gebracht haben musste. Freiwillig hatte er das bestimmt nicht getan. Er hatte schließlich sein Leben lang von goldenen Tellerchen gegessen. Hier gab es maximal Holzbretter. Die waren bestimmt nicht fein genug für ihn. Nathan bewegte sich im Schlaf ein Stück auf sie zu. Sie erstarrte, als sie sein Bein an ihrem spürte. Sie musste versuchen, zu entkommen. Morgen konnte es bereits zu spät sein. Wenn sie sich weigerte, den Männern zu helfen, gab es keinen Grund, sie am Leben zu lassen. Ob sie glaubten, sie konnten sie in dem Fall unbemerkt verschwinden lassen? Kein Mensch würde sie je in dieser Einöde suchen. Der perfekte Ort für das perfekte Verbrechen. Lucy schauderte. Je länger sie darüber nachdachte, umso plausibler erschien ihr diese Vermutung. Ob Nathan in der Lage war, sie umzubringen, oder schickte Batiste für die Drecksarbeit seine Büttel?

Ein Geräusch ließ sie zusammenfahren. Unwillkürlich rutschte sie noch näher an Nathan heran. Waren sie schon da?

»Du musst keine Angst haben«, flüsterte er. »Er wird dir nichts tun. Das lasse ich nicht zu.« Lucy spürte seine warmen Finger beruhigend auf der Haut ihres Armes. Ein Prickeln durchlief sie. Sofort rückte sie zum Rand des Bettes. Bloß weil sie sich vor Batiste und seinen Männern mehr fürchtete, durfte sie nicht vergessen, dass Nathan auch ihr Feind war. Leider fiel ihr das deutlich schwerer.

»Da ist nur etwas auf das Dach gefallen«, erklärte er. Die Dunkelheit ließ seine Stimme ganz sanft klingen. »Er wird nicht kommen, Lucy. Glaub mir.« Als sie weiter eisern schwieg, seufzte er nach einer Weile resigniert.

Die Wärme unter der Decke lullte sie ein. Wenn sie jetzt nicht ging, bereute sie das später sicherlich. Zwar hatte sie keine Ahnung, wie sie aus dem Haus kommen sollte, aber alles erschien ihr besser, als auf Batiste de Tremaine zu warten und ihm wieder ausgeliefert zu sein.

Sie richtete sich vorsichtig auf und schlüpfte unter der Decke hervor. War das kalt! Ziemlich ungewöhnlich für den Herbst. Das Wetter schien sich gegen sie verschworen zu haben. Sie widerstand der Versuchung, wieder zu Nathan unter die Decke zu klettern. Ob sie ihre Jacke und Schuhe in dem Haus fand? Nur auf Strümpfen in den Wald zu laufen, kam bei den Temperaturen einem Selbstmord gleich. Ohne ein Geräusch zu machen, stand sie auf. Behutsam tastete sie sich an der Wand entlang und fühlte nach kurzer Zeit die Türklinke unter ihren Fingern. Lautlos drückte sie diese herunter. Auf Zehenspitzen schlich sie in den Flur. Sie musste dringend auf die Toilette. Aber dafür brauchte sie Licht. In der Hoffnung, dass auch die anderen Türen nicht quietschten, drückte Lucy eine Klinke herunter. Dahinter befand sich die Küche. Auf dem Tisch brannte in einem Glas ein Teelicht. Lucy wurde mutiger. Wenn Nathan bis jetzt nicht aufgewacht war, schlief er vielleicht so fest, dass ihr die Flucht gelang. Schnell schnappte sie sich die Kerze und eilte zur nächsten Tür. Sie trat in ein winziges Bad. Nachdem sie sich erleichtert hatte, machte sie sich auf die Suche nach ihrer Jacke und den Schuhen, dem Hausschlüssel und dem Autoschlüssel. Leise ging sie durch den Flur und blickte in die Dunkelheit des Schlafzimmers.

Der Schlüssel zu der Tür steckte von außen im Schloss. Lucy griff nach der Klinke und wollte die Tür zuziehen, als die altersschwachen Scharniere ihre Lautlosigkeit aufgaben und steinerweichend quietschten. Lucy stöhnte leise. Im Bett, das im flackernden Kerzenlicht nur schemenhaft zu erkennen war, bewegte sich Nathan. Sekunden später war er aufgesprungen. Lucy blickte in sein wutentbranntes Gesicht, doch bevor er reagieren konnte, zog sie die Tür mit einem Knall zu und drehte den Schlüssel um.

Nathan trommelte von innen gegen das Türblatt. Sie hoffte, das morsche Ding hielt seine Schläge aus. Erst nachdem er gefühlte fünf Minuten dagegengehämmert hatte, ohne dass die Tür nachgab, begann Lucy, sich zu entspannen.

Jetzt ist er der Gefangene, dachte sie triumphierend und entzündete alle Kerzen, die sie finden konnte. Damit vertrieb sie, wenn auch nicht die Kälte, doch immerhin die Dunkelheit aus den Ecken. Nathans Rufe und sein Klopfen versuchte sie zu ignorieren, obwohl das gar nicht so einfach war.

»Lucy, lass mich raus«, forderte er zum hundertsten Mal. Mittlerweile klang er wirklich wütend. Wenn er je aus dem Zimmer rauskam, konnte sie sich auf etwas gefasst machen.

Lucy ging auf Entdeckungstour. Das kleine Häuschen bestand aus nur einer Etage. Es handelte sich eher um eine Kate, deren Wände mit weißem Lehm verputzt waren. Es roch klamm und muffig. In der Küche fand sie immerhin ihre Schuhe und wenn auch nicht ihre eigene, aber zumindest Nathans Jacke. Die tat es auch. Lucy überlegte nur kurz und schlüpfte hinein. Sie durchwühlte die Taschen seiner Jacke, wurde jedoch nicht fündig.

Auf dem Tisch stand eine Thermoskanne mit Tee, und während Lucy darüber nachdachte, was sie als Nächstes tun sollte, goss sie sich eine Tasse ein und wärmte ihre Hände. Sie ging zu dem verdunkelten Fenster an der Stirnseite des Raumes und versuchte, es zu öffnen. Vergeblich ruckelte sie daran. Das Bad hatte kein Fenster, und Lucy hoffte, dass das Fenster in dem Schlafzimmer ebenfalls verschlossen war. Ansonsten war es möglich, dass Nathan durch die Vordertür hereinspaziert kam. Sie wollte sich nicht vorstellen, was er dann mit ihr anstellte. Das Klopfen war mittlerweile verstummt. Hatte er aufgegeben? Leise schlich sie zur Tür und legte ihr Ohr daran. Alles war still. Was heckte er da drinnen aus? Sicherlich nichts Gutes. Sie sollte nach dem Schlüssel suchen und abhauen. Vielleicht ging es ohne. Die Kommode vor der Tür stellte kein Hindernis dar, allerdings verursachte es Lärm, als Lucy sie zur Seite schob.

»Lucy«, hörte sie ihn rufen. »Du kommst nicht raus. Ich habe den Schlüssel für die Eingangstür bei mir. Mach jetzt auf, los. Lass uns reden.«

Lucy widmete sich der Tür. Wenn auch nichts an dem Haus jünger als hundert Jahre war, das Schloss war es definitiv. Jemand hatte sich die Mühe gemacht, ein Sicherheitsschloss in die altersschwache Tür einzubauen. Halbherzig warf sie sich dagegen. Genauso gut hätte sie versuchen können, in den Hochsicherheitstrakt einer Bank einzubrechen. Lucy ließ sich auf den Stuhl im Flur fallen. Zwar hatte sie Nathan eingesperrt, doch ihre Situation hatte sich dadurch nicht ein bisschen verbessert. Sollte sie versuchen, mit ihm zu verhandeln? Aber was konnte sie ihm anbieten? Sie hatte Licht, Essen und Wasser. Er hatte nichts davon. Ewig konnte sie ihn nicht da drin lassen, sonst hatte am Ende sie ihn auf dem Gewissen und nicht er sie. Der Gedanke entbehrte nicht einer gewissen Komik, befand Lucy und kicherte.

»Nathan«, rief sie. »Hörst du mich?«

»Klar und deutlich«, knurrte er. »Lass den Quatsch und mach die Tür auf.«

»Träum weiter«, äffte sie ihn nach.

»Was hast du denn jetzt vor?«, fragte er.

»Du sollst mir den Hausschlüssel unter der Tür durchschieben und mir sagen, wo der Autoschlüssel ist. Wenn ich in der Zivilisation bin, schicke ich jemanden, der dich rauslässt.«

»Vergiss es«, erklang es, und Lucy hörte die Bettfedern quietschen.

Hatte er sich etwa wieder hingelegt? Das war nicht zu fassen. Er musste sich ja ziemlich sicher sein, dass sie ohne ihn nicht aus dem Haus kam. Was im Grunde auch den Tatsachen entsprach. Lucy seufzte. »Okay, was schlägst du vor?«

»Lass mich raus«, erklang es dumpfer als vorher.

Er hatte sich wirklich ins Bett gelegt. Jetzt, wo sie endlich mit ihm verhandelte, musste er doch wenigstens versuchen, sie zum Nachgeben zu überreden. Oder nicht?

Lucy schlug sich an die Stirn. Wie blöd war sie eigentlich? Natürlich war sein Interesse daran nur halb so groß wie ihres. Er brauchte bloß zu warten, bis sein Großvater kam. Er hielt sie einfach hin. Wahrscheinlich hatte Batiste ebenfalls einen Schlüssel für die Hütte, und wenn er plötzlich in der Tür stand, war alles verloren. Panik machte sich in Lucy breit. Sie durfte nicht untätig herumsitzen. Sie musste Nathan zur Vernunft bringen. Schließlich war sie ihm bis vor ein paar Tagen nicht gleichgültig gewesen. Hoffte sie jedenfalls. Oder war das alles gespielt gewesen? Jedes Lächeln? Jede Berührung? Sie schüttelte die Gedanken ab. Das war jetzt unwichtig. Lieber ein gebrochenes Herz als ein gebrochenes Genick.

»Nathan«, verlegte sie sich aufs Bitten. »Gib mir den Schlüssel. Lass mich gehen. Ich verspreche dir, euch nicht in die Quere zu kommen.«

Schweigen antwortete ihr.

»Hörst du mich?«

»Lass mich raus.«

»Das kann ich nicht, das muss selbst dir klar sein. Ihr habt versucht, mich umzubringen.«

»Lucy, ich habe das Feuer nicht gelegt«, erklärte Nathan. »Ich war es, der dich gerettet hat. Wenn ich dich töten wollte, hätte ich es längst getan. Oder glaubst du, ich hätte mich seelenruhig neben dich ins Bett gelegt?«

Seine Worte entbehrten nicht einer gewissen Logik. »Ich kann dir nicht glauben. Du stehst auf der falschen Seite.«

»Das mag für dich so aussehen. Trotzdem möchte ich nicht, dass dir etwas zustößt. Ja, ich finde es richtig, dass der Bund die Bücher schützt. Aber ich finde es falsch, was mein Großvater deinen Eltern angetan hat und Madame Moulin und dem Vikar. Ich hatte keine Ahnung davon, Lucy. Das musst du mir glauben. Er ist skrupellos. Verstehst du? Wenn du dir nicht von mir helfen lässt, wird er dich finden. Er hat Schlimmeres mit dir vor, als dich umzubringen, Lucy. Er schreckt vor nichts zurück, um dich zu zwingen, zu tun, was er verlangt. Ich hatte meine Gründe, um dich fortzubringen. Er sollte dir nicht wehtun.«

Seine Worte klangen aufrichtig. Lucy lehnte die Stirn gegen die Tür und wünschte, sie könnte ihm glauben. Wahrscheinlich war das nur ein Trick. Wenn sie wenigstens ihr Handy hätte, dann könnte sie Colin anrufen. Er wüsste, was zu tun war. Er würde sie abholen.

»Colin vertraut mir übrigens«, schien Nathan ihre Gedanken zu lesen. »Das hier war seine Idee.«

»Was meinst du damit?«

»Nachdem mein Großvater dich entführt hatte, habe ich mit

Colin gesprochen«, sagte Nathan. »Die einzige Möglichkeit, die uns einfiel, war, dich gegen deinen Willen fortzubringen. Quasi dich von deinem Entführer zu entführen.« Ein leises Lachen erklang. »Bestimmt nimmt Colin an, dass ich dich längst in Sicherheit gebracht habe.«

Lucy glaubte, sich verhört zu haben. Wutentbrannt drehte sie den Schlüssel im Schloss. Die Tür sprang auf und knallte Nathan an den Kopf. Mit schmerzverzerrtem Gesicht rieb er sich die Stirn. Er war nicht im Bett gewesen. Blöder Irrtum. Sie ballte ihre Hände zu Fäusten. »Willst du damit etwa sagen, mein bester Freund hat mich verraten?«, brüllte sie. »Und das soll ich dir glauben? Wie soll ich dir vertrauen, wenn du nach wie vor Lügen erzählst? Hast du jemals einen Freund gehabt? Es ist so erbärmlich, mich gegen Colin aufzuhetzen.« Ihr blieb die Luft weg vor Wut.

In aller Seelenruhe zog Nathan den Schlüssel aus der Tür. »Geht doch«, murmelte er. Dann ging er in die Küche und schenkte sich eine Tasse Tee ein.

Lucy stapfte ihm hinterher.

»Ach, übrigens«, setzte Nathan seine Erklärung fort, »ich habe es ihm schon vorgeschlagen, als du noch im Krankenhaus lagst, aber er hat sich nicht darauf eingelassen. Er meinte, du würdest ihn für den Rest seines Lebens hassen, und das Risiko wollte er nicht eingehen. Ihr steht euch sehr nahe, oder?«

»So nah, wie du niemals einem Menschen kommen wirst.«

»Wenn du meinst.« Nathan lehnte sich gegen den Küchenschrank. »Wie soll es jetzt weitergehen?«

Wenn er wütend war, hatte er sich erstaunlich gut unter Kontrolle. Eigentlich hätte sie erwartet, er würde sie nun einsperren.

Sie antwortete nicht, sondern versuchte, sich zu beruhigen. Warum fragte er sie überhaupt nach ihrer Meinung?

»Muss ich dich festbinden, oder können wir vernünftig miteinander reden?«

»Lass mich gehen«, bat sie. »Wenn du das tust, sehe ich von einer Anzeige wegen Freiheitsberaubung ab.«

Nathans Mund verzog sich zu einem Grinsen. »Du willst mich anzeigen? Und was willst du der Polizei erzählen?«

»Dass du mich mithilfe deines Großvaters betäubt und verschleppt hast, was sonst?«

»Und welchen Grund sollen wir dafür gehabt haben?«

Lucys Argumentation kam ins Stocken. Wenn sie der Polizei von dem Bund erzählte, beförderten die sie persönlich in die Psychiatrie.

»Da fällt mir schon etwas ein. Aber ich bin lieber in der Klapsmühle als in den Fängen deines geisteskranken Großvaters.«

»Du hast es immer noch nicht verstanden, Lucy. Ich habe dich hierhergebracht, damit du gerade dorthin nicht kommst.«

Lucy hörte gar nicht zu. »Ich werde dir niemals helfen. Dir kann man nicht trauen …« Sie stockte und verstummte. »Was hast du gesagt?«, fragte sie nach.

Nathan verschränkte seine Arme vor der Brust. »Ich habe dich hergebracht, damit du nicht länger in den Fängen meines Großvaters bist.«

Lucy sah ihn mit zusammengezogenen Augenbrauen an. »Das verstehe ich nicht«, sagte sie nach einer Weile.

»Das merke ich. Du hörst ja auch nie zu.«

Nathan schob Lucy einen Stuhl zu. »Setz dich«, forderte er sie auf.

Bei seinem Befehlston regte sich Widerstand in ihr, aber trotzdem setzte sie sich hin.

Nathan setzte sich ihr gegenüber. »Ich erkläre es dir noch einmal in Ruhe. Ich wusste nichts von dem Feuer. Nachdem du nicht auf meine Nachrichten geantwortet hast, bin ich nach Hause gegangen. Dort erzählte mir mein Großvater, er hätte mit dir gesprochen. Du kannst dir nicht vorstellen, was für einen Schreck ich bekommen habe. Nach dem, was mit diesem Vikar passiert war, hatte ich ständig Angst, Batiste könnte dir zu nahe kommen. Ich wollte dich überzeugen, mit uns zusammenzuarbeiten. Das hoffe ich übrigens immer noch. Es wäre zu deiner eigenen Sicherheit.«

Lucy sah auf. »Vergiss es. Es ist falsch, was ihr tut. Es ist unmoralisch.«

Nathan musterte sie mit hochgezogener Augenbraue. Wütend starrte Lucy zurück.

Ein Lächeln breitete sich auf seinem Gesicht aus. »Alice sagt, es gibt vielleicht keine Moral.«

Lucy brauchte nur einen Moment für ihre Antwort. »Die Herzogin behauptet, alles hat seine Moral, wenn man sie nur finden kann.«

Nathan drehte die Teetasse in seinen Händen.

»Ihr habt den Menschen *Alice* gestohlen«, sagte Lucy anklagend. »Sie müssen es zurückbekommen.«

Nathan nickte. Das Lächeln auf seinem Gesicht war wie weggewischt. »Ich musste es wenigstens versuchen. Es wäre der leichteste Weg, dich zu beschützen. Sei's drum.« Er stand auf und sah sie durchdringend an.

Lucy versuchte, diesem Blick zu entkommen, doch es gelang ihr nicht. Nervös kaute sie auf ihrer Unterlippe. Sie durfte nicht anfangen, ihm zu glauben. Sie musste ihre Wut neu anfachen. »Du hast mir am meisten wehgetan.«

»Das hab ich nicht gewollt.« Nathan griff nach ihrer Hand, aber Lucy entzog sie ihm.

Er schwieg und dachte kurz nach. »Ich war wütend auf ihn und auf dich. Ich hätte es ihm nicht sagen dürfen.«

»Was nicht sagen dürfen?«, hakte Lucy nach.

»Dass er dich nicht einschüchtern kann, weil du genau weißt, was du willst. Dass du mir niemals helfen würdest, die Bücher in Sicherheit zu bringen. Er tat so, als hätte er dich mit einem einzigen Gespräch dazu gebracht, einzuknicken. Er hat sich darüber lustig gemacht, weil ich so viel Zeit in dich investiert hatte. Er sagte, ich wäre zu nichts anderem nütze, als die Bücher auszulesen, und ich sollte es ihm überlassen, dich dem Bund zu verpflichten.«

Nathan hatte sich in Rage geredet. »Er hat mich bloß provoziert und mich in meinem Zimmer eingeschlossen, damit ich ihm nicht in die Quere kommen konnte.« Nathan machte eine kurze Pause. »Du hast recht, ich bin schuld. Ich habe ihn darauf gebracht, dass es besser sei, dich zu töten. Bevor du anfängst, Schwierigkeiten zu machen, wie deine Mutter. Es tut mir so leid.«

»Ich dachte, ich sterbe«, flüsterte Lucy. »Und dann war da eine Stimme, und jemand hob mich hoch. Wie bist du durch das Feuer gekommen? Es war überall! Es hätte dich töten können.«

»Für mich war es ungefährlich«, erwiderte er unwirsch. »Es war ein magisches Feuer.«

Lucy runzelte die Stirn. »Weshalb hast du es nicht gelöscht? Dann wären nicht so viele Bücher verbrannt.«

»Das kann ich nicht«, verteidigte Nathan sich. »Ich habe ja keine Ahnung, wie er es produziert. Diese magischen Fähigkeiten sind auch für uns nicht normal. Die einzige Gabe, die wir normalerweise haben, ist die, Bücher auszulesen. Wir sind keine Zauberer oder so etwas.«

»Das ist unheimlich«, sagte Lucy, und ihre Furcht vor Batiste steigerte sich ins Unermessliche. »Woher kann er so etwas?«

Nathan zuckte mit den Achseln. »In der Bibliothek des Bundes gibt es unzählige Werke. Vermutlich hat einer meiner Vorfahren alchemistische Bücher in unsere Obhut gebracht. Batiste hat sie studiert. Er ist besessen davon.«

»Was kann er sonst noch?«, fragte Lucy leise.

»Das weiß ich nicht.« Nathan knetete seine Hände. Es war das einzige sichtbare Anzeichen für seine Nervosität.

»Ohne mich wäre das alles nicht passiert«, sagte Lucy.

Nathan überlegte einen Moment. »Du hättest fortgehen sollen.«

»Das kann ich nicht. Nicht mehr.«

»Er schreckt vor nichts zurück.« Nathan zögerte kurz, bevor er fortfuhr. »Das mit deinen Eltern tut mir leid, aber das, was er dir antun will, ist ungleich schlimmer.«

Was konnte schlimmer sein als der Tod?

»Er will deinen Willen brechen.« Nathan lehnte sich vor, sodass sich ihre Knie fast berührten. Mit eindringlicher Stimme fuhr er fort. »Er wird dich einem Mann ausliefern, der glaubt, seine Familie hätte ein Anrecht auf dich. Sir Beaufort will der Vater der nächsten Hüterin werden. Verstehst du, was das bedeutet?«

Lucy konnte nicht einmal mehr nicken. Mit schreckgeweiteten Augen sah sie ihn an.

»Deshalb habe ich dich hergebracht. Nicht, weil ich nicht mehr möchte, dass du mit mir zusammenarbeitest, sondern weil ich den Gedanken nicht ertragen kann, wie dieser Wiederling …« Er brach ab und sprang auf.

Lucy wurde übel. Wie kamen diese Kerle darauf, einen Mann für sie zu bestimmen? Einen Mann, den sie nicht einmal kannte, und dann auch noch … Ihr Magen begann zu rumoren. Sie sprang auf und rannte zur Toilette. Sie würgte, bis sie nichts mehr herausbrachte. Es dauerte eine ganze Weile, ehe sie sich gefangen hatte. Erschöpft ließ sie sich auf die Toilette fallen. Erst als sie glaubte, ihm wieder gegenübertreten zu können, wusch sie sich das Gesicht und spülte den Mund aus. Nathan blickte ihr besorgt entgegen, als sie in die Küche trat. Sie wollte sein Mitleid nicht.

Alle guten Worte dieser Welt
stehen in Büchern.

Chinesisches Sprichwort

8. KAPITEL

Lucy marschierte von einer Seite des Raumes zur anderen. Sie hatte die Arme um ihren Oberkörper geschlungen und versuchte, sich zu wärmen. Die Erklärungen, die Nathan ihr gegeben hatte, wirbelten ihr durch den Kopf. Vielleicht sorgte er sich tatsächlich um sie. Alles, was er sagte, hörte sich vernünftig an. Aber sie traute ihrem Bauchgefühl nicht mehr. Es hatte sie schon einmal getrogen. Sie musste weiterhin verlangen, dass er sie gehen ließ. Sie wusste zwar nicht, wohin, aber alle Alternativen erschienen ihr besser, als mit ihm allein in dieser Hütte zu bleiben. Sie würde anfangen, ihm zu glauben, wenn sie blieb. Einfach weil sie es wollte.

Das Klappern von Geschirr drang durch die Tür herein. Sie musste mit ihm reden.

»Mist«, fluchte er, als sie die Küche betrat.

Er mühte sich mit dem Campingkocher ab, der auf der Arbeitsplatte stand.

»Was machst du da?«, fragte Lucy und lehnte sich in den Türrahmen.

»Wonach sieht es denn aus?« Er fuhr herum. Der Topf, der auf dem Kocher gestanden hatte, kippte zur Seite und fiel auf den Fußboden. Eine undefinierbare rote Pampe kippte über Nathans Schuhe. »Ich versuche zu kochen.«

Lucy unterdrückte nur mit Mühe ein Lachen. »Weshalb benutzt du nicht den Herd?«

»Weil ich keine Gasflasche mit mir herumschleppe«, erklärte Nathan entnervt. »Und die hier ist offenbar alle.« Lucy setzte sich mit angezogenen Knien auf einen Stuhl. »Wir müssen reden.«

»Das versuche ich die ganze Zeit«, erwiderte Nathan, während er sich abmühte, die Sauerei am Boden zu beseitigen.

»Die Schuhe kannst du vergessen«, bemerkte sie. »Nur mal interessehalber: Wie oft in deinem Leben hast du schon gekocht?«

»Nicht allzu häufig.«

»Dachte ich mir schon. Dir ist das Essen doch vom ersten Tag an in den Schoß gefallen.« Es klang vorwurfsvoller, als sie es eigentlich meinte. Er konnte schließlich nichts dafür, dass er mit einem goldenen Löffel im Mund geboren worden war.

»Du kannst es gern selbst machen«, forderte er sie heraus.

»So war es nicht gemeint«, erwiderte Lucy. Um ihre Kochkünste stand es nicht viel besser. Im Heim hatten sie eine Köchin gehabt.

Doch Nathan hielt ihr bereits einen Löffel vor die Nase. »Los, mach dich nützlich.« Damit verließ er die Küche und verschwand im Bad. »Ich habe riesigen Hunger«, rief er, bevor die Tür zuschlug.

»Wenn er es unbedingt will«, knurrte Lucy und begutachtete die Vorräte, die Nathan mitgebracht hatte. Viel war es nicht. Ein paar Dosen mit Bohnen, Ketchup, eine Tüte Nudeln, Toastbrot, ein paar Äpfel, Kaffee und Milch. Was sollte sie damit anfangen? Sie drehte an dem Wasserhahn. Heraus tröpfelte ein braunes Rinnsal. Nudeln konnte man damit nicht kochen. Sie beschloss, die Bohnen warm zu machen. Das war besser als nichts. Vielleicht konnte sie die ein bisschen würzen.

Es kostete Lucy einige Mühe, den Campingkocher in Gang zu bringen. Sie goss die Bohnen, die reichlich schleimig aussahen, in den Topf. Als die Soße zu blubbern begann, kippte sie Ketchup hinzu und würzte das Ganze mit Pfeffer und Salz. Mehr stand ihr nicht zur Verfügung, also musste es reichen. Als Nathan aus dem Bad zurückkam, standen die Bohnen auf dem Tisch. Daneben lagen Toastscheiben und die aufgeschnittenen Äpfel.

Nathan schnupperte. »Es riecht merkwürdig«, bemerkte er. Sein Haar war nass und hing ihm in die Stirn, selbst an seinem Hals waren noch Wassertropfen zu sehen, die in seinen offenen Hemdkragen liefen.

Lucy wandte sich schnell ab. »Deins roch nicht besser«, erwiderte sie. »Was war das überhaupt?«

»Ravioli aus der Dose.«

Das klang ziemlich lecker. Lucys Magen knurrte laut. Sie schaufelte Nathan Bohnen auf den Teller und nahm sich den Rest. Besonders vertrauenerweckend sah die Masse nicht aus. Tapfer tauchte sie ihren Löffel hinein und beobachtete Nathan aus dem Augenwinkel.

Es schmeckte furchtbar. Am liebsten hätte Lucy das Zeug ausgespuckt. Doch da Nathan seinen Teller, ohne mit der Wimper zu zucken, leer löffelte, würgte sie den Bissen hinunter. Danach stocherte sie in dem Brei herum und versuchte sich an kaltem, labbrigem Toast und den Äpfeln.

»Eine Sterneköchin wird aus dir nicht, so viel steht fest«, meinte Nathan, nachdem er aufgegessen hatte.

»Für dich hat es gereicht.«

Nathan zuckte mit den Schultern. »In der Not frisst der Teufel Fliegen.«

»Du kannst mich mal gernhaben.« Lucy stellte ihren Teller in die Spüle und stapfte ins Schlafzimmer. Es empfing sie mit allgegenwärtiger Dunkelheit und Kälte. Hier konnte sie nicht noch einmal längere Zeit verbringen. So kam sie nicht weiter. Wenn sie Nathan überreden wollte, sie gehen zu lassen, musste sie deutlich diplomatischer sein. Zähneknirschend ging sie zurück in die Küche, wo Nathan die Teller und Löffel in den braunen Wasserstrahl hielt.

Lucy lehnte sich neben ihn an die Anrichte. Abgespült hatte er auch noch nicht sonderlich oft.

»Was ist?«, fragte Nathan nach einer Weile.

»Spricht etwas dagegen, rauszugehen? Ich fühle mich eingesperrt. Ich weiß nicht mal, ob draußen Tag oder Nacht ist.«

Nathan sah auf seine Uhr. »Es wird mittlerweile dunkel sein, wenn dir das weiterhilft.«

»Weiß tatsächlich niemand, wo wir sind?«

»Niemand«, bestätigte er und stellte den Topf neben die Spüle. Am Rand klebte immer noch Bohnenschleim.

»Was wird dein Großvater mit dir anstellen, wenn er dich zu fassen kriegt?«, fragte sie.

»Darüber zerbrich dir nicht den Kopf. Das ist meine Angelegenheit.« Nathan griff in seine Hosentasche und beförderte einen Schlüssel heraus.

»Ich denke, wir können kurz vor die Tür gehen.« Über Batiste wollte er offensichtlich nicht sprechen.

Er hielt Lucy ihre Jacke hin, die in einer Reisetasche im Schlafzimmer versteckt gewesen war. Da hätte sie ewig suchen können.

Die kalte Luft zwickte Lucy in die Nase, kaum dass sie vor die

Tür getreten waren. Ihr Atem wurde vor den Lippen zu weißen Wolken. Sie hatte keine Ahnung, wie Nathan diesen Ort gefunden hatte. Das Haus sah von außen noch winziger und windschiefer aus als von innen. Der weiße Lehmputz war an vielen Stellen abgeblättert. Die verrotteten Fensterläden wären ohne die Nägel, die sie geschlossen hielten, längst abgefallen. Der Garten, der das Haus umgab, war von Unkraut überwuchert. Selbst nach dem Gemäuer streckte der gierige Efeu seine Finger aus. Der Lattenzaun war unter dem Ansturm längst zusammengebrochen. Die dunklen Wipfel der Kiefern reckten sich bedrohlich in den Himmel und ließen sich von dem kalten Wind hin und her schaukeln. Wenn nur einer dieser Bäume auf das Haus stürzte, war es um sie geschehen. Das Auto, mit dem Nathan sie hergebracht haben musste, war zu Lucys Leidwesen nirgendwo zu sehen.

»Lass uns ein Stückchen gehen«, forderte Nathan sie auf.

Die Hände in den Taschen ihrer Jacke vergraben, folgte sie ihm einen Pfad hinunter, der in den Wald führte. Dieser verbreiterte sich ein Stück unterhalb des Hauses und dann unter den Bäumen, und verborgen hinter ein paar Büschen entdeckte Lucy den Wagen.

»Woher wusstest du von dem Haus?«, fragte sie, als das Schweigen zwischen ihnen erdrückend wurde.

»Aus dem Internet«, antwortete Nathan kurz angebunden. »Es steht zum Verkauf. Aber ich schätze mal, groß ist der Andrang nicht.« Aufmerksam behielt er die Umgebung im Auge. Dank des Vollmondes, der am Himmel stand, konnte man erstaunlich gut sehen. Der nachtschwarze wolkenlose Sternenhimmel wölbte sich über ihnen.

»Und woher hast du den Schlüssel?«

Nathan warf ihr einen prüfenden Blick zu. »Sagen wir mal so, ich habe gehofft, irgendwie reinzukommen. Dass der Schlüssel oben auf dem Türrahmen lag, war eher Glücksache.«

»Du scheinst einen wirklich guten Plan gehabt zu haben, um mich vor deinem Großvater zu verstecken«, erwiderte Lucy spöttisch.

»Ich hätte keinen Plan gebraucht, wenn du gemacht hättest, worum ich dich gebeten habe. Du hättest nur ein bisschen so zu tun brauchen, als ob du auf seine Forderungen eingehst. Dann hätten wir deutlich mehr Zeit gehabt, uns etwas zu überlegen.«

»Wir?«

»Ja, wir.«

Nebeneinander liefen sie den Pfad hinunter, bis der Weg sich mit einem anderen kreuzte. Seine letzten Worte musste Lucy erst einmal verdauen.

»Wir sollten umkehren«, schlug Nathan vor. »Ich glaube, hier ist in den letzten Tagen niemand gewesen.«

Sie musste ihm zustimmen. Alles sah hier so völlig verlassen aus. Nicht mal Wildschweinspuren waren zu sehen. Es fühlte sich an, als wären sie die beiden letzten Menschen auf der Welt.

»Hoffentlich bleibt das noch ein oder zwei Tage so, danach müssen wir uns etwas anderes ausdenken«, unterbrach Nathan ihre Gedanken.

»Batiste kommt tatsächlich nicht und holt uns ab?«, fragte Lucy.

»Ich kann ihn gern anrufen, wenn es das ist, was du möchtest.«

»Nein, danke. Kein Bedarf.« Lucy wandte sich ab und stapfte den Pfad zurück.

»Wie war dein Plan, wenn man fragen darf?« Nathan holte sie nach zwei Schritten ein. »Wie hattest du vor, dich vor mir und dem Bund zu schützen? Wolltest du den Rest deiner Tage in deinem winzigen Zimmer verbringen, mit Colin als Wachhund davor?«

Sein Ton war schneidend. Vermutlich nervte es ihn, dass sie ihm immer noch nicht glaubte. »Irgendetwas wäre mir schon eingefallen«, behauptete sie.

»Ja, klar.«

»Wichtig war mir nur, dass die Bücher vor dir sicher sind. Und solange wir zusammen sind, sind sie das wohl.«

»Du bist zu liebenswürdig«, erwiderte Nathan sarkastisch. »Und was ist mit deiner Sicherheit? Ich kann es einfach nicht glauben.« Er fuhr sich durch sein Haar.

»Du kannst mich gern gehen lassen, wenn ich dich nerve«, schlug Lucy vor. »Oder willst du mich ewig einsperren?«

»Wo willst du denn hingehen?«, fragte er.

»Das binde ich dir doch nicht auf die Nase«, antwortete Lucy.

»Dann vergiss es.«

»Wie, vergiss es?«, fauchte Lucy ihn an. »Bin ich also doch deine Gefangene?«

»Das kannst du gern so sehen. Wenn du mir sagen kannst, was du vorhast oder wohin du gehen möchtest, und wenn ich glaube, du bist an diesem Ort vor meinem Großvater sicher, lasse ich dich ziehen. Bis dahin musst du mit meiner Gesellschaft vorliebnehmen.«

»Ich hasse dich.«

»Damit kann ich leben.« Nathan zuckte gleichmütig mit den Achseln.

Lucy stürmte den Weg hinauf. Im Haus angekommen, schnappte

sie sich zwei Kerzen und verschwand im Schlafzimmer. Kurz darauf ging sie ins Bad. Neben dem Waschbecken stand ein Holzeimer gefüllt mit frischem Wasser. Obwohl es eiskalt war, wusch Lucy sich notdürftig, putzte sich die Zähne und kämmte sich das Haar. Wenigstens hatte Nathan an Zahnputzzeug und Seife gedacht. In dem trüben Spiegel sah sie danach beinahe wieder wie ein Mensch aus. Ihre Verbände hatte sie für die Prozedur von den Händen wickeln müssen, und obwohl sie noch schmerzten, sah die frische Haut auf den Handflächen robust aus. Sie entschied, sie nicht mehr zu verbinden. Merkwürdig, wie schnell die Wunden verheilt waren. Trotzdem musste sie vorsichtig sein, aber es tat gut, die Finger wieder richtig bewegen zu können.

Als sie zurück über den Flur schlich, war von Nathan nichts zu hören und nichts zu sehen. Sie legte sich ins Bett und zog die Decke über sich. In der Kommode, die in dem Zimmer stand, hatte sie ein paar Bücher entdeckt. Sie musste sich dringend ablenken. Die Untätigkeit und die ständigen Streitereien mit Nathan zermürbten sie. Sie sehnte sich danach, etwas zu tun, was sie weiterbrachte. Irgendetwas, das den Büchern helfen konnte. Stattdessen saß sie hier fest, mit Nathan, der sie gleichzeitig anzog und abstieß.

Sie hatte sich gerade in die Lektüre von Zafóns *Der Schatten des Windes* vertieft, als die Tür klappte und Nathan hereinkam.

Lucy sah auf. »Was willst du?«

»Schlafen, was sonst?«

»Ja wohl nicht wieder hier«, widersprach Lucy.

Nathan sah sich suchend um. »Wo sonst?«

Sie presste die Lippen zusammen. »Dann geh ich in die Küche.«

Nathan seufzte. »Wenn du meinst. Spielen wir eben noch mal

dasselbe Spiel.« Er grinste. »Kann ich aufs Anbinden verzichten, oder stehst du auf Fesselspiele?«

»Idiot«, erwiderte Lucy und schlüpfte in ihre Schuhe. In der Küche zog sie ihre Jacke an und setzte sich auf einen der Stühle.

Eine halbe Stunde später war sie durchgefroren. Das hatte sie von ihrem verdammten Stolz. Bis zum Morgengrauen hielt sie nicht durch, überlegte sie, und so schlimm war es mit Nathan auch nicht gewesen. Er sollte ihr bloß nicht zu nah kommen.

Auf Zehenspitzen schlich sie ins Schlafzimmer.

»Schon wieder da«, murmelte er, als sie unter die Decke schlüpfte. Seine Wärme hüllte sie ein. Es sollte ihr eigentlich unangenehm sein, aber das war es nicht, ganz im Gegenteil. Lucy erwischte sich bei dem Gedanken, näher an ihn heranrücken zu wollen. Daran durfte sie nicht mal denken, schalt sie sich. Stattdessen zündete sie eine Kerze an und begann zu lesen. Leicht fiel ihr das nicht. Nathan beanspruchte eindeutig zu viel Platz in dem Bett. Immer wieder glitten ihre Gedanken zu dem Morgen, als sie in seinen Armen aufgewacht war. War das wirklich erst vor ein paar Tagen gewesen? So viel war seitdem passiert. Seine Küsse waren ihr allerdings noch ziemlich deutlich in Erinnerung. Dafür, dass er so viel Zeit damit verbrachte, Bücher zu stehlen, war er ein ausgesprochener Experte.

»Wie geht es deinen Händen?«, unterbrach Nathan ihre Gedanken. »Du hast die Verbände abgenommen.«

Sie legte das Buch kurz ab und zeigte ihm ihre Handflächen. »Die Wunden sind rasend schnell verheilt«, sagte sie.

»Weil es kein echtes Feuer war«, erklärte er, als wäre dies das Selbstverständlichste auf der Welt.

Lucy schluckte und wusste nicht, was sie darauf sagen sollte.

»Liest du mir vor?«, fragte Nathan jetzt.

»Warum?« Sie betrachtete seinen muskulösen Rücken.

»Wie heißt das Buch?«, kam seine Gegenfrage.

»*Der Schatten des Windes*. Es ist von Zafón. Kennst du es?«

»Nicht wirklich.«

»Was liest du denn gern?«, fragte sie.

»Nichts.«

»Nichts? Das verstehe ich nicht.« Irgendwie hatte sie angenommen, er mochte Bücher.

»Wie so vieles.«

Beleidigt wandte Lucy sich um und versuchte, sich auf den Text zu konzentrieren.

»Entschuldige«, erklang es hinter ihr. »Ich würde ja gern, aber ich darf keine Bücher zu meinem Vergnügen lesen.«

»Das ist schrecklich«, entfuhr es Lucy, und sie drehte sich zu ihm herum. Seine dunklen Augen glitzerten in dem Kerzenlicht, das helle Schatten auf sein schönes Gesicht malte.

»Die Gabe ist, wenn man so will, auch ein Fluch«, erklärte er weiter. »Wenn ich ein Buch lese, kann ich nicht kontrollieren, ob ich es auslese oder nicht. Der Text verschwindet, und wenn es kein Schutzbuch gibt, wissen die Wörter nicht, wohin. Die einzigen Texte, die ich lesen kann, sind die in den Büchern, die wir gerettet haben. Es könnte mir egal sein. Ich meine, wie wertvoll ist schon ein Buch von Zafón? Aber sogar mir missfällt die Vorstellung, dass der Inhalt eines Buches schutzlos umherirrt.«

»Die Wörter schweben einfach ins Nirgendwo davon?«, fragte Lucy schockiert.

»Nicht irgendwohin«, antwortete er. Sein Tonfall alarmierte Lucy. »Diese Bücher werden zu Buchgeistern.«

»Was ist das?«, fragte Lucy flüsternd. Es kam ihr so vor, als wäre die Temperatur in dem Raum noch einmal gesunken. Sie rutschte näher an Nathan heran. Jetzt berührten sich fast ihre Nasenspitzen. Im Grunde kannte sie die Antwort längst.

»Zornige, schutzlose Texte«, antwortete er. »Gruselige Gestalten, getrieben von Rache.«

»Ich habe sie gesehen«, sagte Lucy, und trotz der Kälte bildeten sich Schweißtropfen auf ihrer Stirn. »Zwei Mal. Sie haben mir gedroht.«

»Sie sprechen auch mit dir?« Nathan strich ihr eine Haarsträhne aus dem Gesicht.

Lucy nickte und wünschte, er würde seine Hand nicht von ihrer Wange nehmen.

»Sie geben uns die Schuld an dem, was sie sind«, erklärte Nathan. Seine Finger spielten mit ihren Haarspitzen. Draußen nahm der Wind zu, und die Klappläden knarrten. Das schmale Bett fühlte sich plötzlich an wie ein Kokon. Ein warmer, gemütlicher und sicherer Kokon.

»Damit haben sie ja nicht so unrecht«, sagte Lucy stockend. »Aber was wollen sie von mir?«

»Ich habe keine Ahnung. Vielleicht sollst du ihnen helfen.«

»Aber wie kann ich das?« Lucy biss sich auf die Lippen, als Nathans Fingerspitzen über ihren Arm fuhren. »Weißt du es?«

»Nein.« Die Antwort kam kurz und hart über seine Lippen.

Sie beschloss, es vorerst dabei zu belassen. Schweigend lagen sie nebeneinander.

»Du könntest sie fragen«, sagte er nach einer Weile.

»Sie sehen nicht so aus, als ob sie an einem Gespräch interessiert wären.«

»Aber du kannst trotzdem herausfinden, was sie von uns wollen!«

»Wieso fragst du sie nicht selbst?«, begehrte Lucy auf.

»Das kann ich nicht. Nur ein einziges Kind des Bundes hat es bisher jemals vermocht, mit den Büchern zu sprechen. Diese Gabe ist etwas ganz Besonderes.«

Lucy richtete sich auf. »Die Bücher reden nicht mit dir?«

»Nein.«

»Das wusste ich nicht«, sagte Lucy erstaunt. Irgendwie hatte sie geglaubt, ihre Gaben wären identisch.

»Dachte ich mir fast.« Nathan legte sich auf den Rücken und brachte damit wieder einen größeren Abstand zwischen sie beide. Lucy versuchte, nicht gekränkt zu sein. »Der Bund wird dich nie in Ruhe lassen. Sie fürchten sich vor dir. Du solltest tun, was Batiste verlangt.«

»Niemals«, flüsterte Lucy. »Nicht mehr lesen zu dürfen, wäre die schlimmste Strafe, die mir für das, was du tust, einfällt. Ein Leben ohne Bücher kann ich mir nicht vorstellen. Noch ein Grund, es nicht zu tun. Ich glaube, alles das, was ich bin, bin ich nur durch die Bücher, die ich gelesen habe.«

»Ich habe auch einige Bücher gelesen, Lucy. Kein Grund, mich zu bemitleiden«, antwortete Nathan.

»Ja, aber wie hast du sie gelesen? Hast du sie in dein Herz gelassen? Hast du mit ihnen gefiebert, sie geliebt und mit ihnen gelitten? Hast du beim Lesen geweint oder gelacht? War eins der Bücher jemals ein Freund für dich?«

»Liest du mir nun vor oder nicht?«, beendete er das Thema. »Wenn nicht, würde ich gern schlafen.«

Lucy seufzte und blätterte zum Anfang des Buches zurück. Dann begann sie zu lesen. Irgendwann drehte Nathan sich ihr wieder zu und betrachtete sie dabei. Für einen Moment brachte sie das aus dem Konzept, bis sie in die Geschichte eintauchte. Sie nahm Daniel, den Helden des Buches, an die Hand und führte ihn, Nathan und sich selbst durch den Friedhof der verlassenen Bücher. Gemeinsam fanden sie das Buch von Julián Carax, das Daniel ein Leben lang begleiten sollte. Während sie las, wünschte sich Lucy, dass jedes Buch der Welt einen Beschützer wie Daniel hätte.

Als Lucy die Augen aufschlug, erschien es ihr für einen Moment, als hätte jemand ihr Leben um mehrere Tage zurückgedreht. Sie lag auf Nathans Brust, und er hatte einen Arm fest um sic geschlungen. Seine linke Hand ruhte auf ihrer rechten. Fasziniert betrachtete Lucy die Lichter ihrer Male, die sich gefunden und miteinander verwoben hatten. Sanft umschlangen sie sich und tauchten den dunklen Raum in einen warmen Schein. Verzaubert folgte sie dem schimmernden Tanz. Es fühlte sich gut an, in seinen Armen zu liegen. Sicher und irgendwie richtig. Für einen Moment schloss sie noch mal die Augen, bis die Wirklichkeit mit aller Macht zurückkam. Es gab einen Unterschied zu dem anderen Morgen. Damals hatte sie ihm noch vertraut. Als Lucy sich dessen bewusst wurde, zog sie ihre Hand zurück und rückte von ihm ab. Wenn sie weiter bei ihm liegen blieb, würde sie bloß Entschuldigungen für ihn finden und für sich. Ihre Abwehr bröckelte bereits bedenklich. Das Buch, das ihr in der Nacht aus der Hand gefallen sein musste, bohrte sich in ihren Rücken und brachte sie endgültig zur Besinnung. Sie griff danach und legte es zur Seite. Bevor sie sich wünschen konnte, dass er sie küsste, stand sie auf und ging leise ins Bad.

Aus dem Spiegel blickten ihr glänzende graue Augen entgegen. Sie kühlte ihre Wangen mit dem restlichen Wasser aus dem Eimer und strich ihre Haare glatt. Sie hätte es gern gewaschen, aber mehr war unter den Umständen nicht möglich. Nachdem sie den Gedanken, wie sie und Nathan eng umschlungen auf dem Bett herumknutschten, abgeschüttelt hatte, ging sie in die Küche, um Wasser für Tee oder Kaffee aufzusetzen. Zu ihrem Erstaunen stand Nathan bereits dort und machte sich an dem Kocher zu schaffen.

»Ich habe Wasser geholt.« Er deutete auf den Topf, der neben ihm stand. »Hinter dem Haus gibt es eine Quelle.«

Lucy nickte stumm und rieb sich die Arme.

Nathan beobachtete sie. »Vielleicht sollten wir Holz sammeln. Dann können wir den Ofen in der Küche anheizen. Es ist kälter, als ich erwartet habe.«

»Meinst du nicht, jemand kriegt dann mit, dass wir hier sind?«, fragte Lucy.

»Immer noch besser, als zu erfrieren. Ich glaube, um die Jahreszeit verirrt sich niemand mehr in diesen Teil des Waldes. Es ist also keiner zu erwarten. Hoffe ich«, setzte er hinzu.

»Dann bin ich fürs Holzsammeln.«

»Lass uns warten, bis es draußen heller ist. Jetzt pfeift der Wind noch zu stark.«

Lucy nickte zustimmend und bröselte Kaffeepulver in zwei Tassen. Nathan goss das heiße Wasser darüber und rührte in eine Tasse Zucker und Milch hinein. Genau so, wie sie es mochte.

Nebeneinander setzten sie sich an den Tisch. Gedankenverloren zupfte Lucy an einer trockenen Scheibe Toast.

»Du konntest nicht mal zu der Beerdigung von Madame Moulin. Das tut mir leid«, brach Nathan das Schweigen.

Lucy erstarrte und sagte: »Sie hätte gewollt, dass ich mich in Sicherheit bringe. Zu ihrem Grab kann ich später immer noch.« Sie schwieg und sah Nathan nicht an. »Wenn das alles vorbei ist.«

»Sie war wie eine Mutter für dich, oder?«

»Ja, das war sie.«

»Ich kann mir nicht vorstellen, wie es wäre, Sofia zu verlieren«, sagte Nathan.

Lucy sah zu ihm. »Sofia?«

»Sie hat mich großgezogen. Sie und ihr Mann arbeiten für meinen Großvater. Nachdem meine Eltern mich verlassen hatten, hat sie sich um mich gekümmert.«

»Besonders gut hat sie das nicht gemacht«, sagte Lucy spitz, konnte sich ein Lächeln aber nicht verkneifen.

»Du bist immer noch ganz schön frech.« Nathan grinste zurück. »Das spricht auch nicht gerade für eine gute Erziehung.«

»Hat sie dir etwas über deine Eltern erzählt?«, fragte Lucy.

»Das hat mein Großvater ihr verboten. Als ich klein war, habe ich versucht, sie auszuquetschen. Aber sie hat immer eisern geschwiegen.«

»Denkst du, sie weiß, weshalb sie dich zurückgelassen haben?«

»Mein Großvater hat erzählt, sie hätten mich nicht gewollt, und es gab für mich keinen Grund, an dieser Aussage zu zweifeln«, stellte Nathan mit einer Härte in der Stimme klar, die Lucy vor weiteren Fragen zurückschrecken ließ. Warum ließ er sie immer ein Stückchen an sich heran, um sie kurz darauf wieder wegzustoßen? Sie wurde nicht schlau aus ihm.

Lucy trank den letzten Schluck von ihrem Kaffee und überlegte, ob sie aufstehen sollte, als Nathan wieder zu sprechen begann.

»Sofia war dagegen, dass ich zum Perfectus geweiht wurde. Dabei hat sie sich in all den Jahren nicht zu meiner Ausbildung geäußert. Aber am Tag meiner Weihe hielt sie es für nötig, mir zu sagen, dass es nicht recht sei, was wir tun.«

»Die Warnung kam etwas verspätet.« Lucy versuchte, den Kommentar nicht zu sarkastisch klingen zu lassen.

Aber Nathan ging auf ihren Tonfall gar nicht ein. »Ich frage mich, weshalb sie die Warnung überhaupt ausgesprochen hat. Es war immer klar, dass ich meinem Großvater folge. Meine Weihe kann sie nicht überrascht haben. Aber sie war tatsächlich bestürzt.« Nathan versank in brütendes Schweigen.

»Für mich klingt das, als ob sie mehr weiß, als du bisher geglaubt hast«, sagte Lucy nach einer Weile. »Kannte sie deine Eltern überhaupt?«

»Ja«, antwortete Nathan. »Sie und ihr Mann Harold sind seit vierzig Jahren bei meinem Großvater. Sie kannten meinen Vater schon als Kind.«

»Und sie hat nie etwas über ihn erzählt?« Lucy schüttelte den Kopf. »Da müssen die Anweisungen deines Großvaters ja eindeutig gewesen sein.«

Nathans Gesicht verzog sich kaum merklich. »Als ich jünger war, habe ich manchmal von meiner Mutter geträumt. Ich konnte sie nicht deutlich sehen, aber sie summte immer ein Lied. Ich war vier Jahre alt, als sie mich verließen.«

»Das tut mir leid.«

»Das muss es nicht.« Nathan stand auf und griff nach seiner Jacke. »Ich habe sie nicht vermisst.«

Lügner, dachte Lucy, verkniff sich aber jeden weiteren Kommentar.

Eingehüllt in dicke Jacken und mit warmen Socken an den Füßen verließen sie am frühen Nachmittag die Hütte. Lucy hatte den halben Tag gelesen, während Nathan in der Küche gehockt und vor sich hin gebrütet hatte. Einmal war er um das Haus herumgegangen, um die Fensterläden zu kontrollieren. Sicher war er sich nicht, dass Orion und Sirius sie nicht fanden, aber das wollte er Lucy nicht sagen. Sie traute ihm sowieso nicht, und er wollte sie nicht vollends verschrecken.

»Wir sollten in der Nähe bleiben«, sagte Nathan. »Sammle ein paar trockene Stöcke. Wir werden das Feuer schon irgendwie ankriegen.«

Erstaunt sah Lucy ihn an. »Du lässt mich allein Holz suchen? Ich könnte weglaufen.«

»Wo willst du hin?« Er breitete seine Arme aus. »Warst du bei den Pfadfindern, oder was? Der nächste Ort liegt mehr als zwanzig Meilen entfernt. Viel Spaß beim Suchen und keine Angst, ich lass dich nicht aus den Augen. Aber es hat wenig Sinn, Händchen haltend Holz zu sammeln. Also beeil dich, es ist eiskalt. Ich suche ein Stück weiter unten.«

Lucy verkniff sich eine Antwort und schlug sich stattdessen in das Unterholz des Waldes. Die Stöcke, die sie fand, schichtete sie in ihrer Armbeuge. Trotz der Kälte tat es gut, draußen zu sein. Die Enge der Hütte und das Schweigen, das dort meist herrschte, drückten ihr aufs Gemüt. Als sie genug gesammelt hatte, ging sie zurück ins Haus und lud das Holz neben dem Ofen ab. Nathan war nirgendwo zu sehen. Sie ging erneut nach draußen und hielt nach ihm Ausschau. Wo war er hingegangen? Die Vorstellung, dass er verschwunden sein könnte, bereitete ihr Unbehagen. Er würde sie doch nicht allein zurücklassen? Irgendwo hier musste er sein. Sollte sie ihn suchen oder in der Hütte auf ihn warten? Andererseits war dies auch eine perfekte Gelegenheit, um zu fliehen. Nathan musste sich ihrer sehr sicher sein, und das war vermutlich ihr Vorteil. Sie könnte versuchen, dem Weg zu folgen, auch wenn ungewiss war, ob er sie zu einem bewohnten Ort bringen würde. Bei dieser Kälte würde sie nicht lange durchhalten. Ihre Gedanken wurden von Nathans Stimme unterbrochen, die der Wind zu ihr trug.

»Nathan?«, rief sie, bekam aber keine Antwort. Behutsam tastete sie sich in das Unterholz vor. Offenbar hatte er sie doch nicht allein gelassen. Das Gefühl von Erleichterung verschwand schnell und machte Misstrauen Platz. Mit wem sprach er?

Lucy versuchte, kein Geräusch zu verursachen, als sie seiner Stimme folgte. Entweder er führte Selbstgespräche, oder er telefonierte, entschied sie. Eine zweite Stimme war nicht zu vernehmen. Dann war sie nah genug, um ihn zu sehen und zu verstehen, was er sagte. Er drehte ihr den Rücken zu.

»Alles verläuft nach Plan. Mach dir keine Sorgen. Noch ein oder zwei Tage, dann habe ich sie so weit. Ja, es ist genau, wie du vermutet hast.« Er schwieg und lauschte. »Die Zeit musst du mir geben«, sagte er.

Lucy erstarrte. Ein großer Teil ihres wankelmütigen Herzens hatte tatsächlich gehofft, Nathan würde sie vor seinem Großvater beschützen. Dass er sie fortgebracht hatte, damit weder dieser sie zwang, die Bücher auszulesen, noch irgendein Widerling sich an ihr verging. Und wieder war alles nur gelogen gewesen. Das ganze Manöver hatte nur dazu gedient, sie einzulullen und sich ihr Vertrauen zu erschleichen. Ihr letzter Rest Hoffnung verpuffte. Ohne nachzudenken, drehte sie sich um und rannte davon. Das Letzte, was sie hörte, war ein gebrülltes »Mist«. Dann waren da nur noch seine Schritte, die ihr folgten.

Lucy rannte tiefer in den Wald hinein. Sie konnte an nichts anderes denken als an Flucht. Sie musste weg von Nathan. Egal wohin. Lieber starb sie in der Kälte, als noch eine Minute in seiner Gegenwart zu verbringen und in seine falschen Augen zu schauen.

Batiste de Tremaine blickte auf den Telefonhörer in seiner Hand. So etwas hatte er dem Jungen nicht zugetraut. Er hatte befürchtet, Nathan könnte sich in das Mädchen verlieben, obwohl es den Kindern des Bundes verboten war. Der Junge hatte ihn überrascht. Trotzdem konnte er kein Risiko eingehen. Diesmal durfte nichts schiefgehen. Beaufort würde ihn dafür verantwortlich machen, wenn das Mädchen entwischte. Er hatte ihm schon die Hölle heißgemacht, als er erfahren hatte, dass der Brand in der Bibliothek auf sein Konto ging. Nur Nathan war es zu verdanken, dass alles nach einem geschickt eingefädelten Plan ausgesehen hatte. Batiste verstand Beaufort sogar ein bisschen. Welcher Mann bekam gern beschädigte Ware? Er grinste böse vor sich hin, dann befahl er die Hunde zu sich und verließ das Haus. Als er die Bibliothek unter der Kapelle erreicht hatte, erläuterte er den beiden ihren Auftrag und nannte ihnen ihren Bestimmungsort.

Bücher sind Schiffe, welche die weiten Meere der Zeit durcheilen.

Francis Bacon

9. KAPITEL

Lucy rannte. Die schneidende Luft brannte in ihrer Lunge. Zweige peitschten ihr ins Gesicht und hinterließen glühende Streifen auf ihrer Haut. Sie stolperte über Schlingpflanzen, morsche Baumstämme und Mooshügel. Jedes Gewächs dieses Waldes schien nach ihr zu greifen, um sie aufzuhalten. Es war ihr egal. Sie durfte auf keinen Fall stehen bleiben. Trotz des Lärms, den sie selbst verursachte, hörte sie Nathan durch das Unterholz brechen. Wenn ihr nicht etwas einfiel, holte er sie ein. Was er dann mit ihr tun würde, wollte sie sich lieber nicht vorstellen. Was hatte er mit seinem Großvater vereinbart? Wie brachte er es fertig, so zu lügen? Fast wäre sie wieder auf ihn hereingefallen. Sie wollte sich am liebsten ohrfeigen, aber erst mal musste sie ihm entkommen. Je tiefer sie in den Wald vordrang, umso undurchdringlicher wurde er. Lucy verlangsamte ihre Schritte und drehte sich um. Sie hörte Nathan zwar, sehen konnte sie ihn aber nicht. Vielleicht fand sie ja ein geeignetes Versteck. Die Schneise, die sie sich durch den Wald gebahnt hatte, war überdeutlich. So entkam sie ihm niemals. Er brauchte ihr nur gemächlich zu folgen und zu warten, bis ihr die Puste ausging. Sie musste ihre Taktik ändern. Während sie weiterlief, sah sie sich um. Überall nur Gestrüpp und Baumstämme. Nichts, was auch nur entfernt als Versteck geeignet war. Das graue Nachmittagslicht vermochte es kaum, die Baumwipfel zu durchdringen, geschweige denn den Waldboden zu erreichen. Die dicken Stämme der Bäume schienen weiter zusammenzurücken. Lucy schlängelte sich durch sie hindurch, immer auf Nathans Geräusche lauschend. Dabei versuchte sie, ihre Spur zu verwischen. Manchmal war er näher und manchmal weiter entfernt. Einmal hörte sie ihn überhaupt nicht mehr. Wahrscheinlich lauschte Nathan ebenfalls. Sie wagte kaum zu atmen, aus Angst, er würde sie hören. Das Schlagen ihres Herzens konnte sie jedoch nicht unterdrücken. Fest presste sie sich an einen der Baumstämme. Lange durfte sie hier nicht bleiben. Sie musste weiter.

Plötzlich stand Lucy vor einer moosverhangenen, steinernen Wand. Sie war wie aus dem Nichts vor ihr aufgetaucht und war so steil, dass sie die Möglichkeit, daran hinaufzuklettern, sofort verwarf. Das hätte sie nicht einmal mit irgendwelchen Hilfsmitteln geschafft. Kleine Felsvorsprünge waren zu erkennen, und aus dem mit Moosen und Flechten überwucherten Untergrund wuchsen hier und da Büsche hervor. Lucy war nie besonders sportlich gewesen. Wenn sie es nur versuchte, würde sie sich mit Sicherheit den Hals brechen. Aber vielleicht fand sie eine Höhle oder Nische, in der sie sich verstecken konnte. Um sie herum war jetzt alles still. Nicht mal Vogelgezwitscher war zu hören. Lucy atmete auf. Wenn sie Glück hatte, hatte sie ihn für den Moment abgehängt. Sie musste die Zeit nutzen, denn aufgeben würde er sicherlich nicht. Sie stolperte und schlitterte über den feuchten, glitschigen Untergrund. Nasses Blattwerk hatte sich auf dem felsigen Boden gesammelt, was das Vorwärtskommen erschwerte. Der Trampelpfad wurde nach einer Weile abschüssiger. Lucy war so konzentriert, auf jeden einzelnen Schritt zu achten, dass sie einen Moment vergaß, auf die Geräusche zu lauschen, die Nathan verursachte. Umso mehr erschrak sie, als ganz in ihrer Nähe plötzlich seine Stimme erklang.

»Lucy, verdammt. Jetzt komm zurück. Wenn du dich verirrst, bist du verloren.«

Sie strauchelte. Voller Furcht drückte sie sich an die Wand und grub ihre Finger in das dichte Moos. Trotzdem zog eine unsichtbare Hand ihr die Füße weg. Sie landete auf dem Po und versuchte, sich irgendwo festzuhalten. Es misslang kläglich. Unaufhörlich rutschte sie abwärts. Wenn sie Nathan bisher erfolgreich von ihrer Spur abgelenkt hatte, musste er spätestens jetzt wieder auf sie aufmerksam werden, so einen Lärm verursachte sie. Sie glitt über einen Stein und schrie auf. Ihr rechtes Bein verfing sich zwischen Efeuranken, und sie drehte sich, sodass sie mit dem Kopf voran den Berg hinunterrutschte. Wenn sie gegen einen der dicken Baumstämme stieß, war es mit ihr vorbei. Mit letzter Kraft griff sie nach einem Wurzelstück, das wie ein Rettungsanker aus der Erde herausragte. Ihr Fall wurde gebremst, und ein schmerzhafter Ruck fuhr durch sie hindurch. Lucys Arme brannten in den Gelenken wie Feuer, doch sie biss sich auf die Lippen, um einen weiteren Schrei zu unterdrücken. Sie schmeckte Blut und schloss für einen Moment die Augen. Die Wurzel, die sie gerettet hatte, reckte sich aus der Erde empor und bildete mit anderen ein beinahe undurchdringliches Geflecht. Nachdem Lucy sich hochgezogen und ihr Gleichgewicht wiedergefunden hatte, blickte sie sich erschöpft um. Der Weg zurück erschien von unten viel steiler als von oben. Jedes Körperteil tat ihr weh. Trotzdem versuchte sie, über das Wurzelwirrwarr weiterzuklettern, auch wenn sie völlig die Orientierung verloren hatte. Das Einzige, was zählte, war, so viel Abstand wie möglich zwischen sich und Nathan zu bringen. Eine Wurzel nach der anderen überwand sie, als der Boden plötzlich unter ihr nachgab. Lucy ruderte mit den Armen und fiel in die Tiefe. Der Aufprall war unerwartet weich. Panisch befühlte sie den Untergrund. Sie lag auf einer Schicht Moos. Die Wurzeln hatten im Laufe der Zeit eine natürliche Höhle gebildet. Sie tastete sich voran, bis sie auf eine Wand stieß, an der sie sich anlehnen konnte, und atmete tief aus, um ihre Panik zu unterdrücken. Nur langsam gewöhnten ihre Augen sich an das fahle Licht, das durch die Wurzelstränge über ihr hinuntersickerte. Ein Versteck hatte sie jetzt gefunden, allerdings eins, aus dem sie ohne Hilfe nicht mehr rauskam. Sie rollte sich zusammen und hätte am liebsten geweint. Nur dass das auch nicht helfen würde.

Nathan fragte sich, wie er Lucy in dieser Wildnis finden sollte. Sie war ihm entwischt. Das hätte nicht passieren dürfen. Sein ganzer Plan war durch ihre Flucht gefährdet. Er hätte sie niemals aus der Hütte, geschweige denn aus den Augen lassen dürfen. Seit mindestens einer halben Stunde hatte er kein Geräusch mehr gehört, wenn man von seinen eigenen Schritten absah. Der Wald schien in eine Art Schockstarre verfallen zu sein. Nathan fluchte vor sich hin. War das vorhin ein Schrei gewesen? Womöglich war Lucy etwas zugestoßen. Nicht mehr lange, und es wurde dunkel. Die Wahrscheinlichkeit, sie dann noch zu finden, tendierte gegen null. Konnte sie eine Nacht draußen überleben? Wohl kaum, beantwortete er die Frage selbst. Nathan dachte zurück an den Abend, als er sie in London völlig ausgekühlt in sein Bett getragen hatte. Seitdem war sein ganzes Leben aus den Fugen geraten.

»Verdammt«, murmelte er und schüttelte die Erinnerung ab. Im Moment gab es Wichtigeres zu tun. Er musste Lucy finden. Minuten später stieß er auf die Felswand. Der glitschige Pfad erschien nicht sonderlich vertrauenerweckend. Er blickte sich um, ob in dem Gestein eine Höhle oder ein Unterschlupf zu sehen war. Wahrscheinlich hatte Lucy sich irgendwo versteckt. Entdecken konnte er nichts. Es war das Klügste, wenn er zurückging und eine Taschenlampe aus dem Auto holte, solange es noch einigermaßen hell war. Er hatte die Batterien für den Notfall schonen wollen, doch er konnte unmöglich mit einer Kerze in der Hand den Wald durchkämmen.

Während er durch den Wald zurücklief, versuchte er, sich den Weg einzuprägen. Als er auf dem Waldweg angekommen war, der zum Haus führte, zückte er sein Handy und tippte eine Nachricht.

Kurze Zeit später machte er sich wieder auf den Weg. Wenn er Lucy nicht fand, hatte er ein echtes Problem.

Lucys Dämmerzustand, in den sie gefallen war, wurde jäh unterbrochen. In dem Schatten auf der anderen Seite der Höhle hockte etwas. Verzweifelt versuchte sie, zu sich zu kommen. Sämtliche Härchen auf ihrer Hautoberfläche richteten sich auf. Kalter Schweiß brach in ihrem Nacken aus, und gleichzeitig wurde sie von einer unnatürlichen Starre erfasst. Sie versuchte sich zu bewegen, doch es gelang ihr nicht. Die Angst hatte sie zu fest im Griff. Sie blinzelte, als sich in dem Schatten etwas zu bewegen begann. Ihr Blut gefror in den Adern. Die Gestalten, die ihr bereits zwei Mal erschienen waren, hatten den Weg in diese unzugängliche Höhle gefunden. Die papiernen Schemen der Buchgeister verschwammen ineinander. Das konnte keine Wirklichkeit sein, versuchte Lucy sich einzureden, während die vergilbten Gestalten auf sie zurückten. Was wollten sie von ihr? Wären sie nicht so offensichtlich aus Papier, könnten sie Brüder der Nazgûl aus Tolkiens *Herr der Ringe* sein. Die Ringgeister in ihren zerlumpten Umhängen und auf diesen riesengroßen Pferden waren ihr in dem Film jedoch längst nicht so bedrohlich erschienen wie diese grauenhaften Gespenster, die jetzt ihre durchsichtigen Finger nach ihr ausstreckten. Das Grauen verlieh ihr endlich die Kraft, aus ihrer Erstarrung auszubrechen. Sie sprang in die Höhe, griff nach einer der Wurzeln und zog sich am Rand des Lochs nach oben. Panisch hangelte sie sich über das Wurzelwerk und rechnete fest damit, dass die papiernen Hände nach ihr greifen und sie zurückziehen würden. Stattdessen blendete sie helles Licht. Lucy atmete erleichtert auf. Egal, wer es war, irgendjemand hatte sie gefunden und würde sie retten. Retten vor diesen Geistern aus Papier und vor Nathan. Ihr Retter zog sie an seine Brust und hielt sie fest. Ihr Atem ging hektisch, und ihr Herz schlug unnatürlich schnell. Den wohlbekannten Duft, der ihr in die Nase stieg, nahm sie nur verzögert wahr. Als sie begriff, wer sie da im Arm hielt, brach sie endgültig zusammen. Ihre Flucht war völlig umsonst gewesen. Er hatte sie gefunden. Sie sollte auf ihn einschlagen, sie sollte versuchen, fortzulaufen, doch alle Kraft hatte sie verlassen. Diese Wesen, die sie kaum berührt hatten, hatten allen Widerstand aus ihr herausgesogen.

Nathan sagte kein Wort, während er sie an die Hand nahm und

mit ihr zurück zur Hütte ging. Sonderlich weit war sie nicht gekommen, vielmehr war sie im Kreis gelaufen.

Nathan verriegelte hinter sich gewissenhaft die Tür und schob Lucy ins Schlafzimmer. Entkräftet ließ sie sich auf das Bett fallen. Er zog ihr Jacke und Schuhe aus und wickelte sie in eine Decke. Dann entfachte er in dem Ofen in der Ecke ein Feuer und ließ sie allein. Kurze Zeit später brachte er Tee und Toast, was sie versuchte zu ignorieren.

»Vielleicht solltest du dich umziehen«, forderte er, als sie sich nicht regte. »Du bist völlig durchnässt. Ich habe ein paar Hemden und T-Shirts dabei.«

Lucy starrte nur weiter an die Wand und rührte sich nicht. Eigentlich hätte sie erwartet, er würde sie anschreien, stattdessen kümmerte er sich liebevoll um sie.

Die Bettfedern quietschten, als Nathan sich neben sie setzte. »Lucy, ich weiß, du traust mir nicht, und vielleicht ist das auch das Klügste.«

»Du hast mit deinem Großvater telefoniert«, sagte sie tonlos. »Dachtest du, allein bekommst du mich schneller dazu, zu tun, was ihr wollt?«

Nathan legte ihr eine Hand auf die Schulter und zwang sie, sich umzudrehen. »Ich weiß nicht, was du da gehört hast, aber ich habe mit Colin telefoniert.«

Mit Colin? Lucy blinzelte verwirrt. Das glaubte sie ihm nie.

»Er hat mir eine Nachricht geschrieben«, fuhr Nathan fort. »Ich wollte ihm sagen, dass es dir gut geht und ich dich fortbringe, sobald du einwilligst.« Er wartete auf eine Reaktion von ihr. Als diese ausblieb, atmete er tief ein. »Ich habe etwas für dich, das ich dir längst hätte geben sollen. Bisher war nicht der rechte Zeitpunkt dafür. Der hier ist es auch nicht. Es ist ein Brief und dein Medaillon.« Er stand auf und ging zu seiner Reisetasche. »Den Brief habe ich meinem Großvater gestohlen, und dein Medaillon habe ich an mich genommen, damit es nicht in falsche Hände gerät. Ich lege es hierhin und lasse dich allein.«

Lucy hörte ein metallisches Klirren, als Nathan die Sachen neben sie auf das Bett legte. »Ich bin draußen, wenn du mich brauchst.«

Erst als die Tür hinter ihm ins Schloss fiel, griff sie nach dem Gegenstand, der auf dem Kissen lag. Fest umschloss ihre Hand das kalte Metall, und tröstend floss ein vertrautes Gefühl durch ihre Adern. Er hatte es die ganze Zeit gehabt. Er hatte darauf achtgegeben. Sie öffnete das Schmuckstück und schaute in die Augen ihrer Eltern. Warum hatten sie sie alleingelassen? Die Bücher waren ihrer Mutter wichtiger gewesen als das eigene Kind.

Der Umschlag des Briefes war vergilbt und zerknittert. Mechanisch griff sie danach und zog den Bogen Papier heraus, entfaltete ihn und begann zu lesen.

Geliebte Lucy,

wir haben nicht viel Zeit. Batiste de Tremaine hat uns gefunden. Wir haben so sehr gehofft, dass es uns vergönnt sein würde, länger mit Dir zusammen zu sein. Aber das Schicksal hat es nicht gut mit uns gemeint. Wir haben schon vor Deiner Geburt alles Nötige mit Vikar Ralph besprochen. Du kannst ihm vertrauen, und wir hoffen, dass er Dich eines Tages in das Geheimnis Deiner Herkunft einweihen wird.

Du bist etwas Besonderes, und das ist Fluch und Segen zugleich. Wie allen Frauen unserer Familie ist es Deine Bestimmung, den Männern des Bundes die Stirn zu bieten. Sie stehlen den Menschen das Wissen. Das darfst Du nicht hinnehmen …

Vikar Ralph wird Dich verstecken. Selbst wir wissen nicht, wohin er Dich bringen wird. Wir denken, dass es so das Beste ist. Sie werden nie vermuten, dass wir einen Mann der Kirche um Hilfe gebeten haben. Wenn wir es schaffen, den Perfecti zu entkommen, werden wir Dich zurückholen. Keine Sekunde länger als unbedingt nötig werden wir Dich allein lassen. Doch wenn wir es nicht schaffen, dann soll dieser Brief unser letzter Gruß an Dich sein. Wir lieben Dich so sehr. Und Du wirst jede Sekunde, die wir nicht bei Dir sein können, in unseren Herzen wohnen. Sollte es uns nicht vergönnt sein, zurückzukommen und Dich zu unterweisen, dann vertraue auf die Bücher und das Medaillon. Die Bücher werden Dich finden und Dich leiten. Vertraue ihnen, so wie sie Dir vertrauen. Sie brauchen Dich. Nur Du kannst sie vor der Habgier des Bundes schützen. Die Männer sind vom Wege abgekommen. Was sie tun, ist falsch.

Denke immer daran: Das Wort, das Wissen und die Weisheit der Bücher dürfen nicht länger verborgen werden. An Worten sollen die Seelen der Menschen emporwachsen, Worte sollen die Waffen der Zukunft sein.

Wir küssen und umarmen Dich und hoffen, dass die Zukunft, die vor Dir liegt, friedlicher sein wird als unsere Gegenwart.

Möge Gott Dich schützen und leiten.

Deine Dich liebenden Eltern

Lucys Hände zitterten, während sie versuchte, den Brief festzuhalten. Die Buchstaben flimmerten und tanzten vor ihren Augen, und sie spürte, wie ein Schrei sich seinen Weg aus dem Innersten nach draußen bahnen wollte. Sie schluckte mehrmals heftig, um dagegen anzukämpfen. Wie oft hatte sie sich als kleines Mädchen in den Schlaf geweint und sich gefragt, wo ihre Eltern wohl waren. Jetzt hatte sie die Antwort schwarz auf weiß. Das Schlimmste daran war, dass diese Antwort offenbar nie weit von ihr weg gewesen war. Lucy las den Brief ein zweites und ein drittes Mal. Was sie heraushörte, wurde mit jedem Mal furchteinflößender. Angst sprach aus jeder Zeile und aus jedem Wort. Nach dem dritten Mal war Lucy sicher, dass ihre Eltern geahnt hatten, dass es ein Abschiedsbrief war, den sie für ihre Tochter verfassten. Dieser Brief machte den Verlust erst greifbar. Lucy strich über die Worte, die ihre Mutter vor so langer Zeit geschrieben hatte. Stumme Tränen rannen aus ihren Augen. Sie hatte in den letzten Tagen oft gedacht, dass sie sich leer geweint hatte. Offenbar waren immer noch genug Tränen da, die sie um ihre Eltern weinen konnte. Verzweiflung breitete sich in ihr aus. Batiste de Tremaine hatte ihre Eltern getötet. Auch sie hätte er getötet oder ihr weit Schlimmeres angetan, wenn nicht … Ja, wenn nicht? Wenn Nathan sie nicht gerettet hätte? Warum noch mal genau hatte er das getan? Sie war sich so sicher gewesen, dass alles nur einem Plan entsprang, den er und Batiste geschmiedet hatten, um sie in ihre Fänge zu bekommen. Wie passte es in diesen Plan, dass Nathan ihr den Abschiedsbrief ihrer Eltern und das Medaillon zurückgab? Trotz aller Anstrengung gelang es Lucy nicht, ihre Gedanken in eine sinnvolle Reihenfolge zu bringen. Sie wirbelten durcheinander, als würde ein Sturm permanent neu Atem holen und durch ihren Kopf pusten. Sie sah sich als kleines Mädchen an der Hand von Madame Moulin. Sie sah Vikar Ralph, der sie mit dieser seltsamen Miene musterte, die er in ihrer Gegenwart immer aufgesetzt hatte. Lucy hatte angenommen, dass er sie nicht mochte, und sich von ihm ferngehalten.

Sie klappte das Medaillon wieder auf. Im Gegensatz zu vorher stieg nun sanftes Licht aus ihm hervor und verband sich mit dem Licht ihres Mals. Erschöpft lehnte sie sich an die Wand hinter dem Bett und zog die Decke fest um sich. Dann versanken ihre Blicke in dem Bild, das sich ihr bot. In den Strahlen sah sie ihre Mutter und ihren Vater die Stufen der Kirche hinaufsteigen. Sie legten ein Bündel in die Arme des Vikars, der viel jünger war, als Lucy ihn in Erinnerung hatte. Ihre Mutter weinte, und das starre Gesicht ihres Vaters sprach Bände. Sanfte Hände streichelten sie ein letztes Mal, und ihre Mutter steckte den Brief und das Medaillon zwischen die Falten der Decke, in die sie eingewickelt war. Vikar Ralph sollte ihr von ihrer Bestimmung berichten, wenn die Zeit reif war. Er hatte es nie getan. Warum nicht? Das würde sie jetzt nie mehr erfahren.

Sie kugelte sich auf dem Bett zusammen und versank in einen Zustand zwischen Dämmern, Schlafen und Wachen. Wieder und wieder tauchten ihre Mutter und ihr Vater auf. Sie wollten ihr etwas sagen. Lucy lief ihnen entgegen, doch immer, wenn sie dachte, sie hätte sie erreicht, waren sie plötzlich meilenweit entfernt. Die ganze Zeit versuchten sie, ihr etwas zuzurufen. Obwohl sie sich nichts mehr wünschte, konnte sie sie nicht verstehen. Sie musste wissen, was es war. Aber egal, wie schnell sie lief, es gelang ihr nicht, in ihre Rufweite zu gelangen. Nebel schob sich zwischen sie und ihre Mom und ihren Dad und verschluckte auch die leisen

Rufe. Das Gefühl der Einsamkeit, das sie durchflutete, war kaum zu ertragen. Sie musste sie zurückholen. Lucy versuchte, den Nebel zu durchdringen, doch der hielt sie fest. Er krallte sich erst an ihre Beine, dann an ihren Oberkörper. Er umschloss sie immer undurchdringlicher, wie eine zähe graue Suppe, aus der es kein Entkommen gab, sosehr sie auch strampelte und schrie.

»Schhhh«, flüsterte jemand beruhigend in ihr Ohr. »Schhh. Es ist alles gut. Niemand wird dir etwas tun. Ich verspreche es.«

Lucys Atem beruhigte sich nur langsam. Die zähflüssige graue Masse zog sich aus ihrem Kopf zurück, und das Einzige, was sie fühlte, waren die Arme, die sie festhielten und wärmten. Alles war gut. Warme Lichter verschmolzen miteinander und hüllten sie ein. »Er wird dir nicht wehtun«, hörte sie endlich flüsternd die Stimme ihrer Mutter. »Hör auf dein Herz. Du kannst ihm vertrauen, meine Kleine. Wir lieben dich, vergiss das nie.«

Lucys Kopf schmiegte sich an eine feste Brust, und das erste Mal seit Tagen fiel sie in einen traumlosen Schlaf. Nathan würde auf sie aufpassen.

Das Unheil, welches schlechte Bücher anrichten, kann nur durch die guten wieder ausgeglichen werden.

Germaine de Staël

10. KAPITEL

Nathan erwachte von einem Geräusch. Es dauerte einen Moment, bevor er begriff, was für ein Laut ihn geweckt hatte.

Das Geräusch zersplitternden Glases. Dafür gab es nur eine Erklärung. Mit klopfendem Herz lauschte er in die Stille und hoffte, sich geirrt zu haben. Draußen rührte sich nichts, und trotzdem spürte er die drohende Gefahr.

Jemand war im Haus, und dieser Jemand hatte nicht an die Tür geklopft. Das konnte nur eins bedeuten. Er unterdrückte den Fluch, der ihm auf den Lippen lag. Lucy atmete gleichmäßig in seinem Arm. Es hatte lange gedauert, bis sie sich beruhigt hatte und eingeschlafen war. Er hätte ihr das Medaillon und den Brief viel früher geben müssen. Dann wäre sie nicht weggelaufen. Dann hätte er sie nicht so völlig aufgelöst im Wald gefunden. Er war aus ihrem Gestammel nicht schlau geworden, aber er hatte die Angst in ihren Augen gesehen. Etwas, das sie gesehen hatte, hatte sie in Todesangst versetzt. Und er ahnte, was das gewesen war.

Sein Großvater hatte ihm als Kind immer Angst mit den Geschichten der verlorenen Bücher gemacht, deren Seelen im Nirgendwo umherirrten und keine Heimstatt fanden. Der Zorn der Buchgeister wurde mit den Jahren übermächtig und richtete sich gegen die, die sie dafür verantwortlich machten. Gegen die Kinder des Bundes und ihre Nachfahren. Sie hatten ihn mehr als einmal heimgesucht. In manchen Nächten hatte er sich die Seele aus dem Leib geschrien vor Angst. Nie war jemand gekommen und hatte sie vertrieben. Erst als Teenager hatte sein Großvater ihm gezeigt, wie er sich gegen sie abschirmen konnte. Was er tun musste, damit sie ihn nicht fanden. Nun hatten sie in Lucy ein neues Opfer. Er musste ihr zeigen, wie sie sich vor ihnen schützen konnte.

Schritte ertönten, die über knirschendes Glas gingen. Das Geräusch war ganz leise, aber in der Stille deutlich vernehmbar. Er musste Lucy fortbringen.

»Lucy«, flüsterte er tonlos in ihr Ohr. »Wach auf.« Er spürte, wie sie sich zu regen begann. Bevor sie etwas sagen konnte, hielt er ihr den Mund zu. Reflexartig versuchte sie, sich zu wehren und sich aus seinen Armen zu winden.

»Pst. Es ist jemand im Haus«, raunte er eindringlich, und Lucy erstarrte. Er konnte in der Dunkelheit ihre Augen nicht sehen, aber er fühlte ihren Kopf angstvoll zur Tür schwenken. Und dann hörten sie es beide. Schwere Schritte tasteten sich durch das Haus. Nathan griff nach seiner Hose und den Schuhen. Rasch zog er sich an und flüsterte Lucy zu, das Gleiche zu tun. Nicht ganz so leise erhob sie sich aus dem quietschenden Bett und suchte nach ihren Sachen.

Nathan griff nach der Waffe, die er unter der Matratze versteckt hatte. Er hatte gehofft, sie nicht benutzen zu müssen. Wenn er Lucy nur so schützen konnte, dann musste es jedoch sein. Jetzt spürte er sie an seiner Seite. Wie selbstverständlich griff Lucy nach seiner Hand. Fest umschloss er sie. Dass Lucy sich trotz allem, was geschehen war, entschlossen hatte, ihm ihr Vertrauen zu schenken, wunderte ihn. Doch darüber konnte er sich später Gedanken machen. Behutsam einen Schritt vor den anderen setzend, schob er sie hinter die offene Zimmertür. Wenn es nur nicht so finster wäre, dachte er. Im selben Moment hörte er das Kratzen eines Feuerzeuges, und im Flur flammte Licht auf. Das Flackern drang bis in den Raum, in dem sie sich versteckt hielten, und tastete sich den Flur entlang. Fieberhaft überlegte Nathan, was er tun sollte. Er konnte nicht sicher sein, dass da draußen die Handlanger seines Großvaters zugange waren. Vielleicht war es ein harmloser Einbrecher oder ein Wanderer, der Schutz suchte, versuchte er sich einzureden. Doch im Grunde wusste Nathan genau, wer sich da näherte. Er spürte Lucys Hand. Sie zog ihn zu sich, und er legte schützend einen Arm um sie. Gerade rechtzeitig. Mit leisem Knarren öffnete sich die Tür gegenüber, die ins Bad führte. Dann bewegte sich das zuckende Leuchten zu ihrem Zimmer. Nathan schob Lucy tiefer in den Schatten. Er wollte auf keinen Fall ein unnötiges Risiko eingehen. Da erlosch das Licht, und ein Knurren ertönte. Der Geruch nassen Hundefells drang in seine Nase. Nathan stieß mit aller Kraft das Türblatt zu. Ein Jaulen erklang, und Nathan sprang hervor und trat der riesigen Dogge, die im Türrahmen stand und sich benommen schüttelte, auf die Schnauze. Das Tier taumelte zurück, und er nutzte den kurzen Moment, um es mit einem zweiten Stoß in das Badezimmer zu befördern. Hektisch zog er den Schlüssel aus der Innenseite des Schlosses und verriegelte von außen die Tür. Lange würde Orion oder Sirius, er war nicht sicher, welcher von beiden es war, nicht brauchen, um das morsche Ding aufzubrechen. Sobald er sich zurückverwandelt hatte, war dies ein Kinderspiel für ihn. Nathan versuchte, seinen Atem unter Kontrolle zu bringen, als Lucy nach seinem Arm griff.

»Wo ist der andere?«, flüsterte sie.

Nathan zuckte mit den Achseln, bis ihm bewusst wurde, dass Lucy das in der Dunkelheit nicht sehen konnte. Er tastete nach dem Feuerzeug in seiner Hosentasche. Sie brauchten Licht, ansonsten waren sie den stärkeren Sinnen des zweiten Hundes hilflos ausgeliefert.

»Wir müssen verschwinden, und zwar so schnell wie möglich«, erklärte er Lucy, nachdem sie im flackernden Leuchten keinen zweiten Eindringling entdecken konnten. Sollte sein Großvater nur eins seiner Geschöpfe geschickt haben? Nathan glaubte nicht daran. Wahrscheinlich wartete der andere irgendwo draußen.

»Hol unsere Jacken. Ich schiebe die Kommode vor der Tür beiseite und schließe auf. Versuch, leise zu sein. Wir wissen nicht, wo der andere sich versteckt hält.« Nathan zündete eine Kerze an und drückte ihr diese in die Hand.

In Windeseile verstaute Lucy das Medaillon und den Brief ihrer Eltern in ihrer Jacke und zog sie an. Dann griff sie nach Nathans Sachen und wollte zu ihm laufen. Sie schrak zusammen, ein fürchterliches Krachen ertönte. Der Mann oder Hund, was auch immer es gerade war, das im Badezimmer steckte, würde maximal zwei oder drei Versuche benötigen, um die Tür einzutreten.

Nathan wartete am Eingang der Kate auf sie. Die Tür war nur einen Spaltbreit geöffnet. Lucy blies ihre Kerze aus.

»Siehst du irgendwas?«, fragte sie und lauschte nervös auf den Lärm hinter sich.

»Nein.« Nathan schüttelte den Kopf.

»Nathan«, hörten sie eine drohende Stimme.

Gleichzeitig fuhren sie herum.

»Lass mich sofort raus«, forderte ihr Gefangener. »Dein Großvater hat uns beauftragt, dich und das Mädchen zurückzubringen.«

»Uns«, formten Lucys Lippen, und Furcht schlich sich in ihre Augen.

Nathan nickte, antwortete der Stimme aber nicht.

Wenige Sekunden später splitterte ein Brett aus dem Türblatt und polterte zu Boden. Eine massige Hand tastete durch den entstandenen Spalt nach dem Schlüssel. Nathan fluchte, doch bevor er reagieren konnte, war Lucy zu der Tür gesprintet und schlug nach der Pranke. Mit einem Ruck zog sie den Schlüssel ab und versuchte dabei, das heisere Gebrüll, das durch den Spalt drang, zu ignorieren.

Mit vier Schritten war sie zurück bei Nathan.

»Wir müssen hier raus«, sagte er. »Wir müssen es bis zum Auto schaffen.«

Lucy versuchte, das Zähneklappern zu unterdrücken.

»Das da drinnen ist Orion«, erklärte er ihr. »Sirius muss also draußen sein. Du läufst vor, ich gebe dir Deckung. Egal, was passiert, dreh dich nicht um. Lauf, so schnell du kannst, zum Wagen.«

Er drückte Lucy den Autoschlüssel in die Hand und zog den Reißverschluss ihrer Jacke bis zum Kinn hoch. »Wenn du vor mir am Auto ankommst, dann fährst du los, verstanden? Warte nicht auf mich. Fahr so weit weg wie möglich. Du kannst doch Auto fahren?«, unterbrach er seine Befehle.

»Ja klar«, bestätigte Lucy. Auch wenn es ziemlich lange her war, dass sie das letzte Mal hinter dem Steuer gesessen hatte. Colins Vater und Madame Moulin hatten darauf bestanden, dass sie ihren Führerschein machte. Hoffentlich fiel ihr alles wieder ein. Gerade wusste sie nicht mal sicher, welches Pedal Kupplung oder Bremse war.

»Gut«, sagte Nathan erleichtert. »Der Tank ist fast voll. Im Handschuhfach ist etwas Geld. Es ist nicht viel, Lucy. Versuch, möglichst lange damit über die Runden zu kommen. Ruf niemanden an, den du kennst. Versteck dich, nur dann wirst du am Leben bleiben. Versprichst du mir das?«

Lucy konnte sein Gesicht in der Dunkelheit kaum erkennen. Seine sorgenvolle Stimme hüllte sie ein. Dann spürte sie seine Hand auf ihrer Wange und erwiderte die Berührung.

Sie nickte.

»Es gibt da nur noch eins, was ich gern tun möchte«, flüsterte Nathan an ihrem Ohr.

Bevor Lucy fragen konnte, was es war, hatten seine Lippen ihre gefunden. Sie schmiegten sich sanft und fordernd auf ihre. Seine Finger fuhren zu ihrem Nacken und zogen sie zu sich heran. Sie konnte nicht anders und kam ihm entgegen. Ihre Hände legten sich wie von selbst auf seinen Rücken und fuhren seine Taille entlang. Nathan drängte sie gegen die Wand und hielt sie dort fest. Er knabberte an ihrer Unterlippe, und Lucys Herz klopfte so schnell, dass sie befürchtete, es würde aus ihrer Brust springen. Das hier fühlte sich ganz und gar richtig an. Das Licht ihrer Male wickelte sich um sie, und Lucy öffnete ihren Mund, damit Nathan den Kuss vertiefen konnte.

Viel zu schnell war es vorbei, unterbrochen von einem ohrenbetäubenden Lärm. Die malträtierte Tür krachte aus ihrer Halterung und polterte gegen die gegenüberliegende Wand. Nur aus dem Augenwinkel sah Lucy die massige Gestalt, die aus dem Bad trat. Nathan riss die Tür auf und stieß sie hinaus.

Marie saß, eingehüllt in einen raschelnden weißen Anzug, auf einem Hocker im Archiv und versuchte, die klebrige, nasse Papiermasse auf ihrem Schoß zu entwirren. Am liebsten hätte sie alles hingeschmissen. Mittlerweile ekelte sie fast, was sie tat. Bestimmt war es unmöglich, diese Überreste zu retten. Die Bücher, die jetzt noch hier unten lagen, waren rettungslos verloren. In den ersten Tagen der Bergung hatten sie viele Bücher gefunden, die beinahe unversehrt geblieben waren. Oft waren nur die Einbände und die Ränder der Seiten verkohlt gewesen. Für die Restauratoren, die sie bei der Bergung begleiteten, würde die Rettung dieser Bücher ein Kinderspiel sein.

Doch je mehr sie sich dem Brandherd näherten, umso größer wurden die Verwüstungen. Das Löschwasser hatte sein Übriges getan. Glück hatten die wenigen Bücher gehabt, die in metallenen Boxen aufbewahrt worden waren. Durch die starke Hitze hatten zwar oft die Einbände Blasen geschlagen, aber die Buchblöcke waren in der Regel unversehrt. Die ungeschützten Bücher waren entweder bis zur Unkenntlichkeit verbrannt oder zu einem matschigen Brei mutiert. Die Restauratoren hatten ihr auch für diese Bücher Mut gemacht, aber bestimmt hatten sie sie lediglich trösten wollen.

Sie hatte während der Zeit, die sie hier arbeitete, viele beschädigte Bücher gesehen. Bücher, die die Würmer angefressen hatten oder in denen Kerzen oder Öllampen Feuerflecken zurückgelassen hatten. Bevor in dem Archiv elektrischer Strom gelegt worden war, hatten die Archivare wohl oder übel auf offenes Licht zurückgreifen müssen. Vermutlich war ihnen nicht klar gewesen, welchen Schaden die Bücher auf Dauer durch den Ruß nehmen würden. Jetzt erschienen ihr die Beschädigungen der Bücher durch Handschweiß, Schädlinge oder Schimmel wie Kinderkrankheiten.

Die verschlungenen Räume des Archivs kamen ihr nun wie ein Grab vor. Ein Grab für Tausende zerstörter Bücher. Ein Schauer lief ihr über den Rücken, als sie daran dachte, was Lucy ihnen erzählt hatte. Auch Marie liebte Bücher mehr als alles andere. Nicht umsonst hatte sie sich für die Stelle in der Bibliothek beworben. Dass Bücher eine eigene Seele besaßen und in der Lage waren, mit Lucy zu sprechen, strapazierte ihre Fantasie jedoch arg. Zu gern würde sie ihrer Freundin glauben, aber wenn sie das tat, erschienen ihr die Tode, die die vielen Bücher gestorben waren, noch schrecklicher.

Marie streckte ihren Rücken durch, der ihr von der langen Sitzerei wehtat. Am liebsten hätte sie aufgegeben. Aber solange die Chance bestand, das ein oder andere halbwegs erhaltene Buch zu bergen, konnte sie das nicht. Das war sie Lucy und den Büchern schuldig. Immerhin ging es ihr gut, auch wenn Colin nicht viel mehr von Nathan erfahren hatte. Hoffentlich meldete Lucy sich bald. Behutsam zog sie zwei Bücher, die zusammenklebten, auseinander und bettete sie zwischen Folien in die Gefrierbox. Dann wandte sie sich dem nächsten Regal zu.

»Marie«, hörte sie eine Stimme rufen.

»Ich bin in Reihe L«, rief sie zurück und griff nach einem Karton, der ihr sogleich aus den Händen rutschte und zu Boden fiel.

»Mist, verdammter«, fluchte sie.

»Lass es doch sein. Da ist nichts mehr zu machen«, sagte die Stimme jetzt neben ihr.

»Doch, da ist noch was zu machen«, widersprach Marie verbissen. »Was willst du? Wohl kaum gute Ratschläge erteilen, Grace«, herrschte Marie ihre Kollegin an.

Die Angesprochene schüttelte den Kopf. »Nein, ganz sicher nicht. Telefon für dich.«

»Lucy?«, fragte Marie und bereute es sofort, denn die Augen des Mädchens funkelten neugierig.

Anstatt nachzufragen, schüttelte diese jedoch den Kopf und antwortete: »Nein, nicht Lucy. Es ist Miss Olive.«

»Ach, du lieber Himmel«, entfuhr es Marie. »Weshalb will sie ausgerechnet mich sprechen?«

Marie sah an sich hinunter. Der Anzug und ihre Hände waren völlig verdreckt. »Frag sie, ob ich sie zurückrufen kann.«

»Sie hat aber schon mehrmals angerufen, und jedes Mal habe ich sie vertröstet.« Grace wandte sich zum Gehen. »Na ja, sie wollte sowieso Lucy sprechen, du bist nur die Notlösung. Aber vermutlich interessiert sie, weshalb Lucy ihr Archiv abgefackelt hat, ausgerechnet jetzt, wo sie krank ist.« Das Mädchen lachte gehässig.

Marie starrte auf Graces Rücken, während diese sich entfernte. Die letzten Worte kamen nur verzögert bei ihr an. »Spinnst du? Lucy hat nichts damit zu tun. Warte. Warte, ich komme mit.«

»Ich muss ihr sagen, dass Lucy keine Schuld hat«, murmelte sie vor sich hin.

»Das glaubst du doch selbst nicht«, sagte Grace. »Das war Brandstiftung, das weiß doch mittlerweile jeder.«

Beim Lesen guter Bücher
wächst die Seele empor.

Voltaire

11. KAPITEL

Dichter Regen fiel auf die Erde. Der Pfad zu Lucys Füßen hatte sich in eine matschige Rutschbahn verwandelt. Die hohen Kiefern wurden von einem orkanähnlichen Sturm geschüttelt.

Kaum dass sie vor die Tür getreten war, griffen die Hände des Windes nach ihr. Orientierungslos stolperte sie vorwärts. Trotzdem versuchte sie, so schnell wie möglich dem Pfad zu folgen, der zum Auto führte. Wenn sie den Hunden entkam, konnte sie fliehen. Sie drehte sich um, in der Hoffnung, Nathan hinter sich zu sehen. Aber sie war allein. Das Einzige, was sie hörte, war ein Bellen und Knurren aus dem Haus. Als Hund würde Orion sie in Windeseile einholen, wenn Nathan ihn nicht aufhielt.

Ein Schuss übertönte die Geräusche des regenverhangenen Waldes. Lucy fuhr zusammen. Das Geheul des Tieres brach abrupt ab. Eiseskälte überfiel sie. Was war da geschehen? Wer hatte geschossen? In ihrem Kopf überschlugen sich die Gedanken. Das Auto konnte nicht mehr weit sein. Während sie rannte, wandte sie sich immer wieder zur Hütte um. Sollte sie umkehren? Unschlüssig blickte sie den Pfad hinab, als ihr Blick auf das Tier fiel. Der zweite riesenhafte Hund hatte sich direkt neben dem Auto postiert. Lucy bremste ihren Lauf, glitt auf dem nassen Untergrund aus und fiel. Geduldig wartete das Untier, bis sie sich aufgerichtet hatte. Bedächtig eine Pfote vor die andere setzend, kam es auf sie zu. Schritt um Schritt wich sie zurück. Würde er sie anspringen? Wie paralysiert starrte sie in die dunklen, kalten Augen. Ihr wollte nichts einfallen, was sie tun konnte. In den Wald zu flüchten, hatte genauso wenig Sinn, wie zurück zur Hütte zu laufen. Er hätte sie nach wenigen Schritten eingeholt.

Jetzt fletschte der Hund Furcht einflößend seine weißen Zähne. Wie Dolche ragten sie aus dem Maul heraus. Lucy betätigte die Fernbedienung des Wagens. Die Scheinwerfer blinkten kurz auf, und die Innenbeleuchtung des Wagens ging an. Sie wog ihre Chancen ab. Wenn sie in dem Wagen saß, würde der Hund die Türen nicht öffnen können. Erst musste er sich zurückverwandeln. Wie lange brauchte er wohl dafür? Sie machte zwei Schritte nach vorn in Richtung Fahrertür. Die Lefzen der Bestie verzogen sich zu einem diabolischen Grinsen. Knurrend kam sie auf Lucy zu. Sie spielte mit ihr. Mit ihr und ihrer Angst.

Ohne weiter darüber nachzudenken, ob ihr Plan funktionieren konnte, rannte sie los. Sie schoss um das Auto herum. Der Hund setzte ihr nach. Lucy drehte sich zu ihm um, riss ihr Knie nach oben und versetzte ihm einen kräftigen Stoß, gerade als er zuschnappen wollte. Kurz winselte das Tier auf und entblößte dann wieder seine kräftigen Zähne. Sie schlug ihm mit der Faust kräftig auf die Schnauze, riss die Autotür auf. Das Tier stieß seinen Kopf hinterher, als sie längst saß. Er knurrte ganz nah an ihrem Ohr. Lucy zog fest an dem Innengriff und zwängte seinen Kopf damit ein. Ein hohes Jaulen erklang. Die Sekunde, in der das Vieh seinen Schädel zurückzog, genügte, um die Tür ins Schloss zu ziehen. Mit zitternden Händen verriegelte sie sie. Der Hund sprang auf die

Motorhaube und verwandelte sich vor ihren Augen in den riesigen Mann zurück. Es hatte nur ungefähr eine Sekunde gedauert. Mit seinen Pranken griff er nach den Scheibenwischern. Geistesgegenwärtig schaltete Lucy diese an und startete den Wagen. Die Scheibenwischer brachen ab, doch der Mann auf der Motorhaube klammerte sich weiterhin fest. Ein letztes Mal wandte sie sich um und sah zurück zum Haus. Von Nathan war weit und breit nichts zu sehen.

Lucy trat auf das Gaspedal, und das Auto machte einen Satz nach vorn. Sie riss das Lenkrad nach links und nach rechts. Eine Hand des Mannes löste sich. Noch mal und noch mal versuchte sie, den Kerl abzuwerfen. Leider ohne Erfolg. Sie trat fest auf die Bremse. Der Wagen bockte, schlitterte auf dem matschigen Waldweg weiter abwärts. Lucy klammerte sich an das Lenkrad. Sie würde die Kontrolle über das Auto verlieren. Mehr Gas zu geben, traute sie sich nicht. Ein dunkler Baumstamm raste auf sie zu. Im letzten Augenblick riss sie das Lenkrad zur Seite. Trotzdem streifte sie den Stamm. Ihr Kopf knallte heftig auf das Steuer. Sirius prallte zurück und wurde von der Motorhaube geschleudert. Lucy gab Gas und raste davon in die Dunkelheit.

Der Regen prasselte auf das Auto und nahm ihr die Sicht. Ohne Scheibenwischer war sie der Wasserflut hilflos ausgeliefert. Aber sie traute sich weder, langsamer zu fahren, noch, anzuhalten. Sirius würde längst wieder hinter ihr her sein. Wie viel Ausdauer hatte dieses Wesen? Was war mit Nathan? Konnte sie ihn zurücklassen? Sie sollte so weit wegfahren, wie es ihr möglich war. Ihm würde sein Großvater nichts antun, aber wenn er sie zu fassen bekam, überließ er sie diesem anderen Mann.

Lucys Handflächen schmerzten, so fest umklammerte sie das Lenkrad. Sie tastete nach dem Brief und dem Medaillon in ihrer Jackentasche. Ihr war nichts geblieben als das, was sie auf dem Leib trug.

Als sie endlich eine gepflasterte Straße erreichte, fuhr sie immer geradeaus. Nach London konnte sie nicht zurück, dort vermutete Batiste sie sofort. Am ersten Straßenschild, an dem sie sich orientieren konnte, beschloss sie stattdessen, nach Cardiff zu fahren. In einer Stadt ließ sich leichter ein Versteck finden als in einem Dorf. Lucy blickte auf die Tanknadel. Sie hatte genug Benzin, um dorthin zu kommen. Der Regen ließ nach und verwandelte sich in ein stetiges Nieseln. Trotzdem entspannte sie sich nur langsam. Ihr Herzschlag nahm wieder eine normale Geschwindigkeit an, und der Schweiß auf ihren Händen trocknete. Ob Nathan den beiden Männern entkommen war? Ob er verletzt war? Das schlechte Gewissen packte sie. Sie hatte ihm nicht geholfen. Sie hatte nicht auf ihn gewartet und ihn im Stich gelassen. Allerdings, wenn Nathan angeschossen war, hätte sie gemeinsam mit ihm keine Chance gegen die beiden Männer gehabt. Wenn er verletzt war, brachten sie ihn sicherlich zu seinem Großvater zurück. Sie musste fliehen. Wahrscheinlich hatte er von Anfang an gewusst, dass sie es zu zweit nicht schaffen würden. Aber er hatte ihr eine Chance verschafft. Eine Chance, die sie nutzen musste. Sonst wäre alles umsonst gewesen. Trotzdem wünschte sie, er würde hier neben ihr sitzen. Wenn sie gestern nicht weggelaufen wäre, hätten sie längst zusammen auf der Flucht sein können. Aber sie hatte sich nicht wirklich vorstellen können, dass er auf ihrer Seite war. Jetzt musste sie mit den Konsequenzen zurechtkommen.

Kilometer um Kilometer legte sie zurück. Sie traute sich nicht einmal anzuhalten, um auf die Toilette zu gehen. Ob sie sie immer noch verfolgten? Wie hatten die Männer sie überhaupt aufgespürt? Nathan hatte behauptet, niemand wüsste, wo sie waren. Ob Batiste Nathans Gespräch mit Colin abgehört hatte? Konnte er über diese Möglichkeiten verfügen und das Handy seines Enkels orten lassen? Hatte Nathan deshalb verlangt, dass sie niemanden anrief? Sie musste auf der Hut sein. Das hier war kein Spiel.

Sie würde sich in Cardiff eine Pension suchen. Oder besser ein Bed & Breakfast. Irgendwas, wo man nicht genauer nach ihren Personalien fragte.

Glühend rot stieg die Sonne aus dem Meer herauf, als Lucy im Morgengrauen die Stadt erreichte. Ein B&B-Schild, das vor einem weißen Haus im Wind einladend wippte, brachte ihren Entschluss, bis in die Innenstadt zu fahren, ins Wanken. Sie musterte die Straße hinter und vor sich, konnte aber nichts Ungewöhnliches erkennen.

Sie fuhr auf den Parkplatz, der hinter dem Haus lag, und schaltete den Motor ab. Von der Straße aus war das Auto so nicht mehr zu sehen. Für einen Moment schloss sie die Augen. Dann beugte sie sich zum Beifahrersitz hinüber und zog aus dem Handschuhfach einen Umschlag.

Als sie sich aufrichtete, erschrak sie. Neben ihrer Tür stand eine harmlose ältere Dame, die mit einem Geschirrtuch ein Glas trocknete. Hinter den Brillengläsern schauten sie freundliche Augen an. »Guten Morgen, meine Liebe«, sagte die Frau, als Lucy ausstieg. »Du siehst müde aus. Komm herein. Ich nehme an, du brauchst ein Zimmer.«

Lucy nickte dankbar.

»Die Formalitäten erledigen wir später«, sagte die Frau. »Ruh dich erst mal ein wenig aus. Bist du die ganze Nacht gefahren?«

Wieder nickte Lucy nur zur Antwort.

Das Zimmer, in das die freundliche Frau sie führte, war schlicht eingerichtet, aber sauber und warm. Lucy ließ sich auf das Bett fallen und streifte ihre Schuhe von den Füßen. Innerhalb von Sekunden war sie eingeschlafen.

Nathan saß auf dem Rücksitz der Limousine und starrte hinaus in die Dunkelheit. Sirius fuhr den Wagen. Immer wieder stöhnte Orion und hielt sich den verletzten Arm, den Sirius notdürftig verbunden hatte. Niemand sagte ein Wort.

Hoffentlich merkte man ihm seine Erleichterung über Lucys geglückte Flucht nicht allzu deutlich an. Er betete, dass sie sich in einem Mauseloch verkroch, wo Batiste sie niemals finden würde. Am liebsten hätte er auf irgendwas eingeschlagen, so wütend war er auf sich selbst. Er hatte nicht gut genug auf sie aufgepasst. Warum hatte er sie nicht sofort außer Landes gebracht? Die ganze Aktion war überstürzt und verrückt gewesen. Er hätte wissen müssen, dass Batiste sie finden würde. Colin hätte vermutlich besser auf sie achtgegeben. Aber er hatte die Sache ja mal wieder selbst in die Hand nehmen müssen. Jetzt war Lucy ganz allein irgendwo da draußen. Und es gab niemanden, den sie um Hilfe bitten konnte.

Orion wandte sich mit schmerzverzerrter Miene zu ihm um und knurrte: »Dafür wird dein Großvater dich bestrafen, Junge. Und ich hoffe, nicht zu knapp.«

Nathan starrte den Mann furchtlos an. Lucy durfte nichts geschehen. Batiste musste ihm versprechen, sie in Ruhe zu lassen, ansonsten würde er kein Buch mehr anrühren. Er saß am längeren Hebel. Ohne die Kinder des Bundes war die ganze Sache ein Witz. Also sollte er zukünftig die Regeln machen.

Sobald sie auf dem Landsitz der de Tremaines angekommen waren, führte Sirius ihn in sein Zimmer und verschloss sorgfältig die Tür.

Er hatte keine fünf Minuten mit hinter dem Rücken verschränkten Armen am Fenster gestanden und finster in den gepflegten Garten geblickt, als er hörte, wie sich der Schlüssel im Schloss drehte. Er wandte sich nicht um. Die Schritte, die durch das Zimmer eilten, gehörten allerdings nicht Orion oder Sirius, wie er zu spät bemerkte. Bevor er sich Sofia zuwenden konnte, war sie schon bei ihm.

»Wie geht es dir?«, fragte sie atemlos. Ihre Augen waren vor Sorge ganz dunkel.

»Ganz gut«, murmelte er.

Sie nahm sein Gesicht in ihre warmen Hände. »Harold verarztet Orion. Sirius ist bei deinem Großvater.« Sie warf einen hastigen Blick zur Tür. »Hast du ihn angeschossen?«

Nathan nickte.

»Und wie geht es dem Mädchen?«, fragte Sofia mit eindringlicher Stimme und zwang ihn, sie weiter anzusehen.

»Gut«, antwortete er verwundert. Sofia wusste über Lucy Bescheid? »Hoffe ich wenigstens.«

Sofia nickte. »Das ist eine gute Nachricht.« Sie zog ihn in ihre Arme. »Du wirst tapfer sein müssen, mein Junge. Er wird dich bestrafen. Harold und ich helfen dir, so gut wir können.«

Von unten erklang Batistes zornige Stimme. Sofia huschte aus dem Zimmer und verschloss die Tür wieder hinter sich.

Minuten später trat Sirius ein, um Nathan in das Büro seines Großvaters zu bringen.

Batiste de Tremaine bot hinter dem Schreibtisch ein gewohntes Bild, auch wenn die Wut, die in seinen Augen blitzte, stärker war als je zuvor. Er schwieg und starrte ihn an. Früher hatte dieses Schweigen dazu geführt, dass Nathan sich schuldig fühlte. Oftmals ohne zu wissen, was er überhaupt verbrochen hatte. Das Einzige, dessen er sich stets sicher sein konnte, war, dass es ihm nie gelungen war, eine Aufgabe zur vollen Zufriedenheit seines Großvaters zu lösen.

Weshalb war ihm dies eigentlich sein Leben lang so wichtig gewesen? Weshalb hatte er die Motive seines Großvaters nie hinterfragt? Weshalb war ihm alles, was dieser getan hatte, richtig erschienen?

Heute sah er zum ersten Mal, was Batiste de Tremaine wirklich war. Ein alter Mann, der nach Macht und Einfluss gierte und dafür bereit war, über Leichen zu gehen. Dieser Mann, den er auf eine merkwürdige Art geliebt hatte, weil er die einzige Familie war, die er kannte, hatte Lucys Eltern auf dem Gewissen. Er hatte den Vikar und Madame Moulin ermorden lassen. Nathan durchfuhr es eiskalt bei diesen Gedanken. Lucy würde er nicht bekommen, und wenn es sein eigenes Leben kostete, schwor er sich.

»Was hast du dir dabei gedacht?«, fragte Batiste. Seine Stimme war ganz hoch vor Zorn.

Nathan beschloss, bei seinem Plan zu bleiben, auch wenn er kaum noch hoffte, dass er funktionierte. »Das könnte ich dich genauso fragen«, antwortete er. »Wir hatten eine Abmachung, und du hast sie gebrochen. Nun ist das Mädchen fort, und wir wissen nicht, wohin.«

»Das kannst du dir sparen, Nathan. Meinst du, ich habe nicht gemerkt, wie vernarrt du in die Kleine bist? Ich weiß, wie diese Weiber sind. Ich bin mit ihren Tricks vertraut. Seit Jahrhunderten führen sie uns an der Nase herum.«

Batiste umklammerte seinen Stock und richtete sich mühsam auf. Nathan rührte sich nicht, um ihm zu helfen.

»Ich lasse mir von dir nicht mein Lebenswerk zerstören«, sagte der alte Mann mit jetzt leiser Stimme. »Nicht von dir. Du bist der Sohn deines Vaters. Genauso nutzlos wie er.«

Damit hatte Batiste ihn immer gefügig gemacht. Nathan hatte nie wie sein Vater sein wollen. Er hatte gewollt, dass sein Großvater stolz auf ihn war. Das Bild, das er von seinem Vater hatte, war das eines Schwächlings. Aber er wusste über ihn schließlich nur das, was Batiste ihm erzählt hatte. Batiste hatte in ihm immer den Hass auf seine Eltern geschürt. Vielleicht waren auch sie längst tot, durchfuhr es ihn. Ob Batiste fähig gewesen war, seinen eigenen Sohn zu ermorden? Als dieser sich ihm nicht gefügt hatte, brauchte er nur einen neuen Erben. Sobald sein Enkel auf der Welt gewesen war, war der eigene Sohn überflüssig geworden.

»Das funktioniert nicht mehr, Großvater. Du weißt es, und ich weiß es. Ich bin kein kleiner Junge mehr. Ich habe die Ziele des Bundes nie verraten. In der kurzen Zeit habe ich mehr Bücher in unseren Besitz gebracht als jeder vor mir, und ich stehe zu unseren Zielen. Ich glaube daran. Aber es ist falsch, für dieses Ziel Menschen zu töten. Ich lasse das nicht mehr zu.«

Lauernd sah Batiste ihn an. Nathan wich seinem Blick nicht aus. »Du wirst weiterhin Bücher auslesen?«, fragte Batiste nach einer Weile und ließ sich ächzend auf einem Stuhl nieder.

»Nur, wenn du versprichst, dem Mädchen nichts zu tun.« Das war seine einzige Bedingung.

Ein spöttischer Zug schlich sich auf Batistes Gesicht. »Ich lasse die Bücher herbringen. Du wirst das Haus nicht verlassen.« Nathan nickte. Damit hatte er gerechnet. »Erst wenn ich dir wieder vertraue, wirst du wieder reisen können.«

»Und du versprichst, Lucy in Ruhe zu lassen?«, fragte Nathan unnachgiebig.

»Solange du tust, was ich dir befehle«, erwiderte Batiste süffisant, »wird das Vögelchen am Leben bleiben.« Er verengte seine Augen zu zwei schwarzen Schlitzen. »Aber ich warne dich ein letztes Mal, Nathan. Vergiss nicht, wer hier noch immer das Sagen hat. Verstößt du auch nur gegen eine meiner Anweisungen, werde ich sie finden und kein Erbarmen haben.«

Ein kalter Schauer überlief Nathan bei diesen Worten, und er musste sich zwingen, sich nicht auf seinen Großvater zu stürzen. Er würde tun, was nötig war, um Lucy zu schützen. Er würde den Wünschen des alten Mannes Folge leisten. Dann bestand immerhin die Hoffnung, dass er Lucy vorerst verschonte. Die Hoffnung war winzig, das wusste Nathan, aber vielleicht reichte der Vorsprung aus, damit Lucy sich in Sicherheit bringen konnte.

Ein selbstgefälliges Grinsen breitete sich auf Batistes Gesicht aus. »Es gibt da noch etwas. Es ist an der Zeit, dem Bund einen Erben zu schenken. Deine Verbindung mit dem Hause FitzAlan ist lange beschlossen. Die Tochter wird im nächsten Monat achtzehn, und wir haben entschieden, nicht mehr zu warten. Du wirst das Mädchen im Frühjahr heiraten.«

Nathan wurde blass. »Ich kenne sie nicht einmal«, widersprach er.

»Das ist nicht von Belang. Sie wird die perfekte Mutter für deinen Sohn sein. Du wirst tun, was ich sage. Sonst …«

Batiste musste den Satz nicht vollenden. Sein Großvater würde jede seine Forderungen durchsetzen und ihn mit Lucys Wohlergehen erpressen. Nun gut. Wenn das der Preis war, den er zahlen musste, dann würde er es tun. Sie würde ihm sowieso nie verzeihen, und sie würde ihn schon gar nicht lieben. Obwohl sie sich letzte Nacht in seine Arme geschmiegt und den Kuss zugelassen hatte. Warum, verstand er trotzdem nicht.

Sirius, der dem Gespräch mit unbewegter Miene gefolgt war, brachte Nathan zurück zu seinem Zimmer. Als er hörte, wic sich der Schlüssel im Schloss drehte, ballte er vor Wut die Hände. Wieder einmal hatte sein Großvater das letzte Wort gehabt. Nathan hatte sich nie um einen anderen Menschen gesorgt. Dieses Gefühl war neu und befremdlich für ihn. Seine eigene Angst vor dem, was sein Großvater ausheckte, um ihn zu demütigen, rückte in den Hintergrund. Er lehnte seine Stirn gegen die kalte Fensterscheibe. Er war eingesperrt, und vorerst konnte er nichts als hoffen. Und er hoffte inständig, Lucy floh bis ans andere Ende der Welt. Auch wenn es bedeutete, sie nie wiederzusehen.

Kein Mensch kann einsam genannt
werden, der Gott und die Gesellschaft
guter Bücher bei sich hat.

Elizabeth Browning

12. KAPITEL

Lucy saß in der Küche des Hauses, in dem sie Zuflucht gefunden hatte. Weiße Vorhänge flatterten vor dem Fenster, auf dessen Sims bunte Blumentöpfe standen. Der Duft des Tees, den sie in der Hand hielt, hüllte sie ein. Ms Granger, der die Pension gehörte, schwatzte unaufhörlich, während sie Eier und Schinken für sie briet. Bestimmt erwartete die Frau auf ihre zahlreichen Fragen keine Antworten. Sie war einfach froh, dass sich jemand hervergirrt hatte, mit dem sie reden konnte.

Ihre Gedanken drifteten zu Nathan. Seit sie aufgewacht war, hatte sie genau dies zu vermeiden versucht. Jetzt bildete sich in ihrem Magen ein Knoten. Sie sah ihn verletzt auf dem Boden der Kate liegen, der Wut dieser bulligen Männer ausgeliefert. Was hatten sie mit ihm angestellt? Bestimmt hatte er nicht fliehen können.

Der Umschlag fiel ihr ein, den sie aus dem Handschuhfach gezogen hatte. Nathan hatte gesagt, darin sei Geld. Sie musste prüfen, wie viel es war. Ob sie riskieren sollte, Colin anzurufen? Nathan hatte sie davor gewarnt. Aber Batiste de Tremaine konnte unmöglich die Telefone ihrer Freunde überwachen lassen. Oder etwa doch? Lucy fühlte sich allein. Hätte sie Nathan früher vertraut, hätten sie gemeinsam Pläne schmieden können. Aber das hatte sie nicht gekonnt.

Von dem vielen Grübeln fühlte sie sich ganz ausgelaugt. Die Aufregung der letzten Tage hatte ihr zugesetzt. Sie war nicht fähig, eine Entscheidung zu treffen, und wünschte sich, einfach nur sitzen bleiben zu können und Ms Granger bei ihrem Geplapper zuzuhören. Aber das ging nicht. Sie musste handeln und herausfinden, wie es Nathan ging. Sein Großvater durfte ihn nicht zwingen, weitere Bücher zu stehlen. Und das würde er tun, da war Lucy sicher.

Was hatte ihre Mutter ihr zugeflüstert? *Hör auf dein Herz. Du kannst ihm vertrauen.* Wie hatte sie das wissen können? Ihre Mom war seit vielen Jahren tot. Sie hatte Nathan nicht mal gekannt. Und trotzdem wusste Lucy, dass sie recht hatte. Was hatten die Bücher zu ihr gesagt? *Du wirst seine Hilfe brauchen. Du musst Vertrauen haben. Nur gemeinsam könnt ihr uns retten! So ist es vorherbestimmt.* Sie hatte nicht gewusst, wen die Bücher meinten. Aber im Grunde konnte es nur er sein. Die Bücher hatten sie also aufgefordert, Nathan zu vertrauen. Und das, obwohl er so viele von ihnen in den Besitz des Bundes gebracht hatte. Wenn die Bücher ihn trotzdem an ihrer Seite wissen wollten, konnte sie ihnen das kaum verwehren. Allein war sie so gut wie machtlos.

Lucy versuchte, die Puzzleteilchen in ihrem Kopf zu sortieren. War das wirklich des Rätsels Lösung? Sie konnte die Aufgabe nicht allein bewältigen. Sie brauchte ihn dazu. Weshalb war sie nicht früher darauf gekommen? Sie schlug sich mit der Hand gegen die Stirn. Weil sie bockig und wütend gewesen war. Weil sie den Wald vor lauter Bäumen nicht gesehen hatte.

Nach dem köstlichen Essen entschuldigte sie sich bei ihrer Vermieterin und ging auf ihr Zimmer. Sie kippte den Inhalt des Umschlages auf die geblümte Bettdecke. Jede Menge Pfundnoten und eine Handvoll Pencestücke klimperten auf den weichen Untergrund. Zum Schluss trudelte eine Visitenkarte heraus, nach der Lucy griff. Auf weißem Papier stand in schwarzer Schrift Nathans Name mit einer ihr unbekannten Anschrift. Es musste sich um die Adresse des Landsitzes der de Tremaines handeln. Unentschlossen drehte Lucy die Karte in den Händen. Immerhin wusste sie jetzt, wo sie ihn fand.

Am nächsten Morgen verstaute sie das Geld in ihrer Jackentasche und machte sich auf den Weg zu der alten Bibliothek von Cardiff. Das Medaillon ruhte sicher an ihrem Hals. Die Bibliothek war mit ihrem Bestand längst in ein modernes Gebäude umgezogen. Allerdings war das Archiv noch in dem historischen Gemäuer untergebracht. Der vertraute muffige Geruch alter Bücher begrüßte sie. Lucy war vorher nie hier gewesen, aber wieder einmal verblüffte sie die Erkenntnis, dass sich die Räumlichkeiten von Bibliotheken auf unerklärliche Weise alle zu ähneln schienen und ihr auf Anhieb vertraut waren. Sie vermutete, es lag an der Ruhe, die einen umgab, kaum dass man einen Lesesaal oder ein Archiv betrat. Vielleicht empfand aber auch nur sie das so.

Heute war sie nicht auf der Suche nach einem bestimmten Buch. Sie war auf der Suche nach Antworten auf ihre Fragen, und sie hoffte, diese hier zu finden. In Cardiff war das Archiv für Besucher zugänglich. Die Dame am Infoschalter hatte ihr anstandslos eine Besucherkarte ausgehändigt. Wie erwartet, waren die Räumlichkeiten um diese Tageszeit nicht sonderlich gut besucht. Außer den vielen Tischen, die im vorderen Bereich des geräumigen Saals aufgestellt waren, befand sich dort eine antiquarische Sammlung. Leider boten diese Regale nicht die Abgeschiedenheit des Archivs der London Library. Hoffentlich sprachen die Bücher trotzdem mit ihr. Langsam ging sie durch die Reihen und musterte die Werke, die in den Regalen warteten. Sie entdeckte Theaterstücke von Shakespeare und ein besonders schön illustriertes Werk von Daniel Defoe. *Das Bildnis des Dorian Gray* war noch vollständig erhalten. Sie suchte gezielt nach *Stolz und Vorurteil* von Jane Austen und entdeckte dabei *Ivanhoe* von Sir Walter Scott. Alles Bücher, die sie liebte und die der Bund bisher nicht in seine Gewalt gebracht hatte. Sie würde dafür sorgen, dass es so blieb.

Erst im hinteren Bereich getraute sie sich, ihr Medaillon unter dem Pullover hervorzuziehen. Als sie es langsam öffnete, bahnte silbernes Licht sich seinen Weg nach draußen.

Das Bild war dunkel. Es dauerte eine Weile, bis sie begriff, dass es Nacht sein musste. In der Ferne entdeckte sie die erleuchteten Fenster eines Hauses. Dann fand sie sich in einem Raum wieder, der von glitzernden Kronleuchtern in helles Licht getaucht wurde. Eine lange Tafel stand in der Mitte des Saales, und um den Tisch herum saßen Männer in schwarzen Anzügen und mit schwarzen Hemden. Lucy schrak zurück, obwohl die Männer sie unmöglich sehen konnten und alles nur Bilder aus der Vergangenheit waren. Trotzdem jagte die Präsenz so vieler Perfecti ihr einen Schrecken ein. Am Kopf der Tafel thronte ein Mann, in dem Lucy unschwer eine jüngere Version Batiste de Tremaines erkannte. Vor ihm stand ein Mann, dessen Arm um die Schultern einer Frau lag.

Furcht zeichnete sich in ihrem Gesicht ab. Auf ihrem Arm hielt sie einen Jungen, der drei oder vier Jahre alt war und sich ängstlich an sie presste. Der Mann und die Frau trugen Mäntel, und zu ihren Füßen ruhte ein Koffer. Niemand musste Lucy erklären, wer das Kind war. Sie erkannte Nathan sofort. Die Stimme des jungen Mannes zitterte, als er sprach. »Wir wollten uns verabschieden, Vater«, sagte er und blickte auf das Kind. »Louisa und ich möchten Nathan nicht hier großziehen. Wir möchten unser eigenes Leben führen.«

»Das Thema hatten wir doch schon, Jonathan. Mach dich nicht lächerlich. Dein Platz und der des Kindes sind hier. Nur hier kann Nathan auf seine Aufgabe vorbereitet werden. Eine Aufgabe, der du dich verweigert hast. Geh auf dein Zimmer und zieh dich um, dann nimm gefälligst deinen Platz ein. Und du …« Sein Blick glitt zu der Frau an der Seite seines Sohnes. »Du solltest ebenfalls wissen, wo du hingehörst.«

Die Frau drückte das Kind fester an sich, das daraufhin zu wimmern begann. Sofort lockerte sie den Griff und sprach beruhigend auf den Jungen ein. Batiste betrachtete die Szene mit angewiderter Miene.

»Es ist uns ernst, Vater. Deine Ziele sind nicht die meinen, und mein Sohn soll nicht so aufwachsen wie ich. Du bist mein Vater, und ich will mich trotz allem, was passiert ist, nicht im Streit von dir trennen. Unser Verhältnis war nie das beste. Ich möchte dir keine Schuld an Mutters Unglück geben, aber jetzt, wo sie tot ist, wird es auch für mich Zeit zu gehen. Ich …«

Batistes Blick brachte ihn zum Schweigen. Lucy sah in zwei eiskalte Augen, und das Blut in ihren Adern gefror. Sie hatte Angst vor dem, was sie zu sehen bekommen würde, und brachte es trotzdem nicht über sich, das Medaillon zuzuklappen.

»Gut.« Batiste setzte sich. »Mit den Konsequenzen deiner Entscheidung wirst du leben müssen. Du und sie.« Ein letzter vernichtender Blick traf die Frau.

Batistes Sohn griff erleichtert nach dem Koffer, und gemeinsam verließ die Familie fluchtartig den Saal. Vor der Tür atmeten sie auf.

Eine Frau mittleren Alters stand im Flur und knetete nervös ein Taschentuch zwischen den Händen. »Er lässt euch gehen?«, fragte sie.

Der junge Mann zuckte mit den Schultern. »Ich glaube schon.« Doch der Zweifel in seiner Stimme war nicht zu überhören.

»Dann schnell, das Taxi wartet vor dem Tor.« Die Frau blieb in der ausladenden Eingangstür stehen und winkte den Fliehenden hinterher, die dem eisenbeschlagenen Tor zustrebten, das in der Dunkelheit nur schlecht zu erkennen war.

Sie hatten noch nicht die Hälfte des Weges zurückgelegt, als sich zwei schwarze Gestalten aus den Büschen schälten, die den Wegesrand säumten. Die Frau in der Tür schrie leise auf und wollte den dreien zu Hilfe eilen, als ein weiterer Mann sie ins Haus zog. »Das geht uns nichts an«, flüsterte er, als die Frau sich losreißen wollte. »Das ist eine Sache zwischen Jonathan und seinem Vater, Sofia. Er hätte wissen müssen, dass er ihn nie gehen lassen würde. Batiste braucht einen Erben.«

Die junge Frau auf dem Weg hatte mittlerweile begonnen, zu schreien. Ihre Schreie mischten sich mit dem Gebrüll des Kindes. Der Lärm erschien Lucy ohrenbetäubend. Auf dem Weg spielte sich offensichtlich ein Kampf ab. Lucy wünschte, die Bilder wären deutlicher. Die Frau und der Mann wurden unerbittlich zum Ausgang geschoben. Nathan weinte verzweifelt. Dann öffneten sich die Flügel des eisernen Gitters einen Spalt, um sich hinter Nathans Eltern sogleich wieder zu schließen. Die Schreie der Frau steigerten sich. »Gebt mir mein Kind zurück. Das könnt ihr nicht tun. Bitte, bitte!«

Lucy hätte sich am liebsten die Ohren zugehalten, so viel Schmerz sprang ihr aus den Rufen entgegen. Die Frau schien nie mehr aufhören zu wollen. Die beiden dunklen Gestalten näherten sich wieder der Eingangstür des Hauses. In ihrem Arm trug die eine das wimmernde Kind.

Der Mann im Haus zog die Frau, die er mit Sofia angesprochen hatte, in eine Nische hinter der Tür. Die beiden Gestalten, in denen Lucy Sirius und Orion erkannte, durchschritten den Eingang, ohne auf das Paar zu achten, und betraten kurz darauf den Saal. Die Tür fiel krachend hinter ihnen ins Schloss. Sofia riss sich von dem Mann los und stürmte den Weg zum Tor hinunter. Die junge Frau kniete im Kies der Einfahrt auf der anderen Seite des Tores und schluchzte. Nathans Vater hatte die Arme um sie geschlungen, auch aus seinen Augen strömten Tränen. Als Sofia die beiden erreichte, fasste Louisa verzweifelt nach ihren Händen. »Bitte, Sofia, bring mir Nathan zurück. Ich kann ihn nicht hierlassen. Er braucht mich. Er ist doch noch so klein. Er kann nicht bei diesem Ungeheuer bleiben. Er wird zugrunde gehen.«

Flehend sahen die beiden Sofia durch die Streben des Gitters an.

»Das kann ich nicht. Sie haben ihn zu Sir de Tremaine gebracht. Vielleicht in ein paar Tagen. Ich werde es versuchen. Jonathan, bring Louisa fort! Wer weiß, welche Teufelei dein Vater sich sonst ausdenkt. Ich melde mich bei euch.«

Jonathan griff nun ebenfalls nach Sofias Händen. »Du musst auf ihn aufpassen, Sofia. Versprichst du uns das? Du bist die Einzige, die das jetzt noch kann. Wir vertrauen dir unseren Sohn an. Wir werden um ihn kämpfen, aber wir wissen beide, welche Macht mein Vater hat. Es wird dauern, bis wir unser Kind zurückbekommen. Bis dahin musst du für Nathan da sein. Bitte, wir flehen dich an. Lass ihn nicht allein!«

Sofia nickte zögernd. »Ich verspreche es«, flüsterte sie.

Das Bild verschwand im Inneren des Medaillons, und Lucy lehnte sich erschöpft an eins der Regale.

»Du musst es ihm sagen. Er muss die Wahrheit erfahren«, flüsterte ihr eins der Bücher, das neben ihr stand, ins Ohr. »Er muss erfahren, was sein Großvater ihm und seinen Eltern angetan hat. Sein Vater hat sich geweigert, uns zu stehlen. Er war ein sehr tapferer Mann.«

»War?«, fragte Lucy. In diesem Moment bog eine ältere Frau in den Gang ein, in dem Lucy stand. Sie musterte sie kurz und begann, nach einem Buch zu suchen.

Lucy hielte es für klüger, den Lesesaal zu verlassen.

Es war stockfinster, und Nathan war gerade in einen unruhigen Schlaf gefallen, als er unsanft geweckt wurde. Erschrocken fuhr er hoch.

»Steh auf und zieh dich an. Es gibt etwas für dich zu tun«, grollte Sirius' Stimme durch den Raum.

Benommen schüttelte Nathan den Kopf und folgte den Anweisungen. Was konnte sein Großvater zu dieser Zeit von ihm wollen? Zwei Tage hatte er ihn im Zimmer eingeschlossen, und nur zu den Mahlzeiten hatte er Sofia zu Gesicht bekommen. Allerdings brachte sie ihm das Essen immer in Begleitung von Sirius, sodass sie nicht miteinander sprechen konnten. Was also war so wichtig für seinen Großvater, dass es nicht bis zum nächsten Morgen warten konnte?

Nachdem er angezogen war, folgte er Sirius durch das schlafende Haus quer über den Vorplatz und den Garten. Es war nicht schwer zu erraten, wohin der Handlanger seines Großvaters ihn brachte. Ihr Ziel war die Kapelle, unter der sich in den Tiefen der Felsen, die die Küste Cornwalls säumten, die Bibliothek des Bundes befand. Sie war nur für die Mitglieder des Bundes zugänglich, und ohne Batistes Zustimmung konnte niemand diesen Ort betreten.

Batiste erwartete sie bereits. Er führte ihn wortlos in den hinteren Bereich des Raumes. Dort deutete er auf einen ausladenden alten Schreibtisch, auf dem das Werkzeug stand, das Nathan benötigte, um die Buchdeckel der Bücher zu kopieren, die er auslesen sollte. Am rechten Rand lagen drei sorgfältig verpackte Bücher.

»Ich denke, es ist besser, wenn du deiner Aufgabe zukünftig hier nachkommst. Ich möchte nicht riskieren, dass dir etwas zustößt«, erklärte Batiste mit sarkastischem Unterton. »Da du Orion verletzt hast, steht leider nur Sirius zu deiner Verfügung. Du wirst die nächsten Tage hier unten verbringen und arbeiten. Es gibt viel aufzuholen. Wenn du etwas brauchst, sag ihm Bescheid. Er wird es dir besorgen. Dreimal am Tag bringt er dir Essen und begleitet dich für eine Stunde nach oben. Und ich warne dich, Nathan. Vergiss unsere Abmachung nicht. Wenn du dagegen verstößt, ist das Leben des Mädchens keinen Pfifferling mehr wert. Und du weißt, ich scherze nicht.«

Als Nathan nickte, drehte Batiste sich um und verließ den Raum. Sein Großvater musste unter enormem Druck stehen, wenn er ihn zwang, mitten in der Nacht mit der Arbeit zu beginnen. Nathan rieb sich über die müden Augen. Natürlich würde er tun, was dieser verlangte. Lucy würde ihn dafür verachten, aber das konnte er nicht ändern. Es war die einzige Möglichkeit, sie zu schützen, auch wenn fraglich war, ob Batiste sich an seinen Teil der Vereinbarung hielt.

Nathan griff nach dem Buch, das zuoberst lag, und packte es aus. Er hätte es wissen müssen. Es war *Das Bildnis des Dorian Gray*. Dieses Exemplar hatte Lucy ihm erst vor wenigen Tagen in den Lesesaal der London Library gebracht. Dass es seinem Großvater gelungen war, das Buch in so kurzer Zeit hierherzuschaffen, sprach Bände darüber, über welchen Einfluss er verfügte. Nathan hätte schwören können, dass es nicht möglich war, dieses Exemplar zu entleihen. Immerhin war das Buch dem Brand unversehrt entkommen. Auf dem Tisch lag der Teil der Skizze, die Nathan bereits angefertigt hatte. Er brauchte nicht lange, bis die Zeichnung endgültig beendet war. Batiste hatte an alles gedacht, dachte er bitter.

So etwas wie moralische oder unmoralische Bücher gibt es nicht. Bücher sind gut oder schlecht geschrieben. Weiter nichts.

Oscar Wilde

13. KAPITEL

Hoffentlich ging Marie ans Telefon. Lucy hatte sich alles genau überlegt. Sie stand in einer Telefonzelle mitten in Cardiff und musterte die Menschen, die geschäftig an ihr vorbeieilten. Nach dem Besuch in der Bibliothek hatte sie sich in einen Bus gesetzt und war kreuz und quer durch die Stadt gefahren. Sie brauchte Hilfe. Allein kam sie nicht weiter, also musste sie das Risiko eingehen. Allerdings traute sie sich nicht, ihre Freunde auf ihren Handys oder in der WG anzurufen. Blieb also nur die Bibliothek. Noch einmal ertönte das Freizeichen in der Leitung, und Lucy wollte bereits resigniert auflegen, als am anderen Ende abgenommen wurde.

Marie klang atemlos. »London Library, St. James Square.«

»Ich bin es, Lucy«, rief sie erleichtert in den Hörer, als sie die vertraute Stimme hörte.

»Oh Gott«, stammelte Marie. »Lucy, wo bist du? Wir machen uns solche Sorgen. Sag schon: Geht es dir gut?«

»Ja«, rief Lucy in den Apparat und unterbrach den Redefluss ihrer Freundin. »Es ist alles in Ordnung. Na ja, fast alles. Ich kann es jetzt nicht erklären. Ich brauche eure Hilfe. Wir müssen uns sehen. Erinnerst du dich an unseren Ausflug im Sommer?«

Marie setzte gerade an, als Lucy sie unterbrach. »Psst, sag jetzt nichts. Ich habe keine Ahnung, ob jemand mithört.«

»Also ehrlich, Lucy. Wir sind doch nicht in einem Bond-Film.« Marie lachte. »Aber meinetwegen.«

»Ich bin am Samstagnachmittag dort um drei Uhr«, erklärte Lucy hastig. »Denkt euch etwas aus, wie ihr ungesehen hinkommt. Niemand darf euch folgen. Hörst du? Das ist wichtig, Marie. Du solltest Batiste de Tremaine nicht unterschätzen. Ich brauche etwas Geld, meinen Pass und ein paar Klamotten.«

»Wird erledigt. Keine Sorge. Ich bin so froh, dass du dich gemeldet hast.«

»Ich lege jetzt auf, Marie«, sagte Lucy zögernd.

»Pass auf dich auf, Kleines, ja?«

»Mach ich«, antwortete Lucy und hängte ein. Alles hing jetzt von ihren Freunden ab.

Gleich nach Lucys Anruf verabredete Marie sich mit Colin und Jules in einem Pub in der Innenstadt.

»Warum hat sie dich angerufen?«, fragte Colin eingeschnappt.

»Vielleicht, weil du dich hinter ihrem Rücken mit Nathan verbündet hast?«, schlug Jules schnippisch vor. »Ich an ihrer Stelle wäre sauer.«

»Das ist doch jetzt unwichtig«, beschwichtigte Marie die beiden und erzählte, worum Lucy sie gebeten hatte. »Ich habe nicht mal gefragt, wo sie ist«, schloss sie ihre Ausführungen.

»Und wo Nathan ist. Sie waren bei seinem letzten Anruf noch zusammen, oder?«, wandte Jules sich an Colin. »Da muss etwas passiert sein.«

»Ich weiß nicht, wo er war. Wir hatten so wenig Zeit. Sie hatte Angst, dass das Telefon abgehört wird«, verteidigte Marie sich. »Aber das kann ja wohl nicht sein.«

Jules und Colin wechselten einen besorgten Blick.

»Ihr wisst, welchen Ausflug sie meint?«, fragte Marie ängstlich.

»Da kommt wohl nur einer infrage«, sagte Jules.

»Ich glaube auch«, grinste Marie jetzt schon wieder.

»Ich wollte nie an diesen Ort zurückkehren«, meinte Colin theatralisch. »Es war grauenvoll.«

»Musst du vielleicht auch nicht«, fiel Jules ihm ins Wort.

Colin richtete sich auf. »Wieso? Wenn Lucy uns da treffen will, fahre ich natürlich hin.«

»Ich glaube, es ist besser, wenn nur einer von uns fährt und die anderen beiden ein Ablenkungsmanöver starten. Wenn de Tremaine uns wirklich überwachen lässt, wäre es äußerst unklug, ihn direkt zu ihr zu führen. Aber er kann uns nicht allen dreien gleichzeitig folgen. Hoffe ich jedenfalls.«

Marie sah ihre Freundin bewundernd an. »Du arbeitest nicht zufällig heimlich beim MI5?«

Jules schüttelte lachend den Kopf. »Noch nicht.« Dann drehte sie sich zum Barkeeper um und rief ihm ihre Bestellung zu. »Drei Martini, geschüttelt, nicht gerührt.«

Der Mann, dessen Arme über und über tätowiert waren und dessen schwarzer Vollbart sein ganzes Gesicht verdeckte, grinste Jules zu. »Kommt sofort, Miss Bond.«

»Und wer, schlägst du vor, trifft sich mit Lucy?«, fragte Colin mit gerunzelter Stirn.

Jules griff nach seiner Hand. »Ich weiß, du möchtest sie gern sehen. Aber das wird Batiste de Tremaine sich auch denken, wenn er nur halb so gut über Lucy Bescheid weiß, wie wir glauben. Deshalb ist es besser, wenn Marie oder ich zu dem Treffpunkt fahren. Hinter dir wird er in jedem Fall jemanden herschicken.«

»Ich finde das keine gute Idee«, knurrte Colin. »Wer soll Lucy beschützen, wenn euch jemand folgt?«

»Jetzt sei doch vernünftig. Hier geht es nicht um dich, sondern um Lucy.«

»Eben, und darum ist es das Beste, wenn ich mich mit ihr treffe.«

Jules verdrehte die Augen. »Sie hat einen männlichen Beschützer, vergiss das nicht. Sie braucht dich nicht mehr.«

»Pah. Das glaubst du doch selbst nicht.« Colin lehnte sich in dem Stuhl zurück. »Sie hat nichts von Nathan gesagt, oder?«, vergewisserte er sich noch mal.

»Nein. Kein Wort«, bestätigte Marie.

»Es würde mich nicht wundern, wenn er zu seinem Großvater zurückgekrochen ist. Vielleicht war ihm das spartanische Leben in der Hütte doch nicht gut genug.«

»Du bist ja eifersüchtig«, kicherte Marie.

»Ich bin nicht eifersüchtig.«

»Natürlich bist du das.« Jules' Stimme klang wie splitterndes Glas.

»Ich sorge mich bloß um sie«, begehrte Colin auf. »Was ist so falsch daran? Ich habe mich immer um Lucy gekümmert und werde jetzt nicht damit aufhören. Das hat mit Eifersucht gar nichts zu tun.«

»Wer's glaubt«, flüsterte Jules in ihr Glas und trank einen Schluck. Marie warf ihr einen warnenden Blick zu, und sie verstummte.

»Colin, Jules hat recht. Ich werde zu dem Treffpunkt fahren. Kein Mensch käme auf den Gedanken, dass ihr mich auf diese Mission schickt.« Sie lachte fröhlich. »Ich werde Lucy treffen, und ihr lenkt unsere Verfolger ab.«

»Ich weiß nicht«, murmelte Colin noch einmal.

»Keine Widerrede mehr«, befahl Marie. »Lasst uns lieber überlegen, wie wir vorgehen wollen.«

»Denk an Madame Moulin«, warf Colin ein, doch keins der Mädchen reagierte darauf. »Ich will nicht, dass einer von euch etwas zustößt, und Lucy wird das auch nicht wollen.«

»Wir könnten gemeinsam losfahren«, überlegte Jules. »Chris bringt uns mit seinem Auto aus der Stadt raus und setzt uns an drei verschiedenen Bahnhöfen ab. Dort wählen wir drei verschiedene Routen. Nur Marie kommt am vereinbarten Zielpunkt an. Wenn wir Chris mit einrechnen, müsste Batiste vier Personen haben, die uns zeitgleich folgen. Das kann und will ich mir nicht vorstellen. Was meint ihr?« Jules schwieg und lehnte sich zurück.

»Für mich klingt das nach einem guten Plan«, verkündete Marie.

»Könnte funktionieren« stimmte Colin missmutig zu. »An welche Bahnhöfe hast du gedacht?«

»Das müssen wir überlegen«, sagte Jules. »Bestimmt fällt uns etwas ein, um unsere Fährte zu verwischen. Immerhin haben wir noch zwei Tage Zeit. Du siehst sie schon noch früh genug wieder«, lenkte sie ein.

»Wenn ihr nichts zustößt«, sagte er.

Zwei Tage später stand Lucy um halb drei in der Nähe des vereinbarten Treffpunktes. Immer wieder sah sie auf die Uhr an dem

Gebäude gegenüber. Sie war zu früh, und trotzdem trat sie ungeduldig von einem Bein auf das andere. Bei ihrem ersten Besuch im Sommer war hier die Hölle los gewesen. Jetzt sah das Bild deutlich anders aus. Das hatte sie bei ihrer Planung nicht bedacht. Aber auch so waren noch mehr Menschen unterwegs, als dies bei dem Wetter normalerweise in Kleinstädten der Fall war, und bisher hatte sie keine verdächtigen Gestalten bemerkt, die es eventuell auf sie abgesehen hatten. Vielleicht war ihre Panik übertrieben.

Auf Stratford-upon-Avon war sie gekommen, weil ihr gemeinsamer Ausflug im Sommer das totale Desaster gewesen war. Zuerst hatten sie ihren Zug verpasst, nachdem Colin verschlafen hatte. Als sie trotzdem auf die letzte Minute zur Vorstellung im Royal Shakespeare Theatre eintrafen, hatte jemand Maries Portemonnaie mit den Karten geklaut. Auf dem Rückweg hatte zu guter Letzt der Kleinbus des Freundes, der sie mit zurückgenommen hatte, eine Panne gehabt. Sie mussten zwei Stunden mitten in der Nacht im Freien campieren, bis das Auto wieder fahrtüchtig war. Trotzdem hatte Lucy an dem Tag so viel gelacht wie noch nie in ihrem Leben. Sie war davon ausgegangen, dass Marie sofort wusste, welchen Ausflug sie meinte. Außerdem war es von hier bis nach Cornwall nicht mal eine halbe Tagesfahrt. Hoffentlich war Nathan bei seinem Großvater. Und außerdem waren dort auch all die gestohlenen Bücher.

Ob Nathan es geschafft hatte, seinem Großvater eine Geschichte aufzutischen, mit der er ihn täuschen konnte? Dieser Mann hatte es fertiggebracht, seinem eigenen Sohn das Kind zu rauben. Wer weiß, wozu er noch fähig war. Lucy fragte sich zum wiederholten Mal, was aus Nathans Eltern geworden war. Er war in dem

Glauben aufgewachsen, dass seine Eltern ihn verlassen hatten. Die Nacht, in der er seinen Eltern entrissen worden war, hatte er offensichtlich völlig vergessen. Wahrscheinlich war der Schock darüber, plötzlich allein zu sein, zu groß gewesen. Er hatte sich an das einzige Familienmitglied geklammert, das noch greifbar gewesen war. An Batiste. Der eigene Großvater hatte ihn großgezogen, nur um ihn als Werkzeug für seine Zwecke zu benutzen. Was für eine abscheuliche Vorstellung.

Der Zeiger der Uhr klickte auf zehn Minuten vor drei. Lucy reckte den Kopf, um den Eingang des Theaters besser sehen zu können.

Maries blonder Lockenkopf tauchte am Ende der Straße auf. Mit zügigen Schritten und einer kleinen Reisetasche über der Schulter ging sie auf das Gebäude zu. Lucy gab ihren Beobachtungsposten erst auf, nachdem sie sich vergewissert hatte, dass weder Hunde noch riesige Männer Marie auf den Fersen waren. Sie rannte über die Straße und zog ihre Freundin zwischen den anderen Besuchern in das Innere des Theaters. Erst dort fiel sie ihr um den Hals.

»Ich bin so froh, dich zu sehen«, sagte Marie und musterte sie aufmerksam.

»Es ist alles noch dran«, versicherte Lucy und zog ihre Freundin in die Swan Bar. Die Nachmittagsvorstellung hatte bereits begonnen, und so saßen außer ihnen nur wenige Besucher hier.

»Du musst mir erzählen, was passiert ist. Und ich soll dir Grüße von Jules und Colin ausrichten. Colin wäre gern selbst gekommen, aber wir haben uns für ein Ablenkungsmanöver entschieden.«

»Hat euch jemand verfolgt?«, fragte Lucy erschrocken.

»Ich glaube schon«, sagte Marie. »Zuerst war da so ein grauer Wagen hinter uns. Kann natürlich Einbildung gewesen sein. Jules hatte alles genau geplant. Chris hat uns zu Hause abgeholt, und dann sind wir nach Oxford gefahren. Da ist Jules ausgestiegen. Von Oxford aus hat sie den nächsten Zug nach irgendwo genommen. Sie wollte an der zweiten oder dritten Haltestelle aussteigen und zurück nach London fahren. Dasselbe hat Colin in Northampton gemacht. Wir dachten, dass Batiste de Tremaine auf die Schnelle keine vier Leute organisieren kann, die uns gleichzeitig verfolgen. Mit mir ist Chris nach London zurück und hat mich in King's Cross in den Zug gesetzt. Danach ist er zu seinen Eltern nach Ipswich gefahren.«

»Aber wenn euch am Anfang jemand verfolgt hat, bedeutet es, Nathans Großvater hat von dem Treffen gewusst.«

»Das ist wahr. Die Frage ist nur, ob er uns ständig überwachen lässt oder ob er mitbekommen hatte, wie wir uns verabredet haben.«

»Aber dann müsste er das Telefon der Bibliothek auch überwachen«, widersprach Lucy.

»Das kann ich mir nicht vorstellen«, sagte Marie. »Allerdings ist er angeblich mit dem Commissioner befreundet. Das haben die Polizisten erzählt, die bei uns waren. Du musst dich vorsehen, Lucy. Die Krankenschwestern, die Batistes Männer bewusstlos geschlagen haben, haben der Polizei erzählt, die Männer hätten nach dir gesucht. Die Polizei vermutet, du wärst in ein Kunstraubdelikt verwickelt und wolltest das mit dem Brand vertuschen. Sie glauben, dass du wertvolle Bücher gestohlen hast.«

Lucy musste sich verhört haben. »Ich bin siebzehn. Was ist das denn für ein Blödsinn?«, fragte sie und spürte, wie das Blut aus ihrem Gesicht wich. Die Polizei hätte sie mal lieber suchen sollen, schließlich war sie noch minderjährig.

Tröstend griff Marie nach ihrer Hand. »Jemand muss ihnen den Floh ins Ohr gesetzt haben, und es würde mich nicht wundern, wenn das Mr Barnes gewesen wäre. Er hätte das Archiv längst auf Vordermann bringen müssen. Batiste de Tremaine hat übrigens eine unverschämt hohe Summe gespendet, damit das Archiv restauriert werden kann.«

Jetzt schoss Lucy vor Wut das Blut ins Gesicht. Sie wusste nicht, was sie sagen sollte. Womöglich landete sie zum Schluss tatsächlich noch wegen Brandstiftung im Gefängnis. Oder wegen schlimmerer Vergehen.

»Das wird sich aufklären«, versuchte Marie ihre Freundin zu trösten. »Jetzt erzähl du. Was ist passiert, nachdem du verschwunden bist? Wer hat dich entführt? Wir dachten, es waren Batistes Männer. Jules wollte Anzeige erstatten, aber niemand hat ihr geglaubt. Dann hat Nathan Colin angerufen und gesagt, dass es dir gut geht. Weshalb bist du allein? Wo ist er? Können wir dir helfen?«, plapperte sie drauflos. »Hoffentlich kann ich mir alles merken, Jules reißt mir den Kopf ab, wenn ich was vergesse. Sie führt sich auf wie Miss Marple persönlich und hat mir verboten, Notizen zu machen.«

Lucy lächelte ihre Freundin an. »Du schaffst das schon.« Dann berichtete sie Marie genau, was in den letzten Tagen passiert war.

»Bestimmt zwingt er Nathan, weiter Bücher auszulesen«, schloss sie. »Das muss ich verhindern. Die Bücher zählen auf mich. Ich muss das beenden.«

Ihre Freundin nickte. »Er hat sich Bücher schicken lassen«, sagte sie. »Mr Barnes hat persönlich angeordnet, dass Batiste de Tremaine sie bekommt, und die Bücher dem Kurierfahrer selbst übergeben. Nach der Spende würde er dem Kerl die Füße lecken, wenn er es verlangte.«

Lucy sah sie erschrocken an. »Welche Bücher?«, fragte sie.

»*Dorian Gray*, *Nicholas Nickleby* und *Le Morte d'Arthur*«, sagte Marie zögernd.

Lucy schlug stöhnend die Hände vors Gesicht.

Marie rutschte neben sie und legte ihr einen Arm um die Schulter. »Ich weiß, die Bücher liegen dir am Herzen. Aber was ist mit dir und Nathan? Traust du ihm?«

»Ich denke schon«, erklärte Lucy wahrheitsgemäß. »Es ist so viel passiert. Ich habe seine Eltern gesehen in dem Medaillon«, erzählte sie. »Sein Vater wollte nicht tun, was Batiste von ihm verlangte, und da hat er ihnen ihr Kind weggenommen. Nathan muss erfahren, dass sein Großvater ein Teufel ist.«

»Weiß er das nicht längst?«

Lucy zuckte mit den Schultern. »Wahrscheinlich schon. Aber ich glaube, es ging ihm hauptsächlich darum, mich in Sicherheit zu bringen. Er findet es immer noch richtig, die Bücher auszulesen. Er bezeichnet es als Schutz. Wir hatten nicht genug Zeit. Ich war so wütend auf ihn, und ich glaubte die ganze Zeit, er würde mich seinem Großvater ausliefern. Ich habe viel zu spät begriffen, dass …« Lucy machte eine Pause.

»Dass?«, fragte Marie nach.

»Dass … dass ich ihm vielleicht etwas bedeute.« Lucy lächelte ihre Freundin verlegen an.

»Und wie ist es mit dir? Du magst ihn doch, oder?«

»Ich weiß nicht.« Lucy war froh, als Marie nicht weiter nachbohrte.

»Ich muss dir noch etwas Wichtiges erzählen«, wechselte Marie stattdessen das Thema. »Ich habe einen Anruf von Miss Olive bekommen. Sie wollte dich sprechen, aber du warst nicht da.«

»Ist es sehr schlimm für sie?«, fragte Lucy, und das schlechte Gewissen plagte sie. Sie hatte keinen Gedanken an die alte Archivarin verschwendet, die so viele Jahre in dem Keller gearbeitet hatte.

»Komischerweise hatte sie hauptsächlich Angst um dich«, beruhigte Marie sie. »Du sollst sie unbedingt anrufen. Ich habe ihr nicht viel Hoffnung gemacht, da ich selbst nicht wusste, wann du dich meldest.«

»Sie wird Batiste bestimmt nicht überwachen«, überlegte Lucy.

»Wusstest du, dass sie in Frankreich ist?«, fragte Marie.

»Nein. Ich dachte, sie sei krank. Was macht sie da?«

»Warte, ich habe den Ort notiert«, sagte Marie und begann, in ihrer Tasche zu kramen. »Sie hat darauf bestanden.« Dann schob sie Lucy einen Zettel zu. »Bélesta heißt er. Ich habe es gegoogelt. Das ist mitten in den Pyrenäen. Ein winziges Dorf und bestimmt nicht besonders amüsant, schon gar nicht, wenn man krank ist.«

»Montségur liegt auch in den Pyrenäen«, überlegte Lucy laut. »Ob das in der Nähe ist?«

Marie zückte ihr Handy. »Keine Ahnung. So genau kenne ich mich in Frankreich nicht aus«, sagte sie. »Aber das finden wir leicht heraus.«

»Hast du die Telefonnummer notiert?«, fragte Lucy, während ihre Freundin sich ins WLAN-Netz einwählte.

»Ja, klar. Sie hat darauf bestanden. Du sollst sie so schnell wie möglich anrufen.«

»Das mache ich.«

Marie hielt ihr das Handy unter die Nase. »Bélesta ist von Montségur nur ein paar Kilometer entfernt.«

Lucy betrachtete die Karte auf dem Display. »Das ist mit Sicherheit kein Zufall. Was tut sie da?«

»Keine Ahnung«, sagte Marie. »Ich habe Geld, deinen Pass und ein Handy für dich mit. Auf der Telefonkarte sind hundert Pfund. Damit müsstest du eine Weile klarkommen. Die Karte hab ich neu gekauft. Die Nummer kennt de Tremaine ganz sicher nicht. Hier auf dem Zettel steht eine Nummer, unter der du uns erreichen kannst. Auch eine neue Karte. Jules hat das Handy immer dabei. Ruf nur dort an oder schick eine Nachricht«, sagte Marie und reichte ihr die Sachen über den Tisch. »Jules meint, wenn diese Karte leer ist, sollst du sie wegschmeißen und eine neue kaufen. Finde ich ja ein bisschen übertrieben.« Marie lächelte. »Sie denkt sich ständig Sachen aus, wie wir den Alten austricksen können. Endlich sind die blöden Krimis, die sie die ganze Zeit liest, zu was nutze.«

»Ohne euch wäre ich aufgeschmissen«, bedankte Lucy sich.

»Und ein paar frische Klamotten habe ich auch noch.« Marie hob die Reisetasche an, die sie neben sich gestellt hatte.

»Du bist ein Schatz«, sagte Lucy.

»Ich wünschte, wir könnten mehr tun.«

»Auf keinen Fall«, wiegelte sie ab. »Ihr haltet euch da raus. Ich möchte euch nicht unnötig in Gefahr bringen. Außerdem muss ich selbst erst herausfinden, was ich für die Bücher tun kann. Wie ich die gefangenen Bücher befreien kann. Das Medaillon zeigt mir zwar alle möglichen Erinnerungen, aber nichts dazu. Ich brauche Nathan, um die Aufgabe zu erfüllen. Wir müssen das gemeinsam tun.« Resigniert schwieg Lucy und zerknitterte den Zettel in ihren Händen.

»Merkwürdig, findest du nicht?«, fragte Marie. »Ich habe gedacht, er ist dein Feind.«

»Dachte ich auch. Aber die Botschaft war eindeutig. Ich muss zu ihm nach Cornwall.«

»Hältst du das wirklich für klug?«, fragte Marie vorsichtig.

»Ich habe keine andere Wahl.«

»Wo wirst du heute Nacht schlafen?«

»Keine Ahnung. Ich fahre noch ein oder zwei Stunden und suche mir ein B&B. Das klappt ganz gut. Jetzt habe ich sogar Gepäck, dann guckt niemand mehr komisch.«

»Du meldest dich, ja? Damit wir wissen, dass es dir gut geht. Wenn wir länger als drei Tage nichts von dir hören, gehen wir noch mal zur Polizei. Irgendwann wird uns jemand anhören.«

»Klingt nach einem vernünftigen Plan.«

»Was anderes ist uns nicht eingefallen. Entschuldige.«

»Ist schon gut. Wir machen es genau so.«

»Mein Zug geht bald«, sagte Marie. »Chris sammelt mich in Oxford wieder ein. Er wollte erst nicht erlauben, dass ich mich mit dir treffe.«

»Zum Glück hast du dich durchgesetzt«, sagte Lucy. »Aber er hat recht. Ihr müsst euch vorsehen. Ich bringe dich noch ein Stück.« Lucy fiel es schwer, sich von ihrer Freundin zu trennen.

Nachdenklich saß sie kurze Zeit später in ihrem Wagen und

blickte dem Zug nach, der am Horizont verschwand. Sie fühlte sich einsamer als zuvor. Zu gern wäre sie mit Marie mitgefahren. In ihrer Hand knüllte sie den Zettel mit den Telefonnummern. Sie speicherte beide in ihrem neuen Handy ab. Ob sie versuchen sollte, Miss Olive noch heute anzurufen? Wenn sie ehrlich war, fürchtete sie sich ein wenig vor den Vorwürfen, die diese ihr machen würde. Andererseits wollte Miss Olive unbedingt mit ihr sprechen. Lucy sah auf die Uhr am Armaturenbrett. Dann startete sie den Wagen und fuhr los.

Schon oft hat das Lesen eines Buches jemandes Zukunft beeinflusst.

Ralph Waldo Emerson

14. KAPITEL

Nathan war müde. Seine Augen und Hände gehorchten ihm nicht mehr. Seit Tagen saß er in diesem finsteren Verlies, zeichnete und las. Während ihm das Zeichnen leicht von der Hand ging, fiel ihm das Lesen unendlich schwer. Es war, als wehrten die Bücher sich gegen ihn. Das hatten sie vorher nie getan. Sein Großvater gab ihm die Schuld daran, dass er nur so schleppend vorankam. Er bemühte sich redlich, doch während ihm das Auslesen des *Dorian Gray* schließlich gelungen war, wehrte sich *Nicholas Nickleby* standhaft. Nathan schien es, als prallte sein Geist immer und immer wieder gegen eine Wand, die er nicht zu überwinden vermochte. Es fühlte sich an, als würde das Buch ihm Widerstand leisten. Es war nie einfach gewesen, die Bücher auszulesen, aber solche Schwierigkeiten hatte er nie gehabt.

Wahrscheinlich brauchte er Bewegung und frische Luft. Er stand auf und ging zu der schweren Eichentür, die ihm den Weg nach draußen versperrte. Sein Großvater hatte Sirius davor postiert. Als ob er allein hier hinauskam. Die Bibliothek war das sicherste Gefängnis der Welt, für die Bücher und für ihn. Die Tür ließ sich von innen nicht öffnen. Allerdings hatte er gar nicht vor, zu fliehen. Solange er die Wünsche seines Großvaters erfüllte, würde er Lucy in Ruhe lassen. Orions Schusswunde war noch nicht verheilt, Sirius war damit beschäftigt, ihn zu bewachen, und sein Großvater war nicht kräftig genug, um hinter Lucy herzujagen. Die einzige Unbekannte in dem Spiel waren die anderen Mitglieder des Bundes. Nathan wusste nicht, ob sein Großvater jemanden von ihnen um Hilfe gebeten hatte. Allerdings schätzte er Batiste so ein, dass dieser sich keine Blöße geben wollte. Trotz seiner Gebrechen war dessen Geist starrsinnig wie immer. Würde er vor den anderen Perfecti eingestehen, dass er die Situation nicht mehr im Griff hatte? Wenn sein Großvater Beaufort auf Lucy ansetzte, war sie in größter Gefahr. Nathan wollte sich nicht ausdenken, was der Mann mit Lucy anstellen würde, wenn er sie zu fassen bekam. Er hatte ihr in der Hütte von Beaufort erzählt, aber ob sie daran jetzt noch dachte? Ob ihr klar war, in welcher Gefahr sie schwebte? Er hämmerte gegen die Tür. Wie jedes Mal ließ Sirius sich Zeit, bevor er öffnete.

»Ich muss an die Luft«, herrschte Nathan ihn an.

Langsam sah Sirius auf die Uhr, die sein fleischiges Handgelenk zierte. »Es ist noch nicht Zeit«, knurrte er.

»Ich muss aber jetzt raus, bestell das meinem Großvater.«

Die Tür knallte vor Nathans Nase zu. Unruhig begann er, in der unterirdischen Bibliothek auf und ab zu wandern. Es gab nur einen Menschen, den er um Hilfe bitten konnte, und das war Sofia. Wenn er nur wüsste, wie er das bewerkstelligen sollte. Es musste ihm gelingen, mit ihr zu reden oder ihr eine Nachricht zuzustecken. Vielleicht konnte sie mit Colin Verbindung aufnehmen. Bestimmt würde Lucy sich bei ihren Freunden melden. Sie war auf sich gestellt und brauchte Hilfe. Colin würde alles für sie tun, das wusste er genauso gut wie Lucy. Das war seine einzige Chance, ihr eine Nachricht zukommen zu lassen.

Die Eingangstür seines Verlieses quietschte, und Sirius winkte ihn ungeduldig hinaus. »Dein Großvater hat dir eine Stunde gestattet.«

Erleichtert eilte Nathan an ihm vorbei, die verwinkelten Stufen nach oben. Ein kalter Nieselregen wehte ihm entgegen, und er atmete tief ein. In dem Keller hatte er jegliches Zeitgefühl verloren. Er zog seine Jacke fester um sich und durchschritt eilig die Wege des weitläufigen Gartens. Eine halbe Stunde ließ er sich von dem frischen Wind den Kopf freipusten und sich dabei nach und nach durchnässen. Jeglichen Gedanken an die Bücher verbot er sich. Dieses Problem würde er lösen. Sie würden sich ihm nicht ewig verweigern. Einzig Lucys Schutz war jetzt wichtig.

Schließlich wandte sich Nathan dem Haus zu. Wie erwartet stellte sich ihm Sirius, der ihm auf Schritt und Tritt gefolgt war, in den Weg.

»Ich soll dich umgehend zurückbringen. Befehl deines Großvaters.«

»Ich bin klitschnass, Sirius. Bestimmt möchte Großvater nicht, dass ich mir da unten den Tod hole. Du kannst mich gern auf mein Zimmer begleiten, während ich mich dusche und umziehe.«

Schwerfällig senkte der Mann zur Bestätigung seinen Kopf, was Nathan als Nicken hinnahm.

Ohne ein weiteres Wort ging er an ihm vorbei und betrat nach wenigen Minuten das Haus. Er lief in sein Zimmer, darauf vertrauend, dass Sirius vor der Tür warten würde.

Rasch duschte er, zog sich um und spürte mit jeder Sekunde, wie seine Lebensgeister zurückkehrten. Entschlossen trat er aus der Tür.

»Ich esse heute Abend in der Küche«, sagte er und wartete die Erwiderung gar nicht erst ab. Sirius polterte hinter ihm die Treppe hinunter.

Im Gang lieferten sie sich einen Wettlauf. Wenn die Situation nicht so ernst gewesen wäre, hätte Nathan darüber gelacht. Er erreichte die Küche vor Sirius und riss die Tür auf. Sofia blickte erschrocken auf, als die beiden in ihr Reich gestürmt kamen.

»Nathan«, strahlte sie. »Du siehst blass aus.« Sie warf Sirius einen vorwurfsvollen Blick zu. Dann packte sie ein Tablett und drückte es dem finster dreinblickenden Mann in die Hand. »Bring das Orion. Harold hat heute anderes zu tun.«

Verunsichert blickte Sirius auf das volle Tablett, dann glitt sein Blick zu Nathan.

»Wage es nicht, Dummheiten zu machen. Ich bin sofort zurück.« Mit diesen Worten verschwand er aus dem Raum.

Sofia drückte Nathan auf einen der antiken Stühle. »Sag schon, wie geht es dir?«

»Ich brauche etwas zum Schreiben, Sofia«, sagte er atemlos. »Du musst diese Nummer anrufen und ihnen sagen, dass Lucy in Gefahr ist. Sie muss das Land verlassen. Sie darf niemandem vertrauen. Beaufort wird sie finden, wenn sie nicht geht. Sie soll seine Frau werden. Du musst ihr deutlich machen, dass er es wirklich ernst meint. Sie kann ziemlich stur sein.«

Die Tür sprang auf, und Sofia griff geistesgegenwärtig nach dem winzigen Zettel, auf den Nathan Colins Nummer notiert hatte.

Dann machte sie sich daran, Nathan sein Abendbrot aufzutischen.

»Du solltest deinen Großvater fragen, ob du diese Nacht im

Haus schlafen darfst«, sagte sie beiläufig, während sie Brot aufschnitt. »Das Feldbett in dem Keller ist auf Dauer sicher sehr unbequem.«

»Es geht schon«, erwiderte Nathan. »Das Bett ist mein geringstes Problem.«

»Wir sollten gehen«, bestimmte Sirius, nachdem Nathan ein Brot gegessen hatte.

Er stand auf und drückte Sofia kurz an sich. »Beeil dich damit«, flüsterte er.

Bevor er noch etwas sagen konnte, zog Sirius ihn von ihr fort. Seine Finger bohrten sich schmerzhaft in dessen Oberarm. »Das reicht«, sagte er.

Wortlos folgte Nathan ihm zurück in sein unterirdisches Gefängnis. Als die dicke Tür hinter ihm ins Schloss fiel, fühlte er sich nutzloser als zuvor. Hoffentlich schaffte Sofia es, sie zu warnen.

Um sich abzulenken, setzte er sich an seinen Schreibtisch und blätterte durch das Buch von Oscar Wilde. Es war leer. Jetzt dauerte es nur noch wenige Tage, bis der Text Zuflucht in dem Schutzbuch fand. Das würde seinen Großvater vorerst besänftigen. Dann zog er Charles Dickens' *Nicholas Nickleby* zu sich heran. Das Buch bereitete ihm große Sorgen. Die Schrift begann bereits zu verschwimmen, ganz leicht erst und doch sichtbar. Sie flimmerte vor seinen Augen und wogte vor und zurück. Es war wie damals bei *Alice* und doch anders. Es schien, als ob das Buch sich den Kampfgeist seines Protagonisten zu eigen gemacht hätte und gegen ihn ankämpfte. Nathan seufzte. Er würde das Buch für heute in Ruhe lassen. Vorsichtig klappte er es zu und legte es auf den Tisch.

Ziellos streifte er durch die Regalreihen. Seit ungefähr fünfundzwanzig Generationen wurden hier unten Bücher verwahrt. Während seiner Ausbildung hatte Nathan viel über seine Vorfahren gelernt. Jeder Einzelne hatte sich den Zielen des Bundes unterworfen. Obwohl sie ihre Aufgabe im Verborgenen ausführten, waren durch den Zugewinn an Wissen auch die Macht und der Ruhm seiner Familie gewachsen. Sein Vater war der Einzige in einer langen Reihe von Ahnen, der sich verweigert hatte. Nathan stellte sich zum ersten Mal die Frage, was oder wer ihn dazu veranlasst hatte. Bisher war für ihn nur entscheidend gewesen, dass seine Eltern ihn verlassen hatten, aber vielleicht war das nicht ihre Absicht gewesen.

Er tastete sich zwischen den Regalgängen hindurch. Noch nie war er so lange allein in dem unterirdischen Gewölbe gewesen. Wie es wohl wäre, wenn die Bücher auch mit ihm sprechen würden? Wer weiß, was sie ihm erzählen könnten. Was hatte sich in den Jahrhunderten, seit diese Bibliothek bestand, hier unten alles ereignet? Hatte sein Großvater hier die schwarze Magie studiert? Die Magie, die es ihm ermöglichte, Menschen in Hunde zu verwandeln und magische Feuer heraufzubeschwören.

Nathan hatte bereits von Büchern wie *Delomelanicon* oder dem *Grimoire Armadel* gehört. Doch im Grunde hielt er Magie für Unfug. Maximal geeignet für Menschen, die mit ihrer morbiden Fantasie irgendwelchen Satanskulten anhingen. Sein Großvater musste im Besitz noch älterer alchemistischer Schriften sein. Hatte einer seiner Vorgänger diese Bücher ausgelesen, oder hatte Batiste sie gefunden und verwahrte sie hier? Ließen diese Bücher sich überhaupt in Besitz nehmen?

Nathan fröstelte, und er war unsicher, ob das an der Kühle des alten Gemäuers lag oder an der Richtung, die seine Gedanken einschlugen. Er warf einen Blick auf die düsteren Regale, aus denen die unzähligen Schutzbücher ihn finster anstarrten. Sie würden kein Geheimnis mit ihm teilen, das war ihm klar. Sie hassten ihn. Eilig ging er in den besser beleuchteten Teil der Bibliothek zurück. Er löschte die Kerzen an den Wänden und legte sich auf sein schmales Bett. Selbst in der Hütte war es bequemer gewesen. Aber da hatte auch Lucy neben ihm gelegen. Hier war er allein mit seinem schlechten Gewissen und den gestohlenen Büchern.

Mitten in der Nacht wurde er wach. Er schlug die Augen auf und starrte in die Finsternis. Jemand oder etwas hatte einen Namen in seine Träume geflüstert. Es war so real gewesen, als ob dieses Etwas neben ihm gestanden hätte. Ein kalter Schauer überlief ihn bei der Erinnerung, aber nun wusste er, wonach er suchen musste. Eigentlich hätte er selbst darauf kommen müssen. Sein Großvater hatte den Mann, der diesen Namen trug, verehrt.

John Dee – Nathan versuchte sich zu erinnern, was er über ihn wusste. Der Mann war zu seinen Lebzeiten als Schwarzmagier und Zauberer bekannt gewesen. Elisabeth I. beförderte ihn zu ihrem Hofastrologen. Angeblich besaß John Dee damals die größte Bibliothek Englands. Batiste hatte ihm von einem Buch erzählt, das Dee angeblich besessen hatte. Das *Book of Soyga*. Es war eine Abhandlung über Magie gewesen. Das wurde jedenfalls vermutet. Es war in einer Geheimschrift verfasst und galt als nicht zu entschlüsseln. Woher Dee es gehabt hatte, daran konnte Nathan sich nicht erinnern. Nach Dees Tod war es jedenfalls jahrhundertelang verschollen gewesen, bis in den Neunzigerjahren eine Historikerin zwei Manuskripte aufgespürt hatte. Eines war in der British Library gefunden worden, erinnerte Nathan sich. Sein Großvater hatte damals noch am King's College gearbeitet. Womöglich hatte er es in seinen Besitz gebracht. Zuzutrauen war es ihm.

Nathan hatte sich vor längerer Zeit einiges über Dee angelesen. Die Verehrung seines Großvaters für diesen Mann fand er ungewöhnlich. Herausgekommen waren merkwürdige Erkenntnisse über Gespräche mit Engeln, die Dee angeblich geführt hatte. Das war absurd gewesen, und Nathan hatte den Mann danach vergessen.

Er stand wieder auf und zündete die Kerzen an. Dann durchstreifte er die Bibliothek aufs Neue. Es musste nicht unbedingt ein Schutzbuch sein, das er suchte, überlegte er. Nathan wandte sich dem Regal zu, das die ausgelesenen Bücher seines Großvaters beherbergte. Ein Buch von Dee war darunter nicht zu finden. Er musste auch nicht nach einem wiederaufgetauchten Manuskript suchen. Vielleicht hatte der Bund eine Ausgabe dieses Buches vor langer Zeit in seinen Besitz gebracht. Das Buch, das Dee bekannt gewesen war oder ihm gehört hatte. Nathan hatte den Namen Dee ganz deutlich gehört, aber womöglich lag er mit seiner Suche nach dem *Book of Soyga* falsch. Bei dem Buch, das er suchte, konnte es sich ebenso gut um ein ganz anderes handeln, das Dee in seinem Besitz gehabt hatte. Der Mann war lange auf Reisen gewesen, und als er zurückkam, hatte er seine Bibliothek geplündert und zerstört vorgefunden. Möglicherweise hatten ein oder mehrere alchemistische Bücher aus seiner Sammlung ihren Weg hierher gefunden. Nathan tastete sich weiter vor. Die Bücher, die im 16. und

17. Jahrhundert ausgelesen worden waren, befanden sich in zwei in den Fels gehauenen Seitenarmen des Archivs.

Nathans Suche verlief fruchtlos, obwohl er Stunde um Stunde damit verbrachte. Immer wieder musste er sie unterbrechen, da er befürchtete, Sirius würde ihn überraschen. Einmal war der Riese heute bereits mit dem Frühstück gekommen. Nathan hatte an seinem Tisch gesessen und gezeichnet. Als Sirius das Tablett abholte, erlaubte er ihm, eine halbe Stunde in den Garten zu gehen. Danach war er fast euphorisch in sein Gefängnis zurückgekehrt. Hunderte Bücher nahm er hervor und betrachtete sie eingehend. Bücher, die seit Jahren niemand in der Hand gehalten hatte und die von den Menschen vergessen worden waren. Was für Geheimnisse mochten sich ihm offenbaren, wenn er das gesuchte Buch fand? Welche Fähigkeiten hatte sein Großvater sich angeeignet? Fast hätte er über seine Gedankenspiele den in braunes Leder gebundenen Band übersehen. Er war uralt, und auf den ersten Blick war zu erkennen, dass dies kein Schutzbuch war. Das hier war ein Original. Halb zerfallen und längst nicht mehr fest mit dem Ledereinband verklebt, lag es vor ihm. Verblichene goldene Lettern waren in den Rücken geprägt. Mühsam versuchte Nathan, den Titel zu entziffern. Es gelang ihm nicht. Ehrfürchtig griff er danach, und kaum berührte er es, begann seine Haut zu prickeln. Erschrocken zog er seine Hand zurück. Er war sicher, das richtige Buch entdeckt zu haben. Wieder griff er danach, und das Buch schmiegte sich in seine Hand, als hätte es nur auf ihn gewartet. Gespannt begann er zu blättern. Die Schrift, die er im Inneren des Buches erblickte, war ihm unbekannt. Obwohl es eindeutig Wörter und keine mysteriösen Zeichen waren. Kein Wunder, dass das Buch nicht ausgelesen werden konnte, sondern sich als Original hier befand. Nathan betrachtete die Zeichnungen seltsamer Pflanzen. Einige kamen ihm bekannt vor, andere nicht. Komischerweise waren manche Teile der Pflanzen in völlig falschem Maßstab gezeichnet. Er könnte ein botanisches Lehrbuch in der Hand halten. Doch dann folgten merkwürdige Sternbilder und Zeichnungen von Tierkreiszeichen. Damit ähnelte es mehr und mehr einer astrologischen Abhandlung. Diverse chemische Formeln und Rezepturen ergänzten das Sammelsurium der verschiedenartigen Informationen.

Hinter der letzten Seite entdeckte Nathan ein Notizbuch, das mit einem Gummiband an der Rückseite befestigt war. Nathan erkannte die gestochen scharfe Handschrift seines Großvaters. Akribisch hatte Batiste darin notiert, was er über den Inhalt des Buches herausgefunden hatte.

Nathan hörte den Schlüssel im Schloss. Er schob das Heft in seine Hosentasche und stellte das Buch zurück. So schnell er konnte, lief er in den vorderen Teil der Bibliothek zurück. Er schaffte es nicht bis zu seinem Schreibtisch.

»Nathan?«, erklang die herrische Stimme Batistes. »Wo bist du?«

»Hier, Großvater.« Nathan trat aus einem Gang heraus.

»Was tust du da?«, fragte sein Großvater misstrauisch.

»Ich habe mir die Beine vertreten«, antwortete Nathan gleichmütig.

»Wie weit bist du mit deiner Arbeit?«

Nathan schob ihm *Dorian Gray* zu. Batiste betrachtete zufrieden das leere Buch.

»Und die anderen?« Bevor Nathan etwas zu seiner Entschuldigung hervorbringen konnte, griff Batiste nach *Nicholas Nickleby*.

Nathan machte sich auf einen Wutanfall gefasst, sah jedoch zu seinem Erstaunen das weiterhin zufriedene Lächeln auf dem Gesicht seines Großvaters. Bemüht, sich seine Verblüffung nicht anmerken zu lassen, trat er näher zu ihm und betrachtete das Buch. Es war leer, vollständig leer.

Das Buch hatte seine Hülle verlassen. Weshalb? Er war nicht fertig mit ihm gewesen. Fand es trotzdem den Weg in sein Schutzbuch?

»Du darfst ins Haus zurück. Du kannst zukünftig dort in der Bibliothek arbeiten. Die Perfecti versammeln sich heute Abend. Du wirst an der Versammlung teilnehmen.«

Nathan nickte und folgte seinem Großvater zum Ausgang der Bibliothek.

Im Vorübergehen strich er über das Buch, das seinen Text freiwillig aufgegeben hatte. »Danke«, flüsterte er. Noch Stunden später fragte er sich, ob der Windhauch, der ihn gestreift hatte, nur seiner Einbildung entsprungen war. Das Buch hatte seinen Widerstand aufgegeben und ihn vor dem Zorn seines Großvaters bewahrt. Seine Chancen, Lucy zu helfen, hatten sich dadurch vervielfacht.

> Die Buchdruckerkunst ist die Artillerie des Denkens.
>
> Antoine de Rivarol

15. KAPITEL

Lucy hielt vor dem ehemaligen Pfarrhaus in Creech St. Michael. Das Bed & Breakfast lag abgelegen genug, damit sie sich einigermaßen sicher fühlte. Von hier aus war es nur noch ein Katzensprung zum Landsitz der de Tremaines.

Sie nahm ihre Tasche aus dem Auto und lief durch den Nieselregen zum Eingang der Pension. Wieder sagte sie ihr Sprüchlein von dem gestohlenen Pass auf, den sie in den vergangenen Tagen professionalisiert hatte. Auch dieses Mal klappte die Anmeldung mit einem falschen Namen problemlos. Sie bezahlte und ging sofort auf ihr Zimmer. Dort zog sie das Telefon aus der Tasche und wählte die französische Nummer, die Marie ihr gegeben hatte. Hoffentlich erreichte sie Miss Olive direkt. Ihre Französischkenntnisse tendierten gegen null. Sie ließ es mehrfach klingeln, aber am anderen Ende wurde nicht abgehoben. Resigniert legte sie auf.

Was Miss Olive wohl von ihr wollte? Auf der Fahrt nach Cornwall war es Lucy immer dringlicher erschienen, sie anzurufen. Nun musste sie es später erneut versuchen. Lucy stand auf und trat zum Fenster. Hinter dem alten Gebäude erstreckte sich ein stattlicher Garten, der von einigen wenigen Lichtern erleuchtet wurde. Sie öffnete die Fensterflügel. Trotz des Nieselregens war es erstaunlich mild. Bekümmert atmete sie die frische Luft ein. Sie fühlte sich so allein. Was tat sie eigentlich hier? Es war so unvernünftig, sich absichtlich in die Höhle des Löwen zu begeben. Sie hatte in den letzten Tagen oftmals überlegt, woanders hinzufahren. Sie hatte sich den Kopf zerbrochen, wen sie noch um Hilfe bitten konnte. Leider fiel ihr niemand ein. Es gab nur Nathan. Sie war kein sonderlich vertrauensseliger Mensch. Mit Nathan war es anders gewesen. Trotz seiner ablehnenden und sogar arroganten Art hatte sie sich von Anfang an zu ihm hingezogen gefühlt. Ihm hatte sie ihr Vertrauen geschenkt. Sie hatte ihm Dinge erzählt, die sie nicht einmal ihren besten Freunden anvertraut hatte. Weshalb? Es hatte sich richtig angefühlt. Womöglich war ihr sein Verrat deshalb umso furchtbarer erschienen.

Sie musste wissen, ob es ihm gut ging. Die Bücher hatten sie aufgefordert, ihm von seinen Eltern zu erzählen. Also konnte es nicht falsch sein, wenn sie zu ihm fuhr. Auch wenn die Angst von Meile zu Meile, die sie sich zwangsläufig auch Batiste näherte, größer wurde. Lucy beschloss, sich etwas zu essen zu besorgen. Sie brauchte ihre Kräfte, wenn sie gegen den Bund kämpfen wollte.

Als sie zurückkam, hörte sie schon durch die Tür das Telefon klingeln. Hatte sie es etwa vergessen? Sie musste sich mehr konzentrieren. So würde sie Batiste nie besiegen. Sie riss die Tür des Zimmers auf und stürmte hinein. Atemlos griff sie nach dem Handy und meldete sich.

»Du solltest dich nicht mit deinem Namen melden, Kind«, erklang eine vorwurfsvolle Stimme von der anderen Seite.

»Entschuldigung«, keuchte Lucy atemlos. »Miss Olive. Ich bin so froh, Sie zu hören.«

»Wo bist du? Kannst du sprechen? Bist du in Sicherheit?«

Das waren merkwürdige Fragen für die ältere Dame. Lucy hatte vermutet, dass sie völlig durcheinander war wegen der verbrannten Bücher. Aber danach klang die Stimme nicht gerade.

»Ja, alles in Ordnung«, antwortete sie zögernd.

»Ich muss dringend mit dir sprechen. Offenbar bin ich dir eine Erklärung schuldig. Das mit Madame Moulin tut mir leid.«

»Woher wissen Sie ...?«

»Das ist jetzt nicht wichtig, Lucy. Ich muss dich für deine Aufgabe vorbereiten. Normalerweise wäre deiner Mutter die Aufgabe zugefallen, doch da diese sie nicht erfüllen konnte, haben die Bücher mich gewählt. Ich bin deine Wächterin.«

Wächterin? Was sollte das bedeuten, fragte Lucy sich, unterbrach Miss Olive aber nicht.

»Die Wächterin hat die Pflicht, eine neue Hüterin in ihre Aufgabe einzuweihen.«

»Wirklich? Sie können mir sagen,. was ich tun muss?« Lucy wurde ganz aufgeregt bei diesem Gedanken. Wer hätte das gedacht. »Sie wissen, wie ich die Bücher befreien kann? Warum haben Sie nicht früher etwas gesagt? Dann wäre nichts von alldem passiert.« Lucy wartete auf eine Erklärung, die allerdings nicht kam.

»Wir können das nicht am Telefon besprechen. Also, wo bist du?«

»In Cornwall.«

»In Cornwall?« Die Stimme am anderen Ende überschlug sich fast. »Was hast du da zu suchen? Dort liegst du für Batiste de Tremaine praktisch auf dem Präsentierteller. Du wirst morgen früh sofort von dort verschwinden.«

»Wieso? Ich muss wissen, ob es Nathan gut geht.«

»Lucy. Jetzt hör mir mal zu«, unterbrach Miss Olive sie. »Den de Tremaines ist nicht zu trauen. Das weißt du, und selbst wenn Nathan de Tremaine dich um seinen eleganten Finger gewickelt hat, musst du dich unter allen Umständen von ihm fernhalten. Es wird für euch beide keine Zukunft geben. Er ist dein Feind.«

»Das ist er nicht«, verteidigte Lucy ihn. »Meine Mutter hat gesagt, ich soll auf mein Herz hören. Nathan hat mich aus dem Feuer gerettet, und er hat dafür gesorgt, dass ich den Schergen seines Großvaters entkomme. Und im Übrigen hat er mich keineswegs um seinen eleganten Finger gewickelt. Ich bin durchaus in der Lage, meine Gefühle zu kontrollieren.«

Miss Olive lachte kurz und hart auf. »So funktioniert das nicht, Lucy. Ich kann dir deine Fragen beantworten. Jedenfalls einige. Ich bin seit Jahren auf der Suche nach Antworten.«

»Und haben Sie welche gefunden?«, fragte Lucy aufgeregt.

»Antworten und viele neue Fragen. Was meinst du damit, deine Mutter hat dir gesagt, du sollst auf dein Herz hören?«

»Das ist eine lange Geschichte«, lenkte Lucy ab. »Ich fahre morgen zu dem Landhaus. Jedenfalls in die Nähe, um zu sehen, ob ich etwas herauskriegen kann. Ich melde mich wieder.« Lucy beendete die Verbindung, bevor sie es sich noch einmal anders überlegen konnte. Dann stellte sie das Telefon stumm.

Miss Olive wusste Bescheid über die ganze Geschichte, dachte sie verwundert. Weshalb hatte sie nicht mit Lucy gesprochen? Oder hatte sie zu dem Zeitpunkt nicht gewusst, dass sie die neue Hüterin war? Was für Antworten hatte die alte Archivarin gefunden? Immerhin hatte sie viel Zeit gehabt. Ob sie ihr etwas über das

Vermächtnis der Hüterinnen erzählen konnte? Sie würde morgen mit ihr darüber sprechen. Erst einmal musste sie sicher sein, dass mit Nathan alles in Ordnung war.

Verstreute Cottages und Castles säumten Lucys Weg durch die Landschaft Cornwalls. Sie passierte gewölbte Feldsteinbrücken, die Bäche und Flüsse überspannten. Alles wirkte friedlich. Irgendwann sah sie das Meer. Je mehr sie sich ihrem Bestimmungsort näherte, desto nervöser wurde sie. Sie hatte keinen Plan, was sie tun sollte, wenn sie das Haus fand. Klingeln schied wohl aus.

Das Landhaus reckte sich am Ende der Straße in den Himmel. Lucy stoppte den Wagen und parkte in sicherer Entfernung. Das eiserne Tor, das die Einfahrt verschloss und in einer langen Backsteinmauer verankert war, kannte sie bereits aus den Bildern des Medaillons. Drohend versperrte es den Weg zu den Bewohnern des Anwesens. Lucy biss sich auf die Unterlippe. Schneidender Wind pfiff durch die hohen Eiben. Das passte gut zu ihrer Situation, dachte sie zynisch. Die uralten Eiben am Straßenrand sahen aus, als ob sie das Haus seit mindestens hundert Jahren beobachteten. Vor diesem Tor hatte Nathans Mutter im Kies gekauert und nach ihrem Sohn geschrien. Und irgendwo da drin waren die Bücher. Das spürte sie, auch wenn Nathan ihr nicht verraten hatte, wo die Perfecti die Schutzbücher verwahrten. Nirgendwo waren sie sicherer, und ihretwegen war sie hier.

Plötzlich begann das Tor, sich mit einem Surren zu öffnen. Lucy erstarrte. Sie flüchtete in ihr Auto und kauerte sich auf dem Vordersitz zusammen. Ihr Herz schlug bis zum Hals. Ob jemand sie entdeckt hatte? Sie hätte gedacht, die Mauern des Anwesens wären hoch genug, um auf der anderen Seite nicht gesehen zu werden. Aber vielleicht gab es Kameras. Lucy schlug mit dem Kopf auf den Beifahrersitz. Natürlich hatte so ein Haus eine Überwachungsanlage. Wie blöd war sie eigentlich! Nur weil alles aussah, als wäre es dem Mittelalter entsprungen, verzichtete Batiste de Tremaine bestimmt nicht auf moderne Hilfsmittel. Sie musste weg, bevor einer dieser Hunde die Autotür aufriss. Das Auto – bestimmt hatte Sirius das Auto erkannt. Lucy setzte sich wieder auf. Das Tor hatte sich in der Zwischenzeit vollständig geöffnet. Sie startete den Wagen. Vielleicht schaffte sie es, rechtzeitig fortzukommen. Sie gab Gas und wendete. Wenn bis jetzt niemand in dem Haus auf sie aufmerksam geworden war, dann nun, schalt sie sich beim Geräusch des aufheulenden Motors. Vielleicht hätte sie mit Colin mehr James-Bond-Filme schauen sollen. Aber dabei war sie immer eingeschlafen. Sie musste sich konzentrieren. Lucy reduzierte ihre Geschwindigkeit und beobachtete die Straße. Aus dem Tor kam weder eine Horde abgerichteter Kampfhunde noch eine Eliteeinheit. Heraus kam ein roter Mini. Lucys Anspannung entlud sich in einem hysterischen Auflachen. Egal, wer in dem Gefährt saß, zu fürchten brauchte sie ihn sicher nicht. Wahrscheinlich war es eine Bedienstete.

Bedienstete? Lucy fuhr langsamer. Bestimmt konnte der- oder diejenige ihr Auskunft darüber geben, ob Nathan in dem Haus war und wie es ihm ging. Der Mini holte auf. Lucys Blick glitt von der Fahrbahn vor ihr zum Rückspiegel. Das Gefährt hatte sie fast eingeholt. Es setzte den Blinker und fuhr an ihr vorbei. Hinter dem Steuer saß die ältere Frau, die Lucy bei ihrem kurzen Aufenthalt im Landhaus bereits gesehen hatte. Sie hatte mit Nathan im Garten gesprochen und die Speisen aufgetragen. Es gab keinen Zweifel. Das war Sofia, die Frau, der Nathans Eltern ihr Kind anvertraut hatten. Sofia.

Langsam folgte Lucy dem Wagen. Als die Frau vor der Bäckerei am Marktplatz des Dorfes hielt, parkte sie ebenfalls und wartete. Sofia holte einen Korb vom Rücksitz und ging in den Laden. Kurz entschlossen folgte Lucy ihr. In der warmen Backstube wehte ihr der köstliche Duft von frisch gebackenem Brot und Kuchen entgegen.

»Was kann ich für dich tun, Sofia?«, fragte die Verkäuferin, die in diesem Moment aus einem hinteren Raum an den Tresen trat.

Sofia bestellte Kuchen und verschiedene Brötchensorten.

»Ich habe auch Nathans Lieblingskuchen«, sagte die Bäckersfrau. »Er ist doch hier, oder?«

Sofia wirkte so verwirrt wie Lucy, als Nathans Name fiel. Doch sie fing sich schnell.

»Ja«, bestätigte sie. »Woher weißt du das? Er ist für ein paar Tage zu Besuch.«

»Ich habe ihn neulich vorbeifahren sehen, mit den beiden Bodyguards von de Tremaine«, sagte die Frau mit einem abfälligen Unterton. »Er sah blass aus, und da dachte ich, ich backe seinen Kuchen.«

Lucys Herz zog sich zusammen.

Sofia lachte. »Dann pack mir zwei Stücke davon ein. Er wird sich freuen.«

Er hatte blass ausgesehen? Ob er doch verletzt war?

»Entschuldigen Sie«, wandte Sofia sich plötzlich zu ihr um. Lucy sah den Schreck, der sich auf dem Gesicht der Frau abzeichnete, als diese sie erkannte. »Vielleicht möchten Sie Ihre Bestellung aufgeben«, sagte sie sehr langsam. »Ich will Sie nicht aufhalten. Wir plaudern immer gern noch ein Weilchen.«

»Ja. Vielen Dank.« Lucy bestellte einen Kaffee. »Und dann nehme ich ein Stück von Nathans Lieblingskuchen.«

Die Verkäuferin lachte auf und lud ein Stück davon auf einen Teller. »Eigentlich ist es ein gedeckter Birnenkuchen«, erläuterte sie. »Aber ich nenne ihn immer Nathans Lieblingskuchen. Er war schon als Kind verrückt danach.«

Lucy nickte höflich, griff nach ihrer Tasse und dem Kuchen und setzte sich an einen der Tische des angrenzenden Lokals. Der Kuchen schmeckte köstlich.

»Ich nehme auch noch eine Tasse Tee«, hörte sie Sofia sagen. »Es ist ja auch mal schön, wenn ich ihn nicht selbst kochen muss.«

Lucy sah auf, als der zweite Stuhl an ihrem Tisch zur Seite gerückt wurde.

»Darf ich?«

Sie nickte, und Sofia setzte sich ihr gegenüber.

»Du hättest besser nicht herkommen sollen«, flüsterte sie. »Es ist zu gefährlich.«

»Geht es ihm gut?«, fragte Lucy und senkte ebenfalls ihre Stimme. Ihre Augen klebten an den Lippen der Frau.

Sofia griff nach ihrer Hand und streichelte sie beruhigend. »Ja, es geht ihm gut. Sein Großvater lässt ihn zwar keinen Schritt ohne Überwachung gehen, aber damit kommt er zurecht. Und ich werde schon eine Möglichkeit finden, ihm zu sagen, dass du hier warst und dich nach ihm erkundigt hast. Jetzt wäre es besser, wenn du wieder verschwindest. Fahr so weit weg, wie du kannst.«

»Das hat Nathan auch gesagt, aber ich konnte doch nicht …«

»Es geht ihm gut. Wenn du in die Fänge von Batiste gerätst, wird er kein Erbarmen mit dir haben. Du hast nicht nur Batiste zu fürchten. Sir Beaufort besteht auf einer Heirat. Eure Tochter soll im Sinne des Bundes großgezogen werden.«

»Das hat Nathan mir schon erzählt«, sagte Lucy und rutschte unbehaglich auf ihrem Stuhl hin und her. Sie wunderte sich, dass sie angesichts des Schreckens, den Sofia vor ihr ausbreitete, überhaupt in der Lage war zu sprechen. »Aber da hätte ich doch wohl ein Wörtchen mitzureden. Wir sind doch nicht im Mittelalter.«

»Unterschätze sie nicht«, sagte Sofia. »Sie haben es all die Jahrhunderte nicht geschafft, eine Hüterin in ihre Gewalt zu bekommen. Du musst dich vor ihnen verstecken.«

Lucy schüttelte den Kopf. »Ich muss die Bücher befreien. Wenn ich die Macht des Bundes breche, wird dieser Wahnsinn vorbei sein.« Ihre Stimme zitterte, und sie ärgerte sich darüber.

Sofia sah sie fassungslos an. »Hast du verstanden, was ich gesagt habe? Hier geht es nicht nur um *dein Leben*. Sie werden dir viel Schlimmeres antun. Verzweifelte Männer, die Angst um ihre Macht haben, sind zu allem fähig. Sie werden dich zwingen, das Kind auszutragen, und nur wenn du Glück hast, werden sie dich so lange am Leben lassen, dass du siehst, wie deine Tochter aufwächst. Viel wahrscheinlicher ist allerdings, dass sie dich nach der Geburt umbringen.«

»Was ist mit Nathans Eltern passiert? Leben sie noch?« Eigentlich wollte sie die Antwort nicht hören.

»Was weißt du über sie?«

Lucy zog das Medaillon unter ihrer Bluse hervor. »Ich habe von meiner Mutter ein Medaillon geerbt. Es zeigt mir Bilder aus der

Vergangenheit. Es hat mir auch die Nacht gezeigt, in der Batiste Nathan seinen Eltern fortgenommen hat. Die Bücher haben mich gebeten, es ihm zu erzählen. Weshalb haben Sie das nie getan?« Sie konnte den Vorwurf in ihrer Stimme nicht unterdrücken.

Sofia nahm einen Schluck von ihrem Tee. »Das war eine schwierige Zeit damals. Ich hatte längst fortgehen wollen. Aber erst brauchte mich Nathans Vater, und dann wurde Nathan geboren. Seine Mutter liebte ihn abgöttisch. Sein Vater Jonathan hat sich geweigert, Bücher auszulesen. Er war der Sohn seiner Mutter. Er hat Batiste immer verabscheut. Er hätte wissen müssen, dass dieser ihm nie erlauben würde, mit Nathan fortzugehen. Aber er war so starrköpfig. Das hat Nathan von ihm geerbt.« Sofia lächelte wehmütig. »Er bestand darauf, sich zu verabschieden. Und dann ist genau das passiert, was ich befürchtet hatte«, erzählte sie mit kaum vernehmbarer Stimme weiter. »Ich habe ihm und Louisa versprochen, mich um Nathan zu kümmern, bis sie ihn zurückbekommen. Das ist jedoch nie passiert.«

»Weshalb haben Sie das Nathan nicht erzählt?«, fragte Lucy noch einmal.

»Batiste de Tremaine hat Nathan danach völlig an sich gebunden. Er kann sehr einnehmend sein, wenn er möchte. Er hat den Jungen emotional von sich abhängig gemacht. Erst hat er ihn mit Liebe und Zuneigung überschüttet, und dann gab es Tage, da hat er ihn völlig ignoriert. Nathans Furcht, nach seinen Eltern auch noch seinen Großvater zu verlieren, saß tief. Er hat alles getan, was Batiste von ihm verlangte.« Sie schwieg einige Sekunden, bevor sie weitersprach, und zeichnete mit einem Finger unsichtbare Muster auf den Tisch.

»Ich habe versucht, ihm die Mutter zu ersetzen, aber natürlich ging das nicht. Trotzdem habe ich mein Bestes gegeben. Ich konnte ihn nicht verlassen, aber wenn ich ihm gesagt hätte, was Batiste seinen Eltern und ihm angetan hat, hätte er mir nie geglaubt. Er hat die Geschehnisse dieser Nacht verdrängt, und Batiste hat ihm Jahre später erzählt, seine Eltern hätten ihn verlassen. Ein Wort von mir, und Nathan wäre zu Batiste gegangen. Er hätte uns fortgejagt. Ich hatte aber versprochen, mich um Nathan zu kümmern. Verstehst du das?«

»Aber nun ist er erwachsen. Wir müssen es ihm sagen. Er hat ein Recht darauf«, forderte Lucy.

Sofia nickte. »Du bist sehr tapfer. Weißt du das?«

»Ich bin nicht tapfer. Ich habe Angst wie noch nie in meinem Leben. Aber ich muss dem Ganzen ein Ende machen. Ich kann mich nicht verkriechen. Sie würden mich überall suchen, das wissen Sie so gut wie ich. Ich wäre nirgendwo sicher.«

»Da hast du recht. Hast du einen Plan? Wo schläfst du heute Nacht?«

»Das weiß ich noch nicht, vorsichtshalber wechsele ich meine Unterkunft jede Nacht.«

»Ich habe eine Idee. Ich gehe jetzt. Warte noch fünf Minuten, dann fährst du die Hauptstraße einfach hinunter. Dort warte ich auf dich.«

»Gut.«

Lucy fragte sich, was Sofia vorhatte und ob ihr Plan durchdacht war. Trotzdem tat sie, was diese vorgeschlagen hatte. Sofia wartete mit dem Mini am Straßenrand, und Lucy fuhr hinter ihr her aus dem Dorf hinaus. Sie folgten der Landstraße, die sich fort vom

Meer ins Inland hineinschlängelte. Nach einer Viertelstunde bog Sofia in eine schmale Straße ein, die zu einem Cottage führte. Vor den Stallungen neben dem Haupthaus kamen sie zum Stehen. Als Sofia ausstieg, trat ein älterer Mann aus dem Stall. Obwohl sein Gesicht deutlich wettergegerbter war als das von Sofia, war die Familienähnlichkeit nicht zu übersehen.

»Das ist mein Bruder Jake«, stellte Sofia ihn vor und gab ihm einen Kuss auf die Wange.

Jake musterte Lucy mit himmelblauen wissenden Augen. »Ist sie das?«, fragte er seine Schwester.

Sofia nickte. »Sie hat deinen Wagen zurückgebracht.«

»Das ist Ihrer?«, fragte Lucy erstaunt.

»Ich habe ihn Sofia geliehen. Sie hat mir allerdings nicht verraten, was sie damit vorhatte. Ich dachte schon, ich sehe ihn nie wieder.«

»Er hat eine Beule vorn«, sagte Lucy entschuldigend. »Ich bezahle Ihnen das, versprochen.«

»Kein Problem.« Jake winkte ab. »Was hast du mit dem Mädchen vor?«, wandte er sich an seine Schwester. »Ich hoffe, du tust nichts Unüberlegtes.«

»Wir haben das so oft besprochen, Jake. Nathan muss endlich die Wahrheit erfahren.«

»Wenn du meinst.« Seine trotz des Herbstes immer noch braun gebrannte Stirn furchte sich sorgenvoll.

Er nahm Lucy den Autoschlüssel ab. »Sie wollen sich mit den Männern anlegen? Unterschätzen Sie Batiste und seinen Bund nicht«, warnte er sie. »Sie sind zu allem fähig.«

Lucy schluckte schwer und nickte. Sie wünschte, einmal auf jemanden zu treffen, der ihr nicht nur von dem Vorhaben abriet, sondern sie bestärkte. Konnte es sein, dass sie viel zu naiv an die Sache heranging? Immerhin hatte Batiste bereits mehrere Menschen auf dem Gewissen. Es würde ihn ein Lächeln kosten, auch sie zu vernichten oder, was noch schlimmer war, sie einzusperren und zu missbrauchen. Lucy begann zu zittern, als ihr unmissverständlich klar wurde, was Sofias Worte in dem Café bedeutet hatten. Sie schlang ihre Arme um sich.

»Na, na.« Jake zog sie an seine breite, warme Brust, die tröstlich nach Heu roch. »Du bist nicht allein, Mädchen. Du kannst auf uns zählen. Das wird schon. Irgendwann muss der Spuk mal vorbei sein.«

»Wir sollten jetzt fahren«, sagte Sofia. »Harold macht sich sonst Sorgen, wo ich bleibe.«

»Harold macht sich immer Sorgen«, erwiderte Jake. Er ließ Lucy los und schob sie zu Sofias Auto.

»Du musst dich auf der Rückbank verstecken«, erklärte Sofia. Lucy und Jake blickten sie verdutzt an.

»Ist das euer Ernst?«

Sofia nickte. »Der Wagen ist ein Raumwunder, und du bist nicht besonders groß. Ich habe da schon ganz andere Sachen reinbekommen.«

Jake schmunzelte und öffnete die Tür.

»Beleidige bloß nie ihr Auto«, flüsterte er.

»Was haben Sie eigentlich vor?«, fragte Lucy.

»Ich nehme dich mit zu mir nach Hause«, antwortete Sofia, als sei es das Natürlichste der Welt.

»Wo leben Sie denn?«

»Harold und ich wohnen auf dem Grundstück der de Tremaines. In dem Pförtnerhäuschen.«

»Dann sitze ich für Batiste de Tremaine ja auf dem Präsentierteller«, wiederholte Lucy Miss Olives Worte und trat einen Schritt zurück. »Das ist keine so gute Idee.«

»Das ist die beste Idee, die ich je hatte«, sagte Sofia. »Dort wird er dich als Allerletztes vermuten. Er musste an meiner und Harolds Treue und Verschwiegenheit nie zweifeln. Außerdem musst du Nathan erzählen, was Batiste für ein Ungeheuer ist. Dir wird er eher Glauben schenken als mir.«

»Sie hat schon als Kind alle hinters Licht geführt«, ergänzte Jake. »Egal, was sie angestellt hat, sie sah aus wie ein Unschuldslamm. Unser Bruder Peter und ich mussten höllisch aufpassen, damit nicht wir jedes Mal die Schuld für ihre Streiche bekamen.«

Sofia lächelte ihren Bruder liebevoll an. »Also, rein mit dir!«, forderte sie Lucy auf.

»Es ist ja nur eine Viertelstunde«, beruhigte sie sie, nachdem Lucy sich in das Gefährt gezwängt hatte. Jake breitete eine Decke über sie, die nach Stall roch, und schloss die Beifahrertür. Lucy konnte das Gefühl, direkt zur Schlachtbank zu fahren, nicht abschütteln. Als Sofia losfuhr, wurde es ziemlich ungemütlich in dieser liegenden Stellung, halb eingequetscht zwischen Vorder- und Rücksitz. Lucy spürte jedes Schlagloch in ihren Knochen und versuchte, gleichmäßig zu atmen, obwohl ihr das Herz bis zum Hals schlug. Sie verfluchte sich, dass sie Miss Olive nicht noch einmal angerufen hatte. Wenn sie wenigstens ihren Freunden eine Nachricht zukommen lassen könnte. Das musste sie sofort erledigen, wenn sie ankam. Sie mussten wissen, wo sie war.

Das Auto hielt, und Lucy hörte Sofias gedämpfte Stimme. »Jetzt wird es ernst. Mach dich so klein wie möglich.«

Das summende Geräusch des sich öffnenden Tores war zu hören. Panik erfasste Lucy. Doch es war zu spät. Sie drückte sich in die Polster und wünschte, mit diesen zu verschmelzen.

»Bleib noch im Auto, hörst du?«, sagte Sofia da. »Sirius ist im Garten. Ich hole dich, wenn die Luft rein ist.« Sofia wartete keine Antwort ab, sondern verließ das Auto. Lucy hörte, wie sie den Einkaufskorb aus dem Kofferraum nahm, dann wurde es still. Still und kalt. Hoffentlich dauerte es nicht zu lange, bis sie zurückkam.

Die Zeit verging zähflüssig. Sie wagte nicht, sich zu rühren, aus Angst, irgendjemand würde die Bewegung sehen. Lucy zählte die Sekunden, bis das Zählen in Zähneklappern überging. Ihre Beine starben ab. Weshalb kam Sofia nicht zurück? War das doch eine Falle? Hatten Batiste und seine treuen Diener bereits auf sie gewartet, und sie war ihnen auf den Leim gegangen? Wartete Batiste nur darauf, dass ihr Widerstand vollständig zusammenbrach? Wenn ihre Gefangenschaft länger dauerte, würde sie sich nicht mehr bewegen können, von einer Flucht ganz zu schweigen.

Die Beifahrertür wurde geöffnet. Lucy blinzelte in das verlöschende Tageslicht.

»Tut mir leid«, flüsterte Sofia. »Ich musste ins Haupthaus, bevor ich dich holen konnte. Jetzt hinein mit dir, bevor dich jemand sieht.«

Lucy krabbelte mühsam aus dem Auto und kam schwankend zum Stehen.

»Warte, ich helfe dir.« Sofia stützte sie und brachte sie in die Küche des Häuschens. »Setz dich.«

Stöhnend ließ sie sich auf eine schmale Küchenbank fallen.

»Trink etwas, dann wird es besser.«

»Haben Sie Nathan gesehen?«, fragte Lucy. »Weiß er, dass ich hier bin?«

»Ich habe ihn gesehen, konnte aber nicht mit ihm sprechen. Ich versuche es nachher noch mal.«

Lucy nahm ihr Handy aus der Tasche ihrer Jacke und tippte eine Nachricht an ihre Freunde. Danach fühlte sie sich sicherer. Wenigstens wussten sie jetzt, wo sie war. Colin würde vermutlich toben.

Sofia zog die Vorhänge vor die Küchenfenster. »Orion geht es besser. Wir müssen Sirius und ihn im Auge behalten, und du musst unter allen Umständen im Haus bleiben. Wenn dich jemand sieht, ist es vorbei.«

»Was ist mit Ihrem Mann?«, fragte Lucy.

»Harold wird nichts sagen«, erklärte Sofia kurz angebunden. »Ich muss wieder hinüber und das Abendbrot vorbereiten. Oben ist ein Zimmer, in dem du dich ausruhen kannst. Mach kein Licht, während ich fort bin, und wenn du Hunger hast – es ist etwas im Kühlschrank. Ich lass dich nicht lange allein. Versprochen.«

Lucy nickte, und Sofia zog sich eine Jacke über. »Hab keine Angst«, sagte sie aufmunternd. »Hier bist du sicher.«

Das war wohl der Scherz des Jahrhunderts, dachte Lucy, nachdem Sofia verschwunden war. Sie saß hier, keine zweihundert Meter von ihrem ärgsten Feind entfernt. Von Sicherheit hatte sie eine andere Vorstellung. Sie ging zum Fenster und lüftete die Vorhänge einen Spalt. Abweisend stand das alte Haus inmitten des gepflegten Gartens. Hinter irgendeinem dieser Fenster war Nathan.

Bücher sind nur dickere Briefe an Freunde.

Jean Paul

16. KAPITEL

»Lucy hat eine Nachricht geschickt«, flüsterte Jules Marie hinter dem Tresen der Bibliothek zu.

»Was schreibt sie?«, raunte Marie zurück. »Wie geht es ihr?«

»Nicht hier«, ordnete Jules an und sah sich um. Die Eingangshalle war menschenleer, was Marie mit einem Augendrehen quittierte.

»Hier ist niemand, Jules. Jetzt sag schon. Was hat sie vor?«

»Kannst du nicht kurz Pause machen?«

Marie nickte und rief eine Kollegin. »Ich bin in zehn Minuten zurück«, erklärte sie.

»Jetzt mach es nicht so spannend«, forderte sie Jules auf und hastete ihr zu Starbucks hinterher.

»Ich brauche erst einen Cappuccino, am besten mit Karamell«, sagte Jules. »Die Zeit muss sein.«

»Jetzt aber.« Marie stellte ihre Tasse auf einem kleinen runden Tisch am Fenster ab. »Wo ist sie?«

»Ich hab's aufgeschrieben. Warte.« Jules zog einen Zettel aus ihrer Hosentasche. »Die Nachricht hab ich sofort gelöscht. Man kann ja nie wissen.« Sie entfaltete das Stück Papier. *»Es geht mir gut. Nathan offenbar auch. Bin in seiner Nähe. Melde mich.«*

»Das ist alles?«, fragte Marie enttäuscht und starrte ihre Freundin an. »Deswegen hast du so einen Wind gemacht?«

»Hhm.«

»Sie ist in seiner Nähe?«, wiederholte Marie den Text.

»Das wusstest du doch.«

»Ja, schon. Aber jetzt finde ich es reichlich gefährlich.«

»Bis jetzt klingt sie ganz munter«, erwiderte Jules und zerriss den Zettel in winzige Schnipsel.

»Verschluck ihn am besten noch«, meinte Marie amüsiert.

»Wir müssen auf der Hut sein«, belehrte Jules sie und stopfte die Schnipsel in ihre Hosentasche. »Die spüle ich im Klo runter«, setzte sie hinzu.

»Hoffentlich hat niemand sie gezwungen, diese Nachricht zu schreiben«, wandte Marie, wieder ernst, ein. »Damit wir denken, dass alles in Ordnung ist.«

Jules sah nachdenklich aus dem Fenster. »Das wäre möglich. Aber wie können wir das herausfinden?«

Marie zuckte mit den Achseln. »Keine Ahnung. Du bist unsere Krimi-Queen.«

Der Spitzname entlockte Jules kein Lächeln. »Das ist aber kein Buch. Hier geht es um Lucy.«

»Ich muss zurück an die Arbeit. Lass uns das heute Abend mit Colin besprechen. Ich bin so froh, dass sie noch am Leben ist.« Marie griff nach ihrer Tasche, die auf dem Boden stand.

»Colin«, hörte Marie ihre Freundin. »Der würde sich am liebsten in den nächsten Zug setzen und hinfahren.«

»Hat er das gesagt? Das wäre Selbstmord.«

Jules schüttelte den Kopf. »Ich habe ihm noch nichts von der Nachricht erzählt.«

Marie zog ihre Augenbrauen nach oben. »Warum nicht?«

»Weil ich genau das befürchte.«

Marie trank ihren Kaffee aus. »Das besprechen wir heute Abend. Ich muss los.« Sie stellte die Tasse auf den Tisch. »Wann willst du eigentlich endlich über deinen Schatten springen?«

»Welchen Schatten?«, fragte Jules.

Marie verdrehte die Augen. »Wann willst du ihm sagen, dass du ihn magst?«

»Ich mag ihn nicht.«

»Wer es glaubt, wird selig.« Marie gab ihrer Freundin einen Kuss auf die Wange. »Früher oder später angelt ihn sich eine, und du gehst leer aus.«

»Verschwinde bloß und setz keine Gerüchte in die Welt«, rief Jules ihr hinterher. »Ich kann ihn nicht mal leiden.«

Marie winkte ihr ein letztes Mal zu und grinste dabei frech.

Nathan saß seinem Großvater gegenüber und schnitt das Gemüse auf seinem Teller in winzige Stücke.

»Ist dir der Appetit vergangen?«, fragte Batiste ungehalten.

»Nein«, erwiderte Nathan. Seine Gedanken glitten zu Sofia. Sie wollte ihm etwas sagen, das hatte er gespürt. Der Blick, den sie ihm zugeworfen hatte, als sie das Essen gebracht hatte, ließ keine andere Interpretation zu. Er überlegte fieberhaft, wie es ihm gelingen konnte, mit ihr zu reden. Sirius folgte ihm auf Schritt und Tritt. Jedes Mal, wenn er sein Zimmer verließ, war der Mann an seiner Seite. Er brachte ihn zur Bibliothek, ins Arbeitszimmer oder ins Esszimmer. Nathan war ein Gefangener im eigenen Haus. Es war zum Verrücktwerden. Vielleicht hatte Sofia eine Nachricht für ihn. Eine Nachricht von Lucy oder von Colin. Egal von wem. Hauptsache, er erfuhr endlich, wie es Lucy ging und ob sie in Sicherheit war.

»Wie kommst du mit deiner Arbeit voran?«, unterbrach Batiste seine Gedanken aufs Neue.

»Das weißt du doch. Gut.«

»Es freut mich, dass du dich besonnen hast.«

»Ich habe meine Aufgabe nie infrage gestellt, Großvater. Lediglich deine Methoden erscheinen mir unangebracht.«

Batiste lachte selbstgefällig auf.

»Du wirst noch begreifen, was für eine Bürde es ist, den Bund in der heutigen Zeit zu führen.«

Was sollte das? Sein Großvater hatte in den letzten Tagen kaum ein Wort mit ihm gewechselt, und nun führte er sich beinahe leutselig auf.

»Du musst dem Bund einen Erben schenken. Deine Nachfolge muss gesichert werden.«

Daher wehte also der Wind. Batiste wollte ihm seine zukünftige Gemahlin schmackhaft machen. »Ich bin gerade mal neunzehn«, antwortete Nathan. »Da habe ich wohl noch eine Menge Zeit.«

»Wir werden die FitzAlans am Wochenende besuchen.« Batiste ignorierte seinen Einwand einfach. »Du solltest das Mädchen kennenlernen.«

Hinter Nathan fiel Geschirr zu Boden und zersprang. Er drehte sich um und sah zu Sofia, der eine Kaffeetasse aus der Hand gefallen war. Nathan runzelte die Stirn. Sofia war nie ungeschickt.

»Verzeihung«, murmelte sie und begann, die Scherben aufzusammeln.

»Hast du gehört, Junge?«, fragte Batiste ungeduldig.

»Ja. Ja, natürlich. Wie du meinst, Großvater«, antwortete Nathan zerstreut.

»Sie wird dir gefallen. Sie ist ein zurückhaltendes Mädchen. Nicht sehr ansehnlich, aber gefügig, wenn man ihrem Vater glauben darf. Sie wird dir keinen Ärger machen.«

Das arme Geschöpf, dachte Nathan bei der Beschreibung, zog es aber vor, zu schweigen.

Nachdem sie den Kaffee getrunken hatten, den Sofia mit einiger Verzögerung gebracht hatte, bat Nathan darum, sich zurückziehen zu dürfen. Die Stunden vor dem Schlafengehen gehörten ihm. In den letzten Tagen hatte er versucht, aus dem Notizbuch seines Großvaters schlau zu werden. Bis jetzt leider ohne Ergebnis. Sein Großvater hatte die kryptische Schrift in das Büchlein übertragen. In dem Notizbuch gab es eine Tabelle, auf deren einer Seite diese merkwürdigen Zeichen standen. In der anderen Spalte waren Buchstaben notiert, manchmal einer, oft mehrere. Offenbar war Batiste nicht sicher gewesen, was die Zeichen bedeuteten. Im hinteren Teil des Heftes fand Nathan kleine Texte mit Übersetzungsversuchen. Meistens ergaben diese Texte keinerlei Sinn, und Nathan fragte sich, weshalb sein Großvater sich diese Mühe gemacht hatte. Es gab auch einige Zeichnungen, die denen im Buch entsprachen, wenn Nathan seine Erinnerung nicht trog. Batiste hatte Pflanzen und Sternenbilder übertragen. Ob Batiste mithilfe dieses Buches schwarze Magie erlernt hatte, war nicht herauszufinden. Er musste sich das Originalbuch noch einmal ansehen, aber diese Gelegenheit hatte sich bisher nicht ergeben. Jeden Tag wurde er in die Bibliothek des Hauses gesperrt, mit Sirius als Wächter davor. Ihm blieb nichts anderes übrig, als zu zeichnen und die Bücher auszulesen, die sein Großvater schicken ließ. Er versuchte, besonders behutsam dabei vorzugehen und langsam zu arbeiten, trotzdem wurde das schlechte Gewissen, das Lucy ihm eingepflanzt hatte, von Tag zu Tag größer. Es dauerte nicht mehr lange, und er würde sich selbst verabscheuen. Im Grunde tat er es jetzt schon.

Ein Geräusch unterbrach seine Gedanken. Nathan lauschte. Da war es wieder. Jemand warf Steinchen an sein Fenster. Nathan stand auf und öffnete es. Sofia stand, in eine warme Strickjacke gehüllt, auf dem schmalen Kiesweg unter ihm.

»Sofia. Was machst du da?«, rief er.

»Wir müssen reden«, flüsterte sie, sodass er Mühe hatte, sie zu verstehen.

»Was gibt es? Pass auf, dass dich niemand sieht.«

»Lucy ist hier.«

Er musste sich verhört zu haben. »Wie bitte?«, zischte er.

Doch Sofia nickte nur heftig zur Bestätigung. »Drüben bei uns im Haus.«

Nathan holte tief Atem und ließ seinen Blick zum Himmel schweifen. Weshalb konnte Lucy nicht einfach tun, was man ihr sagte? Weil sie nicht – wie hatte sein Großvater es genannt – gefügig war. Nathan wandte seinen Blick wieder zu Sofia. Sie war verschwunden. Stattdessen sah er Orions bullige Gestalt den Pfad entlangkommen. Hoffentlich hatte er ihr Gespräch nicht belauscht.

Es musste ihm gelingen, zu Sofias Haus zu kommen, am besten noch heute Nacht. Was tat Lucy hier? War sie lebensmüde? Sie musste schleunigst verschwinden. Dieser Ort war zu gefährlich für sie. Hatte er sie nicht ausreichend gewarnt? Sie musste doch Angst haben. So viele Menschen hatte sein Großvater bereits auf dem Gewissen, und sie spazierte einfach hier herein. Was hatte Sofia sich dabei gedacht, sie hier zu verstecken? Andererseits schien sie sich bester Gesundheit zu erfreuen, immerhin etwas. Nathan schüttelte lächelnd den Kopf. Es war wegen der Bücher, deshalb war sie gekommen. Sie wollte sie befreien und hoffte, dass er ihr half. Weshalb auch sonst. Für alles andere hatte sie schließlich schon einen Beschützer. Er ballte seine Fäuste und tigerte in dem Raum auf und ab. Er hätte sie in der Kate nicht küssen dürfen. Aber für Reue war es zu spät. Es musste ihm irgendwie gelingen, hinüberzugelangen. Sie musste verschwinden, denn noch einmal würde er sie nicht von hier fortschaffen können. Die Tür seines Zimmers war verschlossen, dieser Weg schied also aus. Das Fenster lag zu hoch, um es als Ausstieg zu benutzen. Es war zum Verrücktwerden. Wenn sein Großvater Lucy entdeckte, war alles vorbei.

Nathan hörte, wie der Schlüssel im Schloss seiner Tür gedreht wurde. Gleich würde Sirius im Raum stehen. Er griff nach dem Stuhl, der an seinem Schreibtisch stand. Wer auch immer hereinkam, er würde ihn niederschlagen und mit Lucy fliehen.

Nichts geschah. Die Tür blieb geschlossen. Hatte er sich getäuscht? Nathan ging langsam zur Tür. Das bleiche Mondlicht, das durch das Fenster schien, zeichnete das Viereck in der Wand exakt nach. Bedächtig legte er die Hand auf die Klinke und drückte sie hinunter. Dann öffnete er die Tür. Jemand hatte dafür gesorgt, dass er das Zimmer verlassen konnte, und es gab nur einen, der ihm dazu einfiel: Harold. Er war der Einzige, der sich um diese Zeit noch im Haus aufhielt.

Nathan schloss die Tür wieder. Es war zu früh, um sich auf den Weg zu machen. Die Minuten verstrichen denkbar langsam. Erst als es auf elf Uhr zuging, wagte Nathan einen Versuch. Er schlich zur Tür, öffnete sie und schob sich hinaus, bemüht, im Schatten des Gangs zu bleiben. Durch den Haupteingang konnte er das Haus nicht verlassen. Er musste es in der Küche versuchen. Bestimmt hatte Sofia die Tür für ihn offen gelassen. Stimmen drangen aus dem Arbeitszimmer seines Großvaters, als Nathan die Treppe hinunterschlich. Er drückte ein Ohr an das dunkle Holz der Tür. Was auch immer da drin ausgeheckt wurde, war sicher nichts Gutes. Jemand stampfte durch den Raum. Er musste hier weg. Schnell presste er sich in den Türrahmen des danebenliegenden Zimmers. Keinen Moment zu spät. Sein Großvater trat aus dem Zimmer, begleitet von Sirius und Orion. Beide waren in Menschengestalt, was Nathan einen erleichterten lautlosen Seufzer entlockte. Die drei gingen an seinem Versteck vorbei, ohne ihn zu bemerken. Erst als sie in der oberen Etage verschwunden waren, entspannte er sich. Er musste warten, bis Orion und Sirius das Haus verließen. Die beiden Diener bewohnten eine Wohnung in den angrenzenden Stallungen.

Schwere Schritte kündigten ihre Rückkehr an. Die beiden sprachen kein Wort miteinander. Sirius öffnete die Eingangstür, und gemeinsam verließen sie das Haus. Die Tür wurde von außen sorgfältig verschlossen. Damit wurde automatisch die Alarmanlage des Hauses aktiviert. Er hatte dreißig Sekunden Zeit, um sie zu deaktivieren. Dazu musste er zur Eingangstür. Durch schmale Scheiben fiel Licht in das Haus, das auch das Eingangsportal erhellte. Sirius und Orion waren auf der obersten Stufe stehen geblieben. Solange sie sich nicht wegrührten, lief er Gefahr, gesehen zu werden, sobald er die Abdeckung der Tastatur, in die er den Entsperrcode eingeben musste, öffnete. Elf, zwölf, dreizehn zählte er und schlich zur Eingangstür. Er musste es riskieren. Achtzehn, neunzehn, zwanzig – was gab es da draußen zu diskutieren?

»… habe vorhin jemanden im Garten gesehen«, hörte Nathan Orions Stimme, und sein Herz blieb stehen.

»Wer soll das gewesen sein?«, fragte Sirius in der ihm typischen langsamen Art.

Vierundzwanzig, fünfundzwanzig … Nathan stand vor der Tastatur. Vor den Blicken der beiden vor der Tür verborgen. Doch sobald er die Hand ausstreckte, würden sie ihn durch die Butzenscheiben rechts und links neben der Tür sehen.

Orion begann, die Treppe hinabzusteigen.

»Siebenundzwanzig, achtundzwanzig …«

Sirius tappte ihm hinterher. Nathan riss die Klappe auf und tippte den vierstelligen Code ein. »Dreißig«, flüsterte er.

»Ich hätte schwören können, es war Sofia«, antwortete Orion.

»Was sollte sie um diese Zeit im …«

Nathan hörte nicht mehr, was sie sagten. Orion hatte Sofia gesehen. Hoffentlich zählte sein langsamer Verstand nicht eins und eins zusammen.

Rasch lief er zur Küche. Die Tür nach draußen war verschlossen. Bestimmt hatte Sofia den Schlüssel für ihn irgendwo deponiert. Kurze Zeit später wurde er in dem Glas, in dem Sofia früher Süßigkeiten für ihn versteckt hatte, fündig. Er öffnete die Tür und trat in den Garten.

Eilig lief er zur Vorderseite des Hauses und sah, wie Orion und Sirius das Gebäude betraten, in dem ihre Räume lagen. Im Schutz der Bäume und Sträucher tastete er sich zu Sofias Haus.

Lucy stand hinter dem Küchenfenster und starrte in die Finsternis. Sie versuchte, mit ihren Augen die Schwärze der Nacht zu durchdringen. Mehr als einmal bildete sie sich ein, einen Schatten zu sehen. Doch jedes Mal war es der Wind, der Zweige und Äste der Bäume und Büsche bewegte. Wie lange sollte sie noch warten? Sie war müde. In den letzten Nächten hatte sie nur unruhig geschlafen. Ständig hatte sie damit gerechnet, dass Batistes Männer sie aufstöberten.

Sie versuchte, sich zu beruhigen. Sie hatte alles getan, was möglich war. Ob Nathan es schaffte, zu ihr zu kommen, lag nicht mehr in ihrer Macht. Vielleicht hatte jemand bemerkt, dass Harold die Zimmertür aufgeschlossen hatte. Vielleicht versuchte Nathan es erst gar nicht. Vielleicht war er in diesem Moment aber auch bei seinem Großvater und sagte ihm, wo sie war.

Sie ärgerte sich über sich selbst – immer noch zweifelte sie daran, auf welcher Seite er stand. Dabei hatte er sein Leben für sie riskiert. Sie hatte sich in der Nacht in der Hütte entschieden, ihm zu vertrauen, und durfte diese Entscheidung jetzt nicht anzweifeln. Sie brauchte ihn. Allein konnte sie die ihr gestellte Aufgabe nicht bewältigen. Diese Aufgabe mussten Nathan und sie gemeinsam lösen. Sie würde alles daransetzen, ihn davon zu überzeugen. Gemeinsam würden sie nach dem Vermächtnis der Hüterinnen suchen und das Rätsel lösen. Gemeinsam würden sie herausbekommen, wie sie die Bücher befreien konnten.

In ihre Gedanken versunken, hätte Lucy das leise Pochen fast überhört. Ihr Herz klopfte schneller. Sie tastete sich zur Eingangstür. Langsam drückte sie die Klinke hinunter. Ein Schatten trat in den schmalen Flur und griff nach ihrer Hand.

»Du bist hier«, flüsterte sie erleichtert. Nathan zog sie an sich. Sie presste sich an seine Brust, atmete seinen Duft ein und wünschte, er würde sie nicht wieder loslassen. Endlich war sie nicht mehr allein. Das warme Licht, das aus ihren Malen aufstieg, spann einen sanften Schimmer und hüllte sie ein wie ein schützender Schild.

Sie spürte Nathans Lippen auf ihrer Stirn und sah zu ihm auf. Würde er sie wieder küssen? Sie hoffte es und fürchtete sich gleichzeitig davor.

Er wich ihrem Blick aus. »Wir sollten zu Sofia und Harold gehen«, sagte er und klang seltsam distanziert.

Widerwillig löste sie sich von ihm. Ein ungutes Gefühl kroch in ihr hoch.

»Der arme Harold stirbt beinahe vor Angst. Wir haben ein bisschen zu viel von ihm verlangt«, erklärte sie verlegen. Sie hätte sich ihm nicht gleich in die Arme werfen dürfen.

Harold und Sofia saßen auf dem geblümten Sofa in dem winzigen Salon, der vom matten Mondlicht und den glühenden Resten eines Kaminfeuers spärlich erhellt wurde.

»Wir fanden es zu gefährlich, Licht zu machen. Es ist schon so spät«, erklärte Sofia und stand auf. »Sirius und Orion könnten misstrauisch werden.«

Nathan nickte und umarmte sie. »Ich konnte nicht früher kommen. Großvater war ungewöhnlich lange auf.«

Sofia schob ihm eine Tasse Tee zu. Auch sich selbst und Lucy füllte sie nach. Harold griff nach einer Flasche Whisky und goss einen kräftigen Schuss in seine Tasse.

»Das brauche ich jetzt«, entschuldigte er sich. »Wer mag noch?« Lucy und Sofia nickten.

Nathan wandte sich Lucy zu, die dicht neben ihm saß. Mit unüberhörbarer Schärfe in der Stimme fragte er: »Was machst du hier? Hatte ich mich nicht deutlich genug ausgedrückt?«

Er war nur wütend, dachte Lucy erleichtert. Damit konnte sie umgehen. Es war schließlich nicht das erste Mal. »Ich musste wissen, ob es dir gut geht«, verteidigte sie sich.

»Ich habe gesagt, du sollst wegfahren, und zwar so weit, wie du kannst.«

»Weit gefahren bin ich ja immerhin.« Lucy lächelte.

Nathan musterte sie ernst. »Mit dir werde ich mir noch viel Ärger einhandeln.«

»Darauf kannst du wetten«, erwiderte sie.

»Wir sollten zu den wichtigen Dingen kommen«, unterbrach Harold ihr Geplänkel.

Die beiden wandten sich ihm zu.

»Wir können nicht mehr viel für euch tun«, erklärte Sofia. »Nun liegt es an euch beiden. Was habt ihr vor? Lucy möchte die Bücher befreien, das wissen wir. Aber was ist mit dir, Nathan. Was willst du?«

Lucy sah ihn erwartungsvoll an. Sie ahnte, wie schwer es ihm fiel, alles, an was er bisher geglaubt hatte, infrage zu stellen.

»Bist du deshalb hergekommen?«, fragte Nathan.

Lucy nickte. »Ich muss das tun«, antwortete sie. »Das weißt du.«

»Ja, das weiß ich.« Sein Gesicht verschloss sich, und Lucy wich seinem Blick aus. Warum hatte sie ihm nicht gesagt, dass sie hauptsächlich seinetwegen hier war? Jetzt war es dafür zu spät. Er würde ihr nicht mehr glauben.

»Bisher war ich sicher, dass es richtig ist, was der Bund tut«, setzte er an. »Ich habe gedacht, es ist wichtig, die Bücher zu schützen. Aber jetzt …« Er machte eine Pause. »Ich weiß nicht, wie ich es erklären soll. Ich glaube, die Bücher wehren sich gegen unseren Schutz. Es ist ein bisschen wie mit Menschen, denen man Sicherheit um den Preis der Freiheit bietet. Sie wollen nicht von uns versteckt werden. Es fällt mir von Mal zu Mal schwerer, sie auszulesen. Vor ein paar Tagen jedoch hat sich eins von ihnen freiwillig geopfert.«

»Wie meinst du das? Weshalb sollte es das tun?« Lucy sah ihn ungläubig an.

»Es war *Nicholas Nickleby*. Es wehrte sich, aber als mein Großvater kam, um zu kontrollieren, wie weit ich mit meiner Arbeit bin, da war es verschwunden. Hätte der Text sein Buch nicht verlassen, hätte Batiste mich weiter eingesperrt.«

»Er hat dich eingesperrt? Wo?«, fragte sie.

»In der Bibliothek, in der der Bund die Bücher aufbewahrt. Sie ist hier.«

Lucy wurde aufgeregt. »Ich habe es gewusst. Kannst du mich hinführen? Können wir die Bücher rausholen?«

Nathan schüttelte den Kopf. »Ich kann allein nicht herein. Nur dem obersten Perfectus wird der Zugang gewährt. Nur er bestimmt, wer die Bibliothek betritt.«

Lucy fühlte sich mit einem Schlag ernüchtert. »Das wäre auch zu einfach gewesen.«

»Und selbst wenn du alle Bücher herausholen könntest«, setzte Nathan fort. »Was dann? Es sind Hunderte. Du wirst sie nie zurücklesen können. Wo sollten sie auch hin? Ohne die Schutzbücher wären sie heimatlos. Sie würden zu Buchgeistern werden.«

Die Erinnerung überfiel Lucy mit eiskalter Wucht. Nathan bemerkte es und griff tröstend nach ihrer Hand.

»Was sind Buchgeister?«, fragte Sofia.

»Das sind Bücher, die ohne ein Schutzbuch ausgelesen wurden«, erklärte Nathan. »Früher hat der Bund Bücher ausgelesen, ohne vorher eines anzufertigen. Oft war keine Zeit, oder es geschah aus Furcht vor einem Text oder aus Dummheit. Ich weiß es nicht. Womöglich wusste man anfangs auch nicht, was passiert. Der Zorn dieser schutzlosen Bücher wurde im Laufe der Zeit immer größer. Sie wollen sich rächen für das, was ihnen angetan wurde.«

Sofia sah ihn mit weit aufgerissenen Augen an. »Aber was wollen sie von Lucy? Sie hat nie einem Buch etwas getan.«

»Sie unterscheiden nicht zwischen den Männern und Frauen. Sie vergessen ihre guten Gefühle. Was bleibt, ist blinde Wut.«

Lucy schauderte. »Es war, als wollten sie meine Seele rauben.«

Nathan nickte und legte ihr einen Arm um die Schultern. Dankbar lehnte sie sich an ihn.

»Aber wenn ich sie nicht zurücklesen kann, was soll ich dann tun?« Sie war davon ausgegangen, dass das die einzige Möglichkeit war, die Bücher zurückzuholen.

Nathan Fingerspitzen wanderten über ihren Arm. Sie war nicht sicher, ob er es überhaupt bemerkte. »Ein Mädchen muss die Bücher freilassen«, sagte er nachdenklich. »Mehr weiß ich auch nicht.«

»Warum auch«, sagte Lucy leise.

»Wenn die Zeit reif ist, sollen wir die Bücher den Menschen zurückgeben«, setzte Nathan seine Erklärung fort. »Wenn ich ehrlich bin, habe ich darüber ewig nicht nachgedacht. Es ist kein großes Thema im Bund.«

»Hast du jemals von einem Buch gehört, das man *Das Vermächtnis der Hüterinnen* nennt?«, fragte Lucy ihn.

Nathan sah sie alarmiert an. »Woher weißt du davon?«

»Die Bücher haben mir gesagt, ich soll danach suchen«, sagte sie. »Ich weiß nur nicht, wo. Ich bin nicht mal sicher, ob es ein Buch ist. Ich weiß gar nichts.«

»Das ist das Buch, das die Männer des Bundes am meisten fürchten.«

»Warum?«

»Ich weiß es nicht genau. Niemand hat dieses Buch jemals gesehen. Ich bin nicht mal sicher, ob es tatsächlich existiert. Ich habe meinen Großvater einmal danach gefragt. Zu Strafe hat er mich zwei Nächte in einen stockfinsteren Raum gesperrt. Ich war zehn.«

Lucy legte ihre Hand tröstend auf seine. »Dann werde ich es finden müssen.«

Nathan strich ihr eine Haarsträhne aus dem Gesicht. Die Anwesenheit von Sofia und Harold schien er vergessen zu haben. Sanft fuhr sein Finger über ihre Wange, während er sie musterte. »Das ist Wahnsinn«, sagte er. »Aber ich befürchte, ich kann es dir nicht ausreden, richtig?«

Lucy lächelte. »Die Bücher haben gesagt, dass wir diesen Weg gemeinsam gehen müssen. Und ich soll dir vertrauen.«

Überraschung zeichnete sich auf Nathans Gesicht ab.

Sofia räusperte sich. »Du musst zurück, Nathan. Sirius macht bald seinen Rundgang.«

Nathan nickte und wandte sich wieder an Lucy. »Du musst morgen von hier verschwinden. Ich …«

»Vergiss es«, schnitt sie ihm das Wort ab.

»Wenn er dich findet, wird er dich Beaufort ausliefern. Das kann ich nicht zulassen. Versteh das doch. Ich habe versucht, dich zu schützen, aber er ist viel mächtiger als wir.«

Lucy nickte. Ob er die Angst in ihrem Blick sah? »Ich kann nicht einfach gehen. Versteh das doch. Und wenn du mir nicht hilfst, dann werde ich es allein versuchen.«

»Ich möchte nur nicht, dass er dir wehtut«, sagte Nathan, und der Blick, den er ihr schenkte, ließ sie erschaudern.

»Dann komm mit mir«, schlug sie zögernd vor. »Lass uns gemeinsam herausfinden, wo das *Vermächtnis* ist und wie wir die Macht des Bundes brechen können.«

Nathan schüttelte den Kopf. »Es ist zu gefährlich. Lass es mich auf meine Art versuchen. Mein Großvater wird nicht ewig leben …«

Lucy schluckte und rückte von ihm ab.

»Es gibt etwas, dass du wissen solltest«, mischte Sofia sich ein. »Es geht um deine Eltern.«

Jetzt versteifte er sich neben ihr.

Sofias Blick glitt zu ihrem Mann, aber von ihm war keine Hilfe zu erwarten. Ängstlich starrte er in sein Whiskyglas. »Was dein Großvater dir über sie erzählt hat, ist nicht wahr. Deine Eltern – sie haben dich über alles geliebt.«

Nathan schüttelte den Kopf, aber sie sprach unbeirrt weiter.

»Batiste hat dich ihnen fortgenommen. Du warst damals erst vier Jahre alt. Ich musste deinen Eltern schwören, auf dich achtzugeben. Ohne dieses Versprechen hätte ich das Schloss in derselben Nacht verlassen. Ich tat mein Möglichstes, um dich zu beschützen, aber ich durfte dir nie die Wahrheit sagen.« Liebevoll sah sie

Nathan an. Dann holte sie tief Luft. »Sie haben jahrelang um dich gekämpft, Nathan. In den ersten Jahren befürchteten dein Vater und ich, deine Mutter würde deinen Verlust nicht überwinden. Erst nachdem deine Schwestern geboren waren, wurde es besser. Ich schickte ihr regelmäßig Briefe und Bilder von dir.«

Nathan sah Sofia ungläubig an: »Sie leben?«

Sofia stand auf und eilte in ein Nebenzimmer. Nathan sagte kein einziges Wort. Er saß da wie erstarrt, bis Sofia mit einem Stapel Briefe zurückkam, der mit einem roten Seidenband zusammengehalten wurde. »Diese Briefe haben sie mir geschrieben. Es war nicht einfach, in Kontakt zu bleiben. Sie mussten sie meinem Bruder schicken, und ich habe sie dort abgeholt. Ich hatte jedes Mal Angst, dass dein Großvater mein Geheimnis entdeckt. Ich weiß nicht, was er mit mir gemacht hätte.«

»Das hättest du nicht tun dürfen«, sagte Nathan leise, löste das Band, öffnete den ersten Brief und begann zu lesen. Die Glut im Kamin knisterte. Lucy spürte, wie sie müder und müder wurde. Die Anspannung der letzten Tage fiel von ihr ab. Sie lehnte sich in die weichen Kissen und betrachtete Nathans regelmäßige Züge. Wenn er aufgewühlt war, so ließ er es sich nicht anmerken. Er hatte in den letzten fünfzehn Jahren wahrscheinlich jeden Tag trainiert, seine Gefühle nicht zu zeigen. Einen Brief nach dem anderen zog er aus den Umschlägen. Jeder Brief, den er auseinanderfaltete, enthielt mehrere Seiten, manchmal auch ein Foto. Nach vier Briefen sah Nathan auf.

»Du hättest es mir sagen müssen«, wandte er sich an Sofia.

»Ich wollte es so oft tun, Nathan. Aber hättest du mir geglaubt, oder wärst du zu ihm gegangen und hättest mich verraten?«

Nathan schien durch sie hindurch in seine eigene Vergangenheit zu blicken. Nach einem Moment, der eine Ewigkeit zu dauern schien, fuhr er sich durchs Haar. »Ich weiß es nicht«, gab er zu.

»Das Schlimmste für deine Mutter war, dass du aufwachsen musstest, ohne zu wissen, wie sehr sie und dein Vater dich liebten. Sie hatten Angst, dass aus dir ein Monster wird, wie dein Großvater eins ist. Ein Mensch ohne Skrupel. Sie haben so lange um dich gekämpft. Es gab für nichts anderes Platz in ihrem Leben. Dein Großvater hat zu viele Verbindungen. Kein Richter hat gewagt, sich gegen ihn zu stellen. Deinen Eltern wurde das Sorgerecht für dich entzogen, und hätten sie weiter um dich gekämpft, er hätte ihnen auch ihre Töchter weggenommen.«

»Wo kann ich sie finden?«, fragte Nathan.

»Sie leben in Schottland. Weit weg von hier.«

»Wir müssen uns überlegen, wie wir fortkommen«, sagte Nathan.

Er würde mitkommen. Lucy konnte ihr Glück kaum fassen. Sie nahm seine Hand. »Es tut mir so leid«, sagte sie. Nathans undurchdringlicher Blick hielt sie davon ab, ihn zu trösten.

»Komm morgen Nacht wieder her«, sagte Sofia. »Dann haben wir einen Plan. Du kannst drinnen nicht viel ausrichten.«

»Schließt du mir wieder auf?« Nathan sah zu Harold, der zustimmend nickte. Die Angst war ihm überdeutlich anzusehen.

»Hab dich nicht so«, sagte seine Frau und nahm ihm das Glas weg. »Es wird Zeit, etwas zu unternehmen.«

»Wir müssen spätestens übermorgen fliehen«, bestimmte Nathan. »Am Freitag will Großvater mit mir zu den FitzAlans fahren. Ich soll dort meine Braut kennenlernen.« Er sagte es mehr zu Sofia als zu ihr.

»Dir hat er auch jemanden ausgesucht?«, fragte Lucy schockiert.

»Natürlich. Er vertraut mir nicht mehr. Er will einen neuen Erben.« Seine Stimme klang eisig. Wenn Lucy noch den Funken eines Zweifels gehabt hatte, so war sie jetzt sicher, dass Batiste de Tremaine gerade seinen Enkel verloren hatte. Damit war nicht nur sie, sondern auch er in Lebensgefahr. Sie mussten so schnell wie möglich fort.

Nathan stand auf. Unschlüssig hielt er die Briefe in den Händen, als wäre er nicht bereit, sich davon zu trennen. Dann reichte er sie Sofia. »Heb sie für mich auf, bitte.«

Lucy folgte ihm in den Flur. »Sei vorsichtig«, bat sie ihn. »Lass dir nichts anmerken. Tu einfach, was er sagt, hörst du? Die Bücher verstehen das.«

Nathan sah sie nur abwartend an.

Lucy wünschte, dass er sie in den Arm nahm. Aber er betrachtete sie nur. Sie machte einen winzigen Schritt auf ihn zu.

»Wenn du meinst«, sagte er und wandte sich abrupt ab.

Er verschwand durch die Tür, und seine Umrisse verschmolzen mit der Dunkelheit. Kurze Zeit später sah Lucy einen winzigen Lichtschimmer an seinem Fenster aufblitzen.

Beim Lesen lässt sich vortrefflich denken.

Leo Tolstoi

17. KAPITEL

Noch in derselben Nacht schrieb Lucy eine Nachricht an ihre Freunde. Sie würde ihre Hilfe brauchen. Sie mussten Batiste von seinem Landsitz fortlocken. Nathan und sie benötigten ein bisschen Vorsprung, um zu entkommen. Solange Batiste und seine Hunde auf dem Anwesen waren, konnte das nicht gelingen. Irgendwas musste ihnen einfallen.

Der nächste Tag verstrich im Schneckentempo. Jules hatte versprochen, sich zu melden, sobald sie eine Idee hatten. Außerdem schob Lucy den Anruf bei Miss Olive vor sich her. Sie fürchtete sich vor ihren Vorwürfen. Ob sie sie überzeugen konnte, dass es richtig war, Nathan zu vertrauen? Sie brauchte Informationen. Sicher konnte die Archivarin ihnen mehr über *Das Vermächtnis der Hüterinnen* erzählen. Doch wenn sie Nathan nicht traute, würde sie dies kaum tun. Überhaupt, Nathan … Er war gestern plötzlich seltsam distanziert gewesen. Oder hatte sie sich das nur eingebildet? War er wütend auf sie, weil sie nicht das getan hatte, was er verlangt hatte? Lucy lief in dem Zimmer, das Sofia ihr zur Verfügung gestellt hatte, auf und ab. Sie musste eine Entscheidung treffen. Lange konnte sie nicht mehr bleiben. Wenn Nathan nicht mitkam, musste sie ohne ihn versuchen, die Bücher zu befreien. Alles in ihr sträubte sich dagegen. Das Telefon klingelte. »Lucy«, hörte sie Jules' Stimme, »bist du es?«

»Jules, ich bin so froh, dich zu hören. Hast du eine Idee?«

»Keine Ahnung, aber wenn Batiste denkt, du bist zurück in London, kommt er vielleicht her. Was meinst du?«

Lucy kaute auf ihrer Unterlippe. »Das könnte funktionieren.«

Ein Tuten erklang, ihre Verbindung war unterbrochen. Erschrocken betrachtete Lucy das schwarze Display.

»Sorry«, trudelte eine Nachricht ein. »Melde mich gleich wieder. Bin im College.«

Lucys Warten begann aufs Neue. Die Untätigkeit machte sie ganz nervös. Also beschloss sie, den Anruf an Miss Olive hinter sich zu bringen.

Es klingelte nur ein Mal, dann wurde abgehoben. Es schien, als habe die Archivarin nur auf den Anruf gewartet. »Wo bist du, Lucy?«, fragte sie, und ihre Stimme klang erleichtert.

»Auf dem Landsitz der de Tremaines«, antwortete Lucy. »Aber keine Angst. Ich habe mich gut versteckt.«

Miss Olive stöhnte auf. »Er darf dich nicht entdecken. Wenn er dich in seine Finger bekommt, bist du verloren. Du musst nicht nur um deinetwillen vorsichtig sein. Die Bücher rechnen damit, dass du sie befreist.«

»Ich weiß. Die Bücher werden auf dem Grundstück versteckt. Es gibt eine Bibliothek, in der der Bund sie verwahrt.«

»Weißt du, wo der Zugang ist?«, fragte Miss Olive aufgeregt.

»Nein, aber Nathan«, antwortete Lucy. »Was soll ich dort tun?«

Miss Olive schwieg eine Weile, bevor sie sagte: »Wir müssen uns sehen.«

»Sagt Ihnen *Das Vermächtnis der Hüterinnen* etwas?«, platzte es aus Lucy heraus.

Am anderen Ende der Leitung wurde es totenstill. »Ja, das sagt mir durchaus etwas.«

Lucy hielt den Atem an.

»Es gibt nur eine Handvoll Menschen, die je von dem Buch gehört haben. Woher weißt du davon?«, fragte Miss Olive.

»Die Bücher haben mir davon erzählt«, antwortete Lucy.

»Wenn es dir gelingt, unversehrt zu entkommen, Lucy, ruf mich an. Ich werde dir alles erzählen, was ich weiß.«

»Weshalb tun Sie das nicht gleich?«

»Das darf ich nicht«, erwiderte Miss Olive. »Dieses Wissen darf niemals in die Hände des Bundes gelangen. *Das Vermächtnis der Hüterinnen* ist die einzige Möglichkeit, herauszufinden, wie du die Bücher retten kannst. Ruf mich an, wenn du an einem sicheren Ort bist.« Ohne ein Wort des Abschieds legte sie auf.

Miss Olives letzte Worte hatten ängstlich geklungen. Doch schon summte das Telefon in ihrer Hand und schreckte Lucy aus ihren Gedanken.

»Die Zeit läuft uns davon«, meldete Jules sich. »Ich befürchte, wir werden überwacht. Vielleicht bilde ich es mir nur ein, aber ich sehe laufend die gleichen Männer. Marie geht es ähnlich. Also pass auf: Das ist unsere Idee.«

Lucy lauschte ihrer Freundin aufmerksam. Ab und zu fragte sie nach, um sicherzugehen, dass sie alles verstand.

»Und du meinst, es funktioniert?«, fragte sie skeptisch. »Ist das nicht zu gefährlich? Ich habe kein gutes Gefühl dabei.«

»Das ist die einzige Möglichkeit. Mach dir nicht zu viele Sorgen. Wir passen schon auf.«

Mit einem unguten Gefühl legte Lucy auf.

»Es wird schon klappen, Jules. Jetzt sei nicht so skeptisch.«

»Ich bin nicht skeptisch, nur vorsichtig.«

»Ich weiß, und das ist auch richtig«, sagte Marie. »Wir müssen uns eben vorsehen. Es wird nichts passieren.«

Jules nickte. »Du fährst jetzt in die Stadt und rufst mich von einer Telefonzelle aus an. Achte darauf, dein Anhängsel abzuschütteln. Er darf unseren Plan nicht durchschauen.«

»Ja, das mache ich schon«, sagte Marie und griff nach ihrer Tasche. »Besonders clever ist er nicht.«

Jules drückte ihre Freundin an sich. »Dann los, und pass auf dich auf.«

Marie lief zur nächsten U-Bahn-Station. Sie mussten Batiste davon überzeugen, dass Lucy zurück in London war. Dafür gab es nur einen Weg. Sie drehte sich um. Da war er. Der junge Mann war ihr in den letzten Tagen bereits aufgefallen. Gestern Abend hatte er vor der Bibliothek herumgelungert. Was bezweckte Batiste mit dieser Überwachung? Glaubte er allen Ernstes, dass sie diesen Stümper nicht bemerkten? Sie rannte die Treppen zur U-Bahn hinunter und stieg ein. Glücklicherweise war der Wagen voller Menschen. Der Mann quetschte sich im letzten Moment noch hinein. Sie duckte sich und schlängelte sich zwischen den anderen Passagieren hindurch. Er konnte ihr nicht folgen. Nach drei Stationen stieg sie aus und wandte sich der Treppe zu. In dem Moment, in dem die Türen der U-Bahn sich zu schließen begannen, sprang sie wieder hinein. Die Bahn fuhr an und verschwand. Das Letzte, was sie sah, war das verdutzte Gesicht des Mannes. Das hat geklappt, dachte sie und ließ sich auf einen Sitz plumpsen. So richtig daran geglaubt hatte sie nicht.

Einige Stationen später verließ sie die Bahn endgültig und steuerte ein Münztelefon in der Vorhalle des Bahnhofs an. Sie hatte mit Jules genau geplant, was sie sagen sollte.

»Jules«, meldete sie sich, kaum dass ihre Freundin abgenommen hatte. Sie schluchzte. »Ich bin es, Lucy. Ich bin ihnen entkommen. Nathan hat mich die ganze Zeit belogen. Ich weiß nicht, wohin.« Marie schluchzte lauter, um der Sache mehr Glaubwürdigkeit zu verleihen. Das einzige Risiko, das bestand, war, dass, wer auch immer das Telefon abhörte – und davon gingen sie aus –, erkannte, dass es sich nicht um Lucys Stimme handelte. Sie versuchte, ihre so gut wie möglich zu verstellen.

»Wo bist du, Lucy?«, spielte Jules aufgeregt ihre Rolle. Nicht besonders gut, wie Marie bemerkte. »Wir haben uns Sorgen gemacht. Warum kommst du nicht nach Hause? Wir könnten zur Polizei gehen.«

»Nein, das ist zu gefährlich. Nathan hat mich in einer Waldhütte versteckt. Er wollte mich glauben lassen, er wäre auf meiner Seite, dabei hat er das nur getan, um seinem Großvater zu beweisen, dass er ein würdiger Perfectus ist.« Marie schluchzte. »Er hat mich verraten, und ich bin nicht sicher, wo er oder Batiste mir als Nächstes auflauern werden. Ich möchte euch nicht in Gefahr bringen, aber ich brauche Geld.« Marie ließ ihre Stimme panisch klingen.

»Hat er dir wehgetan, Lucy?«, fragte Jules hektisch. Sie wurde langsam besser, befand Marie. Die Sache begann, Spaß zu machen.

»Nein«, schluchzte sie. »Noch nicht. Aber ich habe schreckliche Angst vor ihm. Könnten wir uns irgendwo treffen?«

»Beruhige dich«, sagte Jules. »Ich überlege mir etwas. Ruf heute Abend noch mal an. Okay? Wir schaffen das.«

»Das hoffe ich. Ich habe solche Angst.« Hoffentlich war das nicht zu dick aufgetragen. »Mach's gut.«

Wenn ihr Plan aufging, rief derjenige, der das Telefon abhörte, nun Batiste an.

Marie machte sich eilig auf den Weg in die Bibliothek. Sie wollte nicht zu spät dort ankommen.

In der Mittagspause traf sie sich mit einer Freundin von Jules. Sie gingen gemeinsam essen, und Marie übergab ihr einen Zettel.

»Fahr zum London Eye, da sind jede Menge Touristen«, erklärte sie ihr. »Ruf Jules von einem Fernsprecher genau um vier Uhr an. Verstell deine Stimme ein bisschen. Jules wird dir etwas erklären, und du liest die Antworten von dem Zettel ab.«

Das Mädchen nickte, und seine Augen funkelten vor Neugierde.

»Kriegst du das hin?«

»Na klar, keine Sorge. Was soll ich dann machen?«

»Geh einfach nach Hause und vergiss die ganze Sache«, sagte Marie.

»Erzählt ihr mir irgendwann, was das alles bedeutet?«, fragte das Mädchen.

»Bestimmt.«

Als Marie nach Hause kam, erwarteten Colin und Jules sie bereits. Sie zogen sie in den Flur, kaum dass sie aufgeschlossen hatte. Erleichtert lehnte sie sich von innen gegen die Tür. Ihr Herz schlug ihr bis zum Hals.

»Was ist los?«, fragte Jules besorgt.

»Das war unheimlich heute Abend. Entweder ich leide an Verfolgungswahn, oder es war nicht nur einer hinter mir her. Hat das mit dem Anruf geklappt?«

Jules nickte. »Jetzt können wir nur hoffen, dass sie uns auf den Leim gehen.«

»Und dass niemandem etwas passiert«, wandte Colin ein.

»Ist alles vorbereitet?«, fragte Jules ihn.

»Ich denke schon«, antwortete er widerstrebend. Die ganze Sache gefiel ihm nicht.

»Wir sind im Vorteil«, versuchte Jules ihn zu beruhigen. »Wir wissen, dass Batiste de Tremaine skrupellos ist. Er kann uns nicht mehr überraschen.«

»Dein Wort in Gottes Ohr«, sagte Colin.

»Der ist uns sicher nicht behilflich«, antwortete Jules schnippisch.

Colin verdrehte die Augen, und Jules wandte sich um. Sie stolperte über die Schwelle der Küchentür und stieß mit der Hüfte gegen das altersschwache Buffet.

Colin fing sie auf, bevor sie der Länge nach hinschlug.

»Kleine Sünden straft der liebe Gott sofort.« Sie spürte seinen warmen Atem in ihrem Nacken.

»Du kannst mich mal gernhaben«, fauchte sie und rieb sich die schmerzende Stelle.

»Jetzt gleich?«, grinste Colin und ließ sie los.

»Das soll funktionieren?«, fragte Nathan skeptisch. Lucy hatte ihm gerade ihren irrwitzigen Plan dargelegt.

»Hast du eine bessere Idee?«, fauchte Lucy. Ihre Nerven lagen blank. Lange hielt sie nicht mehr durch.

»Habe ich«, erwiderte er. »Geh so weit weg, wie du kannst. Ändere deinen Namen, und lass dich hier nie wieder blicken.«

Lucy schluckte. Er wollte sie loswerden. »Wenn Batiste den

Landsitz verlässt, haben wir wenigstens einen Tag Vorsprung, bis er merkt, dass wir fort sind«, erwiderte sie.

»Er wird mich nicht unbewacht zurücklassen.« Nathan lehnte sich zurück. Sie saßen nebeneinander auf der schmalen Couch in Sofias Wohnzimmer. Sofia und Harold waren längst zu Bett gegangen. »Bestimmt schickt er Sirius und Orion nach London, und dann möchte ich nicht in der Haut deiner Freunde stecken.« Das brauchte er ihr nicht auf die Nase zu binden. Sie hatte so schon genug Angst um ihre Freunde.

»Sie machen das nicht nur für mich, sondern auch für dich. Ein wenig Dankbarkeit wäre angebracht«, erwiderte sie.

»Sie dürfen sich nicht für mich in Gefahr bringen.« Nathan stand auf und durchmaß das Zimmer mit wenigen Schritten.

»Sie haben alles genau geplant, und sie werden sich vorsehen.«

Nathan lehnte am Kamin und zog seine Augenbrauen in die Höhe. Fast konnte sie seine Gedanken lesen. Er hielt ihre Freunde für unfähig, die Sache durchzuziehen. Kein Wunder, er hatte bestimmt nie gelernt, sich auf andere Menschen zu verlassen, und bestimmt hatte er nie Freunde gehabt.

»Wir hoffen, dass Batiste selbst nach London fährt.« Nathan würde sie nicht aus dem Konzept bringen. »Aber wenn er ohne Sirius und Orion hierbleibt, umso besser. Er wird uns kaum aufhalten können.«

»Ich will nicht undankbar sein«, lenkte Nathan ein. »Aber der Plan erscheint mir mehr als dilettantisch.«

Lucy verschränkte die Arme vor ihrer Brust.

»Jetzt sei nicht sauer!« Er stieß sich vom Kamin ab und kam zu ihr. »Lass uns noch abwarten, okay?«

Nathan sah auf die Uhr und nickte. Wenn sie bloß mehr Zeit hätten. »Auf Sofia oder Harold darf keinerlei Verdacht fallen«, sagte er dann.

»Wir könnten sie fesseln«, schlug Lucy vor. »Was ist, wenn Batiste dich nicht hierlässt, wenn er darauf besteht, dich mit nach London zu nehmen?«

Eindringlich sah Nathan sie an. »Dann musst du von hier fort. Länger kannst du nicht bleiben.«

»Hast du keine Angst um Colin?«, fragte er sie leise, als er sich an der Tür von ihr verabschieden wollte.

In dem Zwielicht konnte sie sein Gesicht nicht deutlich sehen. »Natürlich. Genau wie um Marie und Jules.«

»Wenn ich kann, bringe ich dich heil zu ihm zurück«, sagte Nathan, öffnete die Tür und verschwand in der Dunkelheit.

Lucy sah ihm verwundert hinterher. Was meinte er damit, er würde sie heil zu Colin zurückbringen?

Das Schicksal der Bücher ist geheimnisvoll.

Sully Prudhomme

18. KAPITEL

Lucy lächelte, als sie am nächsten Vormittag vom Fenster ihres Zimmers aus beobachtete, wie de Tremaines Limousine mit Harold, Sirius und Batiste das Anwesen verließ. Ihr Plan, ihn von dem Landsitz wegzulocken, hatte tatsächlich funktioniert. Bis zum letzten Moment hatte sie nicht daran geglaubt.

Sorge bereitete ihr allerdings, dass sie vor einer guten Stunde beobachtet hatte, wie Batiste mit Nathan und Orion zu der kleinen Kapelle am Rande des Anwesens gegangen war. Batiste und Orion waren ohne Nathan zurückgekommen. Warum ließ er Nathan nicht im Haus von Orion bewachen? Auf die Idee, er würde ihn in der Kapelle und damit in der Bibliothek des Bundes einsperren, waren sie nicht gekommen. Der Plan drohte zu scheitern, bevor sie richtig mit der Umsetzung begonnen hatten. Viel Zeit hatten sie ohnehin nicht. Batiste würde umgehend zurückkommen, wenn er begriff, dass sie ihn an der Nase herumgeführt hatten. Dann mussten Nathan und sie weit weg sein.

Es ging bereits auf Mittag zu, als Sofia den Weg vom Haupthaus entlanggelaufen kam. Sie wirkte erregt. Lucy verließ ihr Zimmer und ging die Treppe hinunter. Atemlos stand Sofia in der Eingangstür.

»Er hat Nathan in der Bibliothek unter der Kapelle eingesperrt«, berichtete sie. »Orion darf ihn nicht hinauslassen, bis er zurück ist.«

»Was machen wir jetzt?«, fragte Lucy und rieb sich ihre schmerzenden Schläfen. Ihre letzte Hoffnung war gewesen, dass Orion Nathan wenigstens für die Nacht zurück in sein Zimmer brachte. Leider war das nun nicht der Fall.

»Du musst weg von hier«, forderte Sofia. »Das ist das Beste, glaube mir. Ich bringe dich zu meinem Bruder. Du musst dich irgendwo verstecken, wo Batiste de Tremaine dich nicht finden kann. Euer Plan hat nicht funktioniert. Das tut mir leid. Jetzt musst du an dich denken. Nathan kommt schon zurecht.«

»Aber ich brauche ihn.« Lucy fühlte sich wie ein bockiges Kind. »Ich kann nicht ohne ihn gehen.«

Sofia trat zu ihr und nahm sie in den Arm. »Ich weiß, meine Kleine. Er würde jedoch wollen, dass du dich in Sicherheit bringst.«

»Er darf nicht weiterhin Bücher auslesen, um mich zu schützen. Batiste würde ihn mit meiner Sicherheit erpressen. Das darf ich nicht zulassen«, sagte Lucy entschlossen. Sie würde es nicht ertragen, ohne ihn fortzugehen. Allein würde sie diese Aufgabe nie bewältigen. »Wir müssen ihn aus der Bibliothek rausholen.«

»Wie stellst du dir das vor?« Sofia schüttelte den Kopf. »Der Eingang ist verborgen. Du wirst nicht einmal erkennen, wo er ist. Glaub mir, ich war in der Kapelle, dort gibt es nichts Ungewöhnliches. Ein Altar und ein paar Bänke. Ich habe keinen blassen Schimmer, wo sich dort eine geheime Bibliothek verbergen soll. Außer der Eingangstür gibt es keinen anderen Zu- oder Ausgang, nur noch eine kleine Krypta darunter. Allein mit der Suche würdest du kostbare Zeit verschwenden, die du für deine Flucht brauchst. Vertrau mir.« Sofia wollte sie erneut in den Arm nehmen. »Es ist für alle das Beste, wenn du jetzt gehst.«

»Ich muss es wenigstens versuchen«, beharrte Lucy auf ihrem Vorhaben und verschränkte die Arme vor der Brust.

»Ich kann dich nicht umstimmen?«, fragte Sofia.

Entschlossen schüttelte Lucy den Kopf.

»Ich muss wieder hinüber. Ich will nicht, dass Orion mich sucht, wenn er mich im Haus nicht findet. Er schleicht in den letzten Tagen ständig durchs Haus«, sagte Sofia dann. »Warte, bis es dunkel ist. Orion holt gegen sechs Uhr das Abendessen für Nathan. Ich versuche, ihn im Haus aufzuhalten. Das ist deine einzige Chance.« Sofia drückte Lucy an sich. »Viel Glück und denke daran: Wenn es nicht funktioniert, dann renn. Renn, so schnell du kannst.«

Wahrscheinlich konnte Batiste seine Befugnis auf andere Personen übertragen, überlegte Lucy, während sie wartete, dass der Abend hereinbrach.

Wenn Orion Nathan sein Essen brachte, musste er in die Bibliothek gelangen. Das war ihre Chance. Wenn sie sich dort irgendwo verstecken und Orion beobachten würde, wie er es anstellte, konnte sie Nathan da rausholen. Ihr Zeitfenster war zu klein. Sie durfte nichts dem Zufall überlassen, und Sophia hatte ihr bereits gesagt, dass sie nichts Außergewöhnliches entdeckt hatte. Der Bund hatte den Eingang mit Sicherheit gut versteckt. Als es endlich dunkler wurde, zog Lucy sich ihre Schuhe und ihre Jacke an. Orion konnte sich zwar in einen Hund verwandeln, aber er konnte nicht durch Wände schauen. Hoffte sie jedenfalls.

Im Schutze der Büsche, die an den Rändern der Wege wuchsen, tastete Lucy sich zu dem alten Gemäuer vor.

Wie das Haupthaus bestand die Kapelle aus großen Sandsteinblöcken. Das spitze Dach war mit schwarzen Schieferplatten gedeckt, und in die Seitenwände waren hohe Bogenfenster eingelassen. Das dunkle Eichenholztor stand einen Spaltbreit offen. Lucy versteckte sich hinter einer uralten Buche, die der Kapelle gegenüberstand. Eine Zeit lang beobachtete sie die Umgebung. Ob Orion noch mit Nathan in der Bibliothek war oder ob er in der Kapelle wartete, bis es Zeit war, Nathan Essen zu bringen? Hatte die Kapelle womöglich einen Hinterausgang? Sie wusste definitiv zu wenig für diesen völlig verrückten Plan. Vielleicht konnte der Typ sich unsichtbar machen. Sicher konnte sie nicht sein. Angst kroch ihr den Nacken hinauf. Wenn sie Orion dabei beobachten wollte, wie er diesen geheimen Raum, oder was immer es war, verließ, musste sie jetzt dort in die Kapelle hinein. Lucy presste ihre Hände an den Stamm des alten Baumes. Sie wünschte sich, er könnte ihr Kraft geben und ihr die Angst nehmen. Sie machte sich keine Illusionen darüber, was passieren würde, wenn Orion sie entdeckte. Allein hatte sie gegen ihn keine Chance. Er würde sie einsperren und Batiste zurückrufen. Noch einmal gelang es Nathan sicher nicht, sie von hier fortzubringen. Batiste würde sie diesem Mann ausliefern und dann … Lucy wagte nicht, weiterzudenken. Sie musste Nathan befreien und mit ihm fortgehen. Sie musste einen Schritt nach dem anderen gehen und hoffen, dass ihr niemand ein Bein stellte.

Im Schutze der Dunkelheit lief Lucy zu dem kleinen Gebäude. Das Glück war auf ihrer Seite. Ungesehen erreichte sie die Tür. Vorsichtig öffnete sie sie und zwängte sich durch einen schmalen Spalt. Es war etwas mühsam, aber sie wagte nicht, sie weiter aufzustoßen. Alte Türen machten in der Regel Geräusche, und dann verriet sie sich sofort. In der Kapelle herrschte schummriges Licht, das von den wenigen Kerzen stammte, die auf einem Altar flackerten. Lucy blieb stehen und sah sich aufmerksam um. Der Raum war leer. Orion saß weder auf einer der Bänke, noch lehnte er am Altar oder einer Wand.

Lucy wusste nicht, was sie erwartet hatte. Dieser Raum war wunderschön, aber sie konnte absolut nichts Ungewöhnliches entdecken. Ein unwissender Besucher würde ein normales privates Gotteshaus vorfinden. Wenn sie nicht mit eigenen Augen gesehen hätte, wie Nathan mit Batiste und Orion hineingegangen und wie Batiste allein herausgekommen war, würde sie hier niemanden vermuten.

Es musste einen Zugang zu der Bibliothek des Bundes geben. Doch würde sie den finden können, oder würde Sofia recht behalten? Ihr blieb nichts anderes übrig: Sie musste es versuchen. Auf Zehenspitzen lief Lucy zum Altar. Die Angst, dass Orion plötzlich vor ihr aufragte, versuchte sie zu verdrängen. Ihre Hände zitterten, als sie nach einer der Kerzen griff. Leise huschte sie von Ecke zu Ecke. Aufmerksam musterte sie jeden Stein in der Wand und im Boden, doch nichts ließ auf einen Eingang schließen.

Lucy lief zurück zum Altar, der bis auf ein Kreuz, das hinter ihm an der Wand hing, seltsam schmucklos war. Langsam umrundete sie ihn. Dahinter kam eine Treppe zum Vorschein. Sie beugte sich über das Geländer und starrte in einen finsteren Abgrund. Das musste die Krypta sein, von der Sofia gesprochen hatte. Ob Orion dort unten im Dunkeln stand? Sie griff nach einer der Kerzen, die unbenutzt neben dem Alter lagen, und ließ sie fallen. Viel Krach machte sie nicht auf der Treppe, aber immerhin reichte das Geräusch aus, um einen etwaigen Bewacher hervorzulocken. Es sei denn, Orion wartete seelenruhig darauf, dass sie ihm in die Arme lief. Lucy zögerte immer noch. Sollte sie es wagen, hinunterzugehen? Alles in ihr schrie Nein. Das würde nicht gut gehen, aber was war die Alternative? Lauf weg, flüsterte ihre innere Stimme.

Sie setzte einen Fuß auf die oberste Stufe. Die schmale, gewundene Treppe führte in die Tiefe unter die Kapelle. Das flackernde Licht der Kerze durchbrach nach und nach die Dunkelheit. Es gab den Blick frei auf die unterschiedlichsten Steinsärge, die in dem Raum aufgereiht waren. Sie schlich durch den Gang zwischen den Behältnissen. Das mussten Nathans Vorfahren sein. Sie versuchte, die Namen zu entziffern, die in den Stein der Särge geschlagen waren. Die Männer hatten bereits vor Hunderten von Jahren angefangen, den Menschen ihr Wissen zu stehlen.

Ein Geräusch ließ sie herumfahren. Es knirschte, und mit Entsetzen erkannte sie, wie sich ein Sarg ihr gegenüber in Bewegung setzte. Das steinerne Ungetüm war so verwittert, dass sie den Namen desjenigen der de Tremaines, der darin ruhte, nicht hatte lesen können. Ihr blieb keine Zeit zu fliehen. Panisch löschte Lucy ihre Kerze mit angefeuchteten Fingern und zwängte sich in eine Nische zwischen zwei Särge. Ihr Herz schlug so laut, es musste in der gesamten Krypta widerhallen. Sie presste sich die Hand auf den Mund, um ihre hektischen Atemzüge zu unterdrücken. Ein flackerndes Licht näherte sich ihrem Versteck. Lucy hörte schwere Schritte, die eine Treppe hinaufstiegen. Das musste Orion sein. Das Licht drang jetzt bis in die Nische, in der sie sich verborgen hielt. Die Schritte verklangen für einen Moment, und Lucy erwartete, dass sich die Fratze von Batistes Ungeheuer über sie beugen würde. Aber das Kerzenlicht entfernte sich, und Lucy hörte, wie Orion die Stufen zur Kapelle erklomm. Kurze Zeit später fiel das Eingangstor krachend ins Schloss. Rasch rutschte sie aus dem Spalt hervor. Ein heller Schein wies ihr den Weg. Hinter dem Sarg, den Orion beiseitegeschoben hatte, befand sich ein enger Durchgang, und von dort führte eine weitere Treppe in die Tiefe. Lucy konnte ihr Glück nicht fassen. Diesen Weg hätte sie niemals gefunden, wenn Orion den Zugang verschlossen hätte. Er musste sich sehr sicher sein, dass niemand kam, um Nathan zu befreien. Lucy tastete sich die Treppe hinab. Es kam ihr vor, als würde sie in eine Gruft steigen. Die Angst vor dem Ungewissen unter ihr wurde verstärkt durch den modrigen Geruch und die feuchte Kühle. Ab und an steckten Fackeln in den steinernen Wänden und erhellten den Weg. Ohne diese Hilfe wäre sie vermutlich gestürzt und hätte sich das Genick gebrochen.

Am Fuße der Treppe befand sich eine reich verzierte Tür aus massivem Holz. Die Zeit hatte ihr eine dunkle Patina verliehen. Die bronzefarbenen Scharniere und der altertümliche Türgriff drückten deutlich eine Botschaft aus: Unbefugten war der Zutritt nicht gestattet. Trotzdem rüttelte Lucy daran. Der Griff war von einer bronzenen Blende umgeben, aber es war kein Schloss zu sehen. Die Tür musste anders verriegelt worden sein. Lucy griff eine der Fackeln aus der Verankerung und leuchtete sie ab. Es war nichts zu sehen. Angeblich konnte nur Batiste diese Tür öffnen. Lucy war bereits viel zu lange hier unten. Orion würde sich nicht ewig von Sofia aufhalten lassen. Was sollte sie tun? Sie konnte sich am Fuße der Treppe nirgendwo verstecken. Wenn Orion herunterkam, saß sie in der Falle. Ihre Furcht verstärkte sich, als sie den engen Gang musterte, der hinter ihr in die Höhe führte. Was für Möglichkeiten hatte sie? Lucy hämmerte mit einer Faust gegen die Tür.

»Nathan«, rief sie. »Hörst du mich?«

Sie hielt kurz inne und lauschte. Alles blieb still. Sie lehnte die Stirn gegen das kalte Holz. Ihre Zuversicht, Nathan im Alleingang befreien zu können, schwand. Wenn sie sich nicht wie ein in die Enge getriebenes Kaninchen fangen lassen wollte, musste sie zurück nach oben. Sie musste sich in der Krypta verstecken und es später noch einmal versuchen. Orion würde doch bestimmt nicht die ganze Nacht Wache halten? Das Verlies, in das Nathan gesperrt war, war sicher genug. Ohne Hilfe konnte er sowieso nicht fliehen.

»Ich komme zurück«, flüsterte sie und legte zum Abschied eine Hand an die Tür. Ihr Mal funkelte kurz auf. Dann machte sie sich an den Aufstieg. Je höher sie stieg, umso größer wurde ihre Verzweiflung. Es widerstrebte ihr, Nathan im Stich zu lassen, aber momentan hatte sie keine andere Wahl. Sie musste das Problem mit Sofia besprechen, vielleicht wusste sie einen Rat. Sie und Harold hatten in den Jahren, in denen sie ihren Dienst bei den de Tremaines verrichteten, mehr erfahren, als Batiste lieb sein konnte.

Lucy zog sich die letzten Stufen an dem Handlauf nach oben. Sie trat durch den Durchgang in die Krypta und sah in das Gesicht des grinsenden Orion.

Jules und Colin standen am Tresen einer Londoner Bar. Sie gehörte einem Freund von Colin und passte ideal in ihren Plan. Draußen war es dunkel, nur ein paar Straßenlaternen spendeten Licht. Bisher war alles so verlaufen wie geplant. Sie hatten sich überlegt, dass es für die Beteiligten sicherer war, wenn viele Menschen in der Nähe waren. Also hatten sie jede Menge Freunde zu einer Party eingeladen. Die Stimmung war mittlerweile auf dem Höhepunkt angelangt. Die Anwesenden waren um ein Karaokepult versammelt und grölten die Lieder, die auf der Leinwand angezeigt wurden.

Aufgeregt knabberte Jules an ihren Fingernägeln, während Colin seinen Kaffeebecher in den Händen drehte.

»Was, wenn er die Täuschung zu früh bemerkt und auf dem Landsitz anruft?«, fragte Jules.

»Selbst wenn er es zu früh bemerkt, kann er nicht wissen, wo Lucy ist«, versuchte Colin, sie zu beruhigen. »Das Wichtigste war, dass er von dort verschwunden ist und wenigstens einen seiner Hunde mitgenommen hat. Mehr konnten wir nicht erwarten.« Colin griff beruhigend nach Jules' Hand und hielt sie fest. »Das ist die Chance, die Lucy brauchte.«

»Ich habe Angst«, flüsterte sie. »Wir haben uns überschätzt. Mit einem Mann wie Batiste de Tremaine scherzt man nicht.«

»Jetzt gibt es kein Zurück mehr. Lucy zählt auf uns, hörst du?« Er zog Jules an sich.

Sie lehnte sich gegen seine Brust und schloss die Augen. Wenn es bloß schon vorbei wäre. Kurze Zeit später sah sie auf die Uhr und blickte in Richtung Toilette. Die Tür öffnete sich, und Lucy trat heraus.

Dieses Mal würde das kleine Biest ihm nicht entkommen, schwor sich Batiste zornig. Zwei Mal hatte er sich von ihr hinters Licht führen lassen. Diesmal bekam sie keine Gelegenheit dazu. Er hörte das Klingeln der altmodischen Glocke des Stadthauses. Batiste ließ sich in einen der Sessel des Salons fallen und trank einen Schluck von seinem Tee.

»Sie brauchen meine Hilfe, Batiste?«, sagte Sir Beaufort anstelle einer Begrüßung, während er auf ihn zukam.

Batiste nickte mit zusammengepressten Lippen. Dann bot er seinem Besucher einen Platz an.

»Nehmen Sie sich eine Tasse Tee«, forderte er ihn auf.

Abwartend sah Beaufort ihn aus seinen tief liegenden Augen an.

»Es gibt ein Problem«, bekannte Batiste.

»Ein Problem?«

»Mit dem Mädchen«, erklärte er ungehalten.

Beaufort richtete sich auf. »Sicher keines, das sich nicht lösen ließe. Sie ist eine Frau. Wie sollte sie sich uns in den Weg stellen?«

Batiste schnaubte. »Diese Weiber stellen sich uns seit Jahrhunderten in den Weg.«

»Sicher, sicher.« Beaufort winkte ab. »Aber was haben sie schon erreicht? Also, wie kann ich behilflich sein?«

»Sie ist in London«, erklärte Batiste und versuchte, Beauforts hochgezogene Augenbrauen zu ignorieren.

»Sie ist Ihnen weggelaufen?«, fragte er nach.

»Wenn Sie so wollen. Aber das tut nichts zur Sache. Ich bin jedenfalls nicht bereit, mich länger von ihr an der Nase herumführen zu lassen. Wenn Sie sie wollen, können Sie sie haben. Sie ist für mich nicht von Nutzen.«

»Für mich schon.« Beaufort rieb sich die Hände. »Sie ist jung und durchaus attraktiv. Ein bisschen mager vielleicht, aber das lässt sich ändern.«

Angewidert betrachtete Batiste den Mann in dem schwarzen

Anzug ihm gegenüber. Wie schade, dass die Familien des Bundes seit Jahrhunderten aneinandergefesselt waren. Gern hätte er sich des einen oder anderen entledigt. Aber um dieses Problem konnte er sich später kümmern. »Sie wird nie einwilligen, mit Nathan zusammenzuarbeiten. Das Einzige, zu dem sie hoffentlich taugt, ist, eine Erbin in die Welt zu setzen.«

»Oh, dafür werde ich sorgen.« Beauforts Augen funkelten.

»Gut. Dann wäre das geklärt. Das Mädchen ist um acht mit seinen Freunden verabredet. Es braucht Geld, und das soll es bekommen.« Batiste und Beaufort grinsten sich an.

»Das ist das Mindeste, was wir für sie tun können. Es wird ihr an nichts fehlen«, erklärte Beaufort. »Sie wird mir aus der Hand fressen, wenn ich mit ihr fertig bin. Keine Sorge, Batiste. Halten Sie bloß Ihren Enkel von ihr fern.«

»Darauf können Sie sich verlassen. Die Hochzeit mit FitzAlans Tochter ist beschlossene Sache. Spätestens dann wird er diese Hüterin vergessen.« Die Herren erhoben sich und gingen in den Flur.

»Sie haben die Männer dabei, um die ich Sie gebeten habe?«

»Natürlich.« Beaufort half Batiste in den Mantel. »Sie sind äußerst diskret und zuverlässig.«

Vor der Tür warteten zwei Limousinen. Batiste gab Beaufort die Adresse und ließ sich von Harold in den Wagen helfen.

»Das Miststück wird bekommen, was es verdient«, sagte er wie beiläufig zu Sirius. »Ich möchte nicht in ihrer Haut stecken. Beaufort ist ein Sadist. Das Mädchen hätte es besser haben können.«

Harold, der den Wagen zum vereinbarten Treffpunkt lenkte, bekam bei diesen Worten Gänsehaut. Von Sirius war lediglich ein zustimmendes Grunzen zu vernehmen.

Jules sah ihrer Freundin verblüfft entgegen. Marie ließ sich auf dem Barhocker neben ihr nieder und grinste.

»Na, wie findet ihr mich?« Sie schüttelte die roten Locken der Perücke, die sie trug.

»Wahnsinn«, sagte Colin, der als Erster seine Sprache wiederfand.

»Ich habe euch doch gesagt, dass Luke ein Künstler ist. Er verwandelt jeden.«

Jules nickte anerkennend. »Hier drin ist niemand, den wir nicht kennen«, sagte sie.

»Ich gehe gleich mit ein paar Leuten zum Rauchen vor die Tür und schaue nach, ob ich etwas Ungewöhnliches sehe«, setzte Colin hinzu.

»Luke braucht mit den anderen noch eine Weile«, sagte Marie. »Er gibt uns Bescheid, wenn er fertig ist.«

»Ich hoffe, sie fallen auf unseren Trick herein.« Jules wirkte etwas angespannt, befand Marie. Dabei war bisher alles gut verlaufen. »Er muss sich eigentlich wundern, weshalb er dich nicht hat reinkommen sehen«, setzte Jules hinzu.

»Hoffen wir, es reicht ihm, Lucy zu sehen«, beschwichtigte Marie sie.

Colin verließ mit ein paar von seinen Freunden die Bar und sah sich aufmerksam um, während er an einer Zigarette zog.

»Ekelhaftes Zeug«, murmelte er. Zwei schwarze Limousinen bogen im Schritttempo um die Ecke und hielten vor der Bar. Er konnte hinter den getönten Scheiben niemanden erkennen, aber das war auch nicht nötig. Er wusste, wer in dem Wagen saß. Colin warf die Zigarette auf den Boden und trat sie aus.

»Es geht los«, flüsterte er Jules zu. »Er ist mit zwei Autos hier.

Offenbar hat er Verstärkung mitgebracht. Das ist gar nicht gut.« Die beiden Mädchen standen hinter der offenen Tür.

Jules wurde blass. »Wir müssen das jetzt durchziehen.«

»Wir haben sowieso damit gerechnet, dass sie uns verfolgen. Es wird trotzdem gelingen«, sagte Marie zuversichtlich. »Wenn Batiste in einem der Autos sitzt, dann haben wir erreicht, was wir wollten. Aber jede Minute, die wir ihn jetzt noch ablenken, verschafft Lucy mehr Zeit.«

Colin nickte zustimmend. »Wissen alle Bescheid?«, fragte er dann Jules.

»Ich habe mit jedem gesprochen. Sie denken, das sei ein Spiel. Sie machen alle mit, schließlich gibt es später Freibier für alle.«

»Was für ein Vögelchen ist mir denn da ins Netz gegangen?« Orions Stimme grollte durch den Raum.

Lucy klammerte sich am Geländer der Treppe fest und wog ihre Chance ab, dem Riesen zu entkommen. Sie hatte keine. Sie kam nicht einmal an ihm vorbei. Und selbst wenn, die Krypta dahinter war zu klein. Überall versperrten die Särge ihr den Weg. Orion stellte den Korb, in dem sich vermutlich Nathans Abendessen befand, ab und kam langsam auf sie zu. In Lucys Kopf ratterte es. Ihre Beine zitterten. Sie durfte ihm ihre Furcht nicht zeigen.

»Es wäre besser, wenn Sie mich gehen ließen«, sagte sie.

»Es wäre besser, wenn ich Sir de Tremaine anriefe und ihm sagte, dass er umsonst nach London gefahren ist.«

Zu Lucys Entsetzen zog er ein Handy aus der Jackentasche, das in seiner Pranke winzig wirkte. Er drückte auf eine Taste und hielt sich das Gerät ans Ohr.

Lucy hielt den Atem an.

Nach ein paar Sekunden blickte der bullige Mann auf das Display. »Du hast Glück«, sagte er. »Hier unten haben wir keinen Empfang. Ich bringe dich auf dein Zimmer, und du wirst keine Dummheiten machen, verstanden? Wir haben noch eine Rechnung offen, wir zwei.«

Lucy war stehen geblieben. In Spielfilmen war es immer gut, wenn man seinen Feind in ein Gespräch verwickelte. Vielleicht half das auch im wahren Leben. Jede Minute, die sie hatte, war ein Gewinn.

»Welche Rechnung?«, fragte sie.

»Der junge Herr hat mich angeschossen, und das wegen dir«, erklärte das Ungetüm.

»Er hatte keine andere Wahl«, sagte sie mit fester Stimme.

»Er muss nur tun, was sein Großvater von ihm verlangt, nichts anderes. Und dich von hier fortzubringen, stand nicht auf der Liste.« Orion lachte ein falsches Lachen.

»Batiste de Tremaine will mich gegen meinen Willen zu etwas zwingen«, sagte Lucy und setzte einen Fuß hoch auf die nächste Treppenstufe. Wenn sie Orion nach unten lockte, konnte sie gar nichts ausrichten. Sie musste hier raus.

Unwillkürlich ging Orion einen Schritt rückwärts und stieg ebenfalls die Treppe wieder hinauf.

»Wenn der Herr es für richtig hält, wird es auch richtig sein«, bestimmte Orion.

»Stellen Sie nie infrage, was er befiehlt?« Dieses Monstrum ihr gegenüber war vielleicht für den Tod von Madame Moulin verantwortlich. Er oder sein Kumpan. Skrupel kannten beide nicht.

Kalter Schweiß brach ihr aus. Sie klammerte sich an das Geländer, um das Zittern, das auch ihre Hände erfasste, unter Kontrolle zu bringen.

»Nein, niemals«, antwortete Orion kurz angebunden. »Nun ist es aber genug. Ich verschwende meine Zeit nicht mit unnützem Geschwätz. Lässt du dich freiwillig ins Haus bringen, oder muss ich dich zwingen?«

Lucy tat, als müsse sie darüber nachdenken. Sie machte einen weiteren Schritt. Orion zwängte sich rückwärts durch den geheimen Durchgang in die Krypta. Ein triumphierendes Lächeln zuckte um seine Lippen. Er griff nach Lucys Arm, um sie hinter sich herzuziehen. Wie Klauen legten sich seine Finger um ihr Handgelenk. Ihr Mut verließ sie. Widerstandslos ließ sie sich von ihm mitzerren. Vielleicht konnte sie ihm im Garten entwischen. Die Chance war winzig, aber in der engen Krypta hatte sie gar keine.

Etwas raschelte in dem finsteren Raum, und ehe Lucy begriff, was geschah, ließ die Pranke sie los, und Orion verdrehte die Augen. Mit einem dumpfen Schlag ging der Mann zu Boden.

Lucy rührte sich nicht, bis das Klicken eines Feuerzeugs ihre Erstarrung löste. Sofia stand vor ihr. In der einen Hand hielt sie eine Kerze, in der anderen ein Nudelholz.

Ein Buch ist dem Verfasser,
was den Schönen ihr Bild im Spiegel ist.

Jean Paul

19. KAPITEL

»Es ist so weit«, flüsterte Luke den drei Freunden an der Bar zu. »Die beiden anderen Mädchen sind fertig.«

»Sind sie genauso perfekt wie Marie?«, fragte Colin. Es war verrückt, völlig Unbeteiligte in Gefahr zu bringen. Aber jetzt war es für ein schlechtes Gewissen zu spät.

Luke zuckte bescheiden mit den Schultern. »Ich habe mein Bestes gegeben. Im Hellen würde man schnell erkennen, dass sie nicht Lucy sind, aber ich denke, für euren Zweck wird es genügen.«

»Danke, Luke«, sagte Marie. »Dafür bin ich dir etwas schuldig.«

»Kein Problem, Süße. Immer wieder gern.« Er zwinkerte ihr zu und gesellte sich zu den anderen.

Marie rieb sich die schweißfeuchten Hände an ihrer Hose ab und blickte in die Gesichter ihrer Freunde. Mittlerweile war auch sie nervös. Sie wussten schließlich, zu welchen Abscheulichkeiten Batiste de Tremaine fähig war. Jetzt konnten sie nur hoffen, dass niemand zu Schaden kam.

Jules sah auf ihre Uhr. »Halb acht. Lucy hat nichts von sich hören lassen. Wir halten uns an den Plan. Eigentlich müsste sie längst auf der Flucht sein. Wir können Batiste noch eine halbe Stunde an der Nase herumführen, bis er weiß, dass wir ihn getäuscht haben. Spätestens dann wird er auf dem Landsitz anrufen.«

Colin und Marie nickten gleichzeitig.

Dann stieß Colin einen leisen Pfiff aus. Wie auf Kommando wandten sich die anderen ihnen zu. Aus der Toilette schlüpften zwei Mädchen, die identische Klamotten wie Marie trugen und Lucys rote Haare hatten. Colin staunte, wie schwer die drei in dem gedämpften Licht der Bar voneinander zu unterscheiden waren.

Alles klappte wie geplant. Nacheinander verließen sie die Bar. In der Mitte des Pulks gingen die drei Lucys. Etwas entfernt von dem Pub entdeckte Colin sechs Männer, die sich dort postiert hatten. Die Autos waren verschwunden. Mit so vielen Verfolgern hatten sie nicht gerechnet. Wenn sie sich aufteilten, würden sie die Gruppen in Windeseile einholen.

Der Pulk löste sich auf und teilte sich in drei Gruppen. Jeder ihrer Freunde wusste genau, zu welcher Gruppe er gehörte, und jede nahm ein Lucy-Double in die Mitte und stürmte in eine andere Richtung davon. Dieser Teil war schon mal nach Plan verlaufen.

Colin schloss sich wie vereinbart Maries Gruppe an. Während sie wegliefen, wandte er sich um. Auch wenn ihre Jäger für einen Moment verunsichert waren, brauchten sie nicht lange, um eine Entscheidung zu treffen. Jeweils zwei von ihnen hängten sich an eine Gruppe. Er nahm Marie an die Hand und trieb seine Mitstreiter an. Ziel des Spieles war es, sich Lucy nicht abjagen zu lassen. Das hatten sie ihren Freunden erzählt. Die Gruppe, die mit ihrer Lucy zuerst ins Lokal zurückkam, hatte gewonnen. Allerdings musste dafür eine ganz bestimmte Strecke abgelaufen worden sein. Seine Mitstreiter nahmen an, die Verfolger gehörten zu dem Spiel. Colin hoffte, dass sie nicht bewaffnet waren. Die Häscher holten schnell auf. Sie waren als Gruppe längst nicht so beweglich.

Colins Gruppe bog in eine Seitenstraße ab. Es war an der Zeit, die Maskerade zu beenden, bevor die Männer sie einholten.

»Zieh die Jacke aus«, flüsterte Colin Marie zu.

»Meinst du, wir sind weit genug entfernt?«, fragte sie atemlos.

»Ja, mach schnell.« Die anderen drängten sich dichter um Marie, sodass sie von hinten nicht mehr auszumachen war.

Während sie weiterhasteten, streifte Mary die dicke Jacke ab, darunter kam ein graues Sweatshirt zum Vorschein.

»Und jetzt die Haare«, forderte Colin.

Marie zog sich die Perücke vom Kopf, Colin stoppte kurz und stopfte beides in einen Müllcontainer. Dann schloss er wieder zu Marie auf. Diese schüttelte ihre Haare und wischte sich mit einem Abschminktuch, das Luke ihr gegeben hatte, die Theaterschminke aus dem Gesicht.

»Noch ein bisschen«, sagte Colin.

Dann setzte Marie eine Brille auf.

Colin nickte anerkennend. »So bekommen sie nie heraus, wer unsere Lucy war.«

Ein Verfolger hatte sie erreicht und drehte eins der Mädchen zu sich herum.

»Hey«, rief dieses, woraufhin er es losließ.

Ohne Rücksicht zu nehmen, drängelten er und sein Partner durch die Gruppe. Aufmerksam musterten sie die Mädchen. Eine nach der anderen blieb stehen. Jetzt kam der komplizierte Teil.

»Wo ist Lucy Guardian?«, fragte einer der beiden Colin. Beide waren schlank und durchtrainiert. Kein Wunder, dass sie den Haufen bunt zusammengewürfelter Jugendlicher so schnell eingeholt hatten. »Hier nicht«, sagte er, und die anderen lachten.

»Ihr habt die Falschen verfolgt«, grölte einer der Jungs.

Der Mann packte Colin am Arm. »Das ist kein Spaß.«

»Lauft ihr zurück«, forderte Colin seine Mitspieler auf und sah in verunsicherte Gesichter. »Sonst verlieren wir, na los!«

Langsam setzte der Trupp sich in Bewegung. Marie warf ihm einen hilflosen Blick zu, doch einer der Jungs zog sie mit sich.

»Also?«, wandte der Mann sich Colin zu. »Wo finden wir die richtige Lucy?«

»Ich weiß es nicht«, sagte Colin. »Sie ist nicht in London. Wir nehmen an, dass sie entführt wurde.«

Der Mann trat näher an Colin heran. »Und was sollte die Scharade?«, fragte er. »Sie hat angerufen, und ihr habt euch heute Abend mit ihr verabredet.«

»Sie ist nicht gekommen«, presste Colin hervor. Die Typen hatten ihn an die Hauswand gedrängt.

»Pass bloß auf, Bürschchen«, warnte ihn der eine und schlug ihm mit der Faust in den Magen.

Colin krümmte sich vor Schmerz zusammen. »Das war nur ein Spiel.«

»Ein Spiel«, sagte der andere wütend. »Wir werden dafür bezahlt, dass wir die Kleine zu Beaufort bringen, und du erzählst uns was von einem Spiel?« Er packte Colin am Kragen und schlug ihm ins Gesicht. Seine Lippe platzte auf.

»Jetzt sag schon, wo ist sie?«

»Ich habe keine Ahnung«, beharrte er stöhnend.

»Ich werde dich lehren, uns hinters Licht zu führen.« Schläge prasselten auf Colin ein. Er versuchte, sich zu wehren, aber einer der beiden hielt seine Arme fest.

Es dauerte ewig, bis sie von ihm abließen. Colin rutschte an der Hauswand zu Boden.

»Komm uns nicht noch einmal in die Quere«, hörte er einen der Schläger zum Abschied sagen. »Das nächste Mal geht nicht so glimpflich für dich aus.« Schritte entfernten sich.

Colin kämpfte gegen die Ohnmacht an und rappelte sich mühsam auf. Er musste sich festhalten, um nicht umzukippen. Wie viel Zeit war verstrichen? Ihm kam es wie eine Ewigkeit vor. Er betastete sein Gesicht und spürte warme Feuchtigkeit auf seiner Haut. Ihm wurde übel. Blut hatte er noch nie sehen können. Ein Auge war von den Schlägen so zugeschwollen, dass er es nicht öffnen konnte.

»Colin?«, hörte er jemanden schreien. »Oh mein Gott, Colin. Was haben sie mit dir gemacht?« Jules legte ihre Arme um ihn. »Ich bringe dich ins Krankenhaus. Es wird alles wieder gut. So ein Mist, verdammter«, setzte sie zu sich selbst hinzu. »Komm, wir müssen nach vorn zur Straße. Hier bekommen wir nie ein Taxi.«

Colin stützte sich auf Jules. Sie schlang einen Arm um seine Taille und zog ihn mit sich.

»Ist ansonsten alles nach Plan verlaufen?«, fragte er nach geraumer Zeit nuschelnd.

»Ja. Ich hätte gern Batistes Gesicht gesehen, als wir alle zurückkamen. Seine Schergen haben reichlich bescheuert geglotzt.« Jules lachte leise. »Ich bin zurückgelaufen, als Marie mir gesagt hat, dass sich die beiden dich vorgeknöpft haben.«

»Das hättest du nicht tun dürfen. Es war zu gefährlich.« Jeder Atemzug schmerzte in der Brust.

»Ich hatte Angst um dich«, sagte Jules leise und griff nach Colins Hand, die über ihrer Schulter hing. »Ich konnte dich doch nicht allein lassen.«

Sie brauchte einige Versuche, bis ein Taxi anhielt, das bereit war, sie zu einem Krankenhaus zu fahren.

Jules brachte Colin in die Notaufnahme und ging dann auf dem Flur nervös auf und ab. Endlich kam ein junger Assistenzarzt zu ihr.

»Es sah schlimmer aus, als es ist«, erklärte er. »Wir haben die Wunden versorgt und ihn geröntgt. Wenn Sie möchten, können Sie ihn mit nach Hause nehmen.«

Jules nickte dankbar und atmete tief durch. Dann griff sie nach ihrem Handy und wählte Maries Nummer.

Lucy schwankte und lehnte sich gegen den kalten Stein des Altars. Dann blickte sie Sofia dankbar an. Sie stieg über den bewusstlosen Mann und nahm ihr das Nudelholz aus der Hand.

»Er hat sich nicht aufhalten lassen«, sagte Sofia. »Ich wusste nicht, was ich machen sollte. Die Zeit konnte unmöglich ausreichen, um Nathan zu befreien und zu fliehen.« Sie blickte auf den Riesen zu ihren Füßen. »Was machen wir jetzt?«, fragte sie.

»Wir müssen ihn fesseln.«

»Ich hole Stricke«, sagte Sofia.

Lucy tastete den fleischigen Hals nach einem Lebenszeichen ab. Der Puls schlug schwach, aber regelmäßig. Sie wischte sich die Hand an ihrer Hose ab und verzog das Gesicht. Dann bewaffnete sie sich mit dem Nudelholz und wartete darauf, dass Sofia aus dem Haus zurückkehrte. Sie hörte kurze Zeit später deren Schritte auf der Treppe.

»Das Telefon in der Küche hat geklingelt«, erklärte sie atemlos. »Ich bin nicht rangegangen. Aber wenn er niemanden im Haus erreicht, wird Batiste wissen, dass etwas nicht stimmt.«

»Zum Glück braucht er Stunden, um zurückzufahren. Wir haben also Zeit genug, Nathan zu befreien.«

Sofia schüttelte den Kopf. »Darauf würde ich nicht wetten. Wenn Sirius sich verwandelt, ist er um ein Vielfaches schneller als andere Hunde, und er kann querfeldein laufen. Er wird schneller sein als das Auto.«

Lucy griff nach dem Seil und fesselte Orion erst die Hände und dann die Füße. »Dann müssen wir uns beeilen«, bestimmte sie mit zusammengepressten Zähnen.

Im selben Moment stöhnte Orion auf und bewegte seinen Kopf. Sofia griff nach dem Nudelholz, das auf einem der Särge lag, und versetzte dem Muskelprotz einen weiteren Schlag. Das Stöhnen verstummte. Lucy sah sie ungläubig an. Das hätte sie Sofia nicht zugetraut, sie musste ziemlich wütend auf den Mann sein. »Danke«, flüsterte sie. »Aber ich glaube, es ist besser, wenn Sie ins Haus zurückgehen. Er darf nicht wissen, dass Sie mir geholfen haben.«

»Was hast du jetzt vor? Du wirst die Bibliothek nicht öffnen können. Ich habe bei den Sitzungen des Bundes genug gehört, um das zu wissen.«

»Aber ich muss es versuchen«, erklärte Lucy. »Es muss einfach eine Möglichkeit geben.«

Zweifelnd sah Sofia sie an. »Ich kann dich nicht umstimmen, oder?«

Lucy schüttelte den Kopf. »Nein. Ich gehe nicht ohne Nathan.«

Ein letztes Mal prüfte Sofia die Festigkeit der Fesseln und griff in die Taschen von Orions Jackett. »Er hat keinen Schlüssel bei sich. Vermutlich kennt er ein Passwort oder so«, flüsterte sie. »Ich glaube, er kann sich noch nicht wieder verwandeln, was vermutlich an der Verletzung liegt. Aber sicher bin ich nicht. Du solltest auf der Hut sein.«

»Das bin ich«, antwortete Lucy und versuchte, überzeugt zu klingen.

»Viel Glück«, rief Sofia ihr hinterher, während sie schon die Stufen hinunterlief. Lucy hatte ein bisschen Zeit gewonnen und konnte nur hoffen, dass sie ausreichte.

Ein zweites Mal suchte sie im Schein einer Fackel die Tür und die danebenliegenden Steine ab. Womöglich war des Rätsels Lösung ganz einfach, und irgendwo war ein Mechanismus verborgen, der die Tür öffnete. Lucy erschien dies die logischste Erklärung. Doch sosehr sie auch suchte, die Steine abtastete und in den Fugen kratzte, sie fand nichts. Ihre Zeit wurde knapp.

»Nathan«, rief sie. »Nathan hörst du mich?«

Keine Antwort. Hinter der Tür blieb alles still. »Weshalb hörst du mich denn nicht?«, flüsterte sie mit tränenerstickter Stimme und lehnte sich an die Tür. »Ich brauche dich, hörst du. Allein schaffe ich das nicht.« Wütend schlug sie mit der flachen Hand auf das Holz und wischte die Tränen von den Wangen. Heulen half jetzt auch nicht.

»Wo ist sie?«, herrschte Batiste Sirius an. »Was ist passiert?«

Der Mann gaffte ihn an und antwortete nur schwerfällig. »Ich weiß nicht, Herr, aber das Mädchen war nicht dabei. Überhaupt war kein Mädchen mit roten Haaren dort. Das Einzige, was wir gefunden haben, war das hier.«

Er hielt eine Perücke empor, die er in der Hand gehalten hatte und die Lucys Haaren verblüffend ähnlich sah.

»Ich habe das Mädchen deutlich gesehen«, sagte Batiste. »Es kann doch nicht sonderlich schwer sein, ein siebzehnjähriges Mädchen einzufangen.«

»Ja«, bestätigte Sirius. »Sie war dort. Aber als wir die Verfolgung aufnahmen, gab es das Mädchen plötzlich drei Mal, und keine davon war die echte Lucy Guardian.«

»Ich kann mich des Eindrucks nicht erwehren, dass die Situation Sie überfordert«, sagte Beaufort und musterte Batiste überheblich. Sie saßen sich in dessen Limousine gegenüber. »Vielleicht sind Sie mittlerweile zu betagt für das Amt des obersten Perfectus. Sie haben sich von einer Bande Jugendlicher hinters Licht führen lassen.«

Batiste warf seinem Gegenüber Blicke zu, bei denen jeder andere zurückgeschreckt wäre. Beaufort schien sie nicht einmal zu bemerken.

»Wir sollten das Problem mit den anderen Perfecti besprechen«, fuhr dieser fort. »Für meinen Geschmack sind mittlerweile zu viele Leute in die Geschichte involviert. Jahrhundertelang ist es uns gelungen, die Sache geheim zu halten. Nun scheint es mir, dass Uneingeweihte davon erfahren haben, und so leid es mir tut, Batiste: Ich gebe Ihnen und Ihrem Enkel daran die Schuld.«

»Ich habe alles unter Kontrolle«, erklärte Batiste, und die Wut in seiner Stimme war nicht zu überhören.

»Ich berufe trotzdem eine Versammlung ein«, erklärte der

Mann in dem Moment, in dem der Wagen vor dem Stadthaus hielt. Beaufort verließ den Wagen und eilte zu seiner eigenen Limousine.

»Hol mir Orion ans Telefon«, knurrte Batiste Sirius an, nachdem dieser ihm ins Haus geholfen hatte. »Ich will wissen, ob auf dem Landsitz alles in Ordnung ist.«

Sein treuer Untergebener nickte und folgte ihm in sein Arbeitszimmer. Während Batiste sich in einen Sessel sinken ließ, wählte Sirius die Nummer. Das Freizeichen ertönte. Batiste schloss die Augen. Er fühlte sich erschöpft. Er würde sich seine Stellung nicht streitig machen lassen, weder von diesem Wurm Beaufort noch von seinem Enkel und diesem Weibsbild.

»Es geht niemand ran«, erstattete Sirius Bericht.

Batiste fixierte ihn. »Hast du es in der Küche bei Sofia versucht, du Dummkopf?«

Sirius nickte.

Er stemmte sich aus dem Sessel hoch. »Komm mit. Wir müssen umgehend zurück. Sie haben uns hinters Licht geführt.«

»Das verstehe ich nicht, Herr«, sagte Sirius.

»Das musst du auch nicht verstehen. Das war ein Ablenkungsmanöver. Es würde mich nicht wundern, wenn das Mädchen nie in London war. Das werden sie mir büßen. Ruf den Flughafen an«, befahl er Sirius. »Wir brauchen eine Maschine.« Dann ging er in den Flur. »Harold«, befahl er seinen Chauffeur zu sich.

Harold stand in der Küche. Mit zitternden Fingern tippte er eine Nachricht an Sofia in sein Handy.

»Harold«, hörte er Batiste ein zweites Mal brüllen.

Er ließ sein Handy in die Tasche seiner Hose gleiten und trat in den Flur.

»Entschuldigung, Sir. Ich habe Sie nicht gehört.«

»Wir fahren zum Flughafen«, blaffte Batiste ihn an und humpelte zur Eingangstür.

Harold überholte ihn, öffnete die Tür und half seinem Herrn die Stufen hinunter. Sie würden fliegen. Damit hatte keiner von ihnen gerechnet. Er musste eine Gelegenheit finden und Sofia darüber informieren. Er konnte nur hoffen, dass Nathan und Lucy längst über alle Berge waren.

»Ich hole das Gepäck«, sagte er dann mit leiser Stimme.

»Nein«, befahl Batiste. »Wir dürfen keine Zeit verlieren. Wir fahren sofort.«

Kein Buch ist so schlecht,
dass es nicht in irgendeiner
Weise nützen könnte.

Plinius der Jüngere

20. KAPITEL

Nathan saß über das geheimnisvolle Buch gebeugt und versuchte, es zu entziffern. Daneben lag das Notizbuch seines Großvaters. Trotz seiner Bemühungen gelang es ihm nicht, auch nur eine Zeile zu verstehen. Womöglich war das gar nicht das Buch, nach dem er gesucht hatte. Vielleicht hatte er sich völlig in etwas verrannt.

Er fuhr sich mit der Hand durchs Haar. Noch einmal blätterte er durch die Seiten. Einige der Zeichen wiederholten sich in regelmäßigen Abständen. Er nahm ein Blatt Papier und kopierte sie sorgfältig darauf. Dann verglich er sie mit Batistes Aufzeichnungen und fand dort dieselben mysteriösen Zeichen. Leider standen dahinter keine Buchstaben, um sie zu entschlüsseln, sondern wiederum andere Symbole. Nathan starrte auf das Papier, bis sie vor seinen Augen verschwammen, und hoffte auf eine Eingebung.

»Spiegelschrift«, sagte er laut zu sich selbst. Das machte es noch komplizierter. Offenbar bedeuteten beide Schriftzeichen dasselbe, aber mal waren sie normal geschrieben und mal gespiegelt.

Nathan blätterte durch das Buch, um seine Entdeckung zu kontrollieren, als ein Geräusch ihn herumfahren ließ. Sein Blick wanderte durch den Raum. Hatte gerade jemand nach ihm gerufen?

Nathan stand auf und ging ein paar Schritte zwischen die Regale. »Hallo«, rief er. »Ist da jemand?« Er erhielt keine Antwort. Litt er jetzt schon unter Halluzinationen? Verwundern würde es ihn nicht. »Habt ihr das auch gehört?«, fragte er in die Stille. Wie erwartet, schwiegen die Bücher ihn an. Es wurde Zeit, dass er hier herauskam. Er ging zurück zu seinem Schreibtisch und versuchte, sich ein weiteres Mal zu konzentrieren.

Sein Großvater war bei der Entschlüsselung sehr systematisch vorgegangen. Trotzdem gab es keine niedergeschriebene Übersetzung. Hatte Batiste absichtlich darauf verzichtet, um das Wissen mit niemandem teilen zu müssen, oder bewahrte er sie anderswo auf? In seinem Safe vielleicht? Resigniert ließ Nathan die Schultern sinken. Der Safe befand sich im Haus, und er kam nicht an ihn heran. Er klappte das Buch zu und betrachtete es bedauernd. Bisher war er kein Stück weitergekommen. Stirnrunzelnd sah er auf seine Uhr. Die Zeiger näherten sich halb acht. Wo blieb eigentlich Orion mit dem Abendessen? Sollte er sich noch einem der Bücher widmen, die sein Großvater bestellt hatte? Wenn Batiste morgen zurückkam und Nathan wenigstens einen neuen Einband gezeichnet hatte, ließ er ihn vielleicht zurück ins Haus. Seine Chancen, von dort zu entkommen und Lucy zu folgen, waren ungleich größer, als wenn Batiste ihn weiter einsperrte. Dieser würde vor Wut kochen, dass Lucy und ihre Freunde ihn so an der Nase herumgeführt hatten. Es war vielleicht gut, ihn mit einem weiteren Buch zu besänftigen.

Nathan nahm das geheimnisvolle Buch und das Notizbuch seines Großvaters und brachte beides zurück an seinen Platz. Es fiel ihm schwer, das Buch zurückzulassen. Es war etwas Besonderes an ihm. Vermutlich, weil es das einzige Buch in der Bibliothek des Bundes war, das noch es selbst war. Das einzige Buch, das nicht in einem Schutzbuch eingesperrt war.

Eingesperrt – Nathan schüttelte über sich selbst den Kopf. Das erste Mal betitelte er das, was er jahrelang für richtig gehalten hatte, mit diesem Wort.

Irgendetwas Wichtiges hatte er übersehen. »Weshalb willst du dein Geheimnis nicht preisgeben?«, fragte er das Buch.

Aber natürlich beantwortete das Buch seine Frage nicht. Das wäre auch zu schön gewesen. Nathan ging zu seinem Schreibtisch zurück, während seine Unruhe sich verstärkte. Normalerweise bekam er sein Abendessen gegen sechs. Etwas musste geschehen sein, was Orion daran hinderte, es ihm zu bringen. Wütend schlug Nathan mit der Faust auf den Tisch.

In diesem Moment hörte er es wieder. Nur viel deutlicher diesmal. Nathan sprang auf, und krachend fiel der Stuhl hinter ihm zu Boden. Das war Lucy. Sie rief nach ihm, und ihre Stimme klang verzweifelt. Nathan sprintete zur Tür, trommelte dagegen und rief ihren Namen. Sie durfte nicht auf der anderen Seite stehen. Sie sollte längst fort sein. Weit fort. Dieses Mädchen trieb ihn noch in den Wahnsinn. Er unterbrach sein Klopfen und lehnte sich gegen die Tür. »Lucy«, flüsterte er. »Was tust du da?«

»Ich gehe nicht ohne dich«, hörte er deutlich ihre Antwort.

»Ich kann aber nicht hinaus«, schrie er wütend.

»Du musst dich konzentrieren«, vernahm er plötzlich hinter sich eine kraftvolle Stimme. Nathan fuhr herum. Doch da war niemand. Niemand – nur er und unzählige gestohlene Bücher.

»Wir werden euch helfen«, hörte er die Stimme wieder.

»Warum?«, fragte Nathan ungläubig zurück. Die Bücher sprachen mit ihm. Das war unglaublich.

»Du hast nicht viel Zeit«, warf eine hellere Stimme ein. »Wundern kannst du dich später. Du musst ihr helfen. Allein wird sie es nicht schaffen.«

Nathan drehte sich wieder der Tür zu. Er legte seine Hände auf das Türblatt und versuchte, sich zu konzentrieren.

»Schließ deine Augen.« Gehorsam tat er, was die erste Stimme von ihm verlangte. »Und jetzt denk an sie.«

Das war ganz einfach. Bilder fluteten seinen Kopf. Er sah Lucy auf dem Weg zur Bibliothek. Er sah sie mit ihm gemeinsam in Westminster Abbey stehen. Er sah sie während ihrer Vorlesung in einer der Reihen sitzen und sie beide zusammen durch den Londoner Regen laufen. Er sah ihr erschrockenes Gesicht, als sie vom Tod des Vikars erfuhr. Immer tiefer versenkte er sich in die Erinnerungen. Als er spürte, wie sein Mal zu pulsieren begann, öffnete er die Augen. Ein Leuchten erfüllte den Raum. Ein Leuchten, das nicht nur aus seinem Mal kam. Um ihn herum wisperten Hunderte Stimmen, ohne dass er nur ein Wort verstand. Immer eindringlicher klang der Chor unterschiedlicher Tonlagen. Die Stimmen verbanden sich zu einer Beschwörung, der Rhythmus wurde gleichmäßiger.

Ein Lichtschein strömte aus Nathans Mal, breitete sich aus und legte sich als pulsierender Schleier über das Türblatt. Unter Nathans Fingern begann es zu vibrieren, das Holz wurde lebendig. Die Stimmen hinter Nathan schwollen weiter an. Er konzentrierte sein ganzes Denken auf Lucy. Er musste ihr helfen, musste sie beschützen. Sie würde ohne ihn ihre Aufgabe nicht erfüllen können.

Er durfte sie nicht im Stich lassen. Es war egal, ob sie das Gleiche für ihn empfand wie er für sie. Er war es ihr schuldig, ihr zu helfen.

Das Licht wurde intensiver. Wie ein fest gebündelter Strahl tastete es sich voran und traf auf den Knauf, der die Tür von dieser Seite verschloss. Ein knackendes Geräusch ertönte, und die Tür sprang auf.

Nathan taumelte nach vorn. Das gleißende Licht verebbte zu einem zarten Glimmen. Vorsichtig schob er die Tür auf.

Lucy stand auf der anderen Seite und betrachtete fassungslos ihre Handflächen, die immer noch leuchteten. Er trat zu ihr und legte seine ebenfalls funkelnden Hände auf ihre. Sie lächelte ihn an, und am liebsten hätte er sie in seine Arme genommen. Nur mit Mühe hielt er sich zurück.

»Wir haben es geschafft«, sagte sie ungläubig.

»Weshalb hast du nicht auf mich gehört?«, fragte er leise zurück.

»Ich konnte nicht ohne dich gehen, und die Bücher wussten das.«

Jetzt zog er sie doch fest an sich, und sie schlang ihre Arme um ihn. »Ich weiß nicht, was ich mit dir machen soll.« Einen Moment lang hielt er Lucy einfach nur im Arm. »Wir müssen weg«, sagte er dann. »Je weiter wir fort sind, wenn mein Großvater zurückkommt, umso besser.«

Lucy nickte an seiner Brust, und widerstrebend ließ er sie los.

Doch statt sich der Treppe zuzuwenden, betrat sie die Bibliothek. Nathan wollte sie zurückhalten. »Lucy, sei vernünftig«, forderte er sie auf. »Lass uns gehen.«

Lucy hörte nicht auf ihn und ging weiter. Langsam streifte sie durch die Regalreihen. So viele Bücher, staunte sie. Das hatte sie nicht erwartet. Bücher in wunderschönen Einbänden. Bücher, deren Titel sie noch nie gehört hatte. Ab und zu strich sie über einen Buchdeckel. Dann und wann nahm sie eins in die Hand und schlug es auf. Jedes Buch begrüßte sie auf andere Weise. Mal war es ein leises Hallo, mal ein schüchternes Lächeln, das sie spürte. Einmal war es ein brummiges Wurde-auch-Zeit und einmal ein Kichern, als würde sie das Buch kitzeln. Am liebsten hätte sie jedes einzelne Buch berührt. So viele Worte, die in diesen unterirdischen Gewölben gefangen waren.

Lucy wusste, dass es vernünftiger war, zu gehen. Aber es erschien ihr unmöglich, die Bücher allein zu lassen. Sie spürte ihre Angst und Wut, Verzweiflung, Kummer und Hoffnung. Tränen traten ihr in die Augen.

Zweifellos dachten sie, dass sie gekommen war, um sie zu befreien. Sie drehte sich zu Nathan um. »Sie haben dir geholfen, die Tür zu öffnen, oder?«

»Dir, Lucy. Sie haben dir geholfen. Ich schätze, für mich allein hätten sie keinen Finger gerührt.«

Lucy lächelte ihn an. »Ich glaube, du unterschätzt dich.«

»Sie haben Angst vor mir«, stellte Nathan klar.

»Spürst du das?«, fragte Lucy.

Nathan nickte langsam, als würde ihm die Bedeutung dessen gerade erst klar werden. »Sie teilen ihre Gefühle mit mir?«

»Ja, und das heißt, dass sie beginnen, dir zu vertrauen.«

»Es sind keine angenehmen Gefühle.«

»Ich weiß«, antwortete Lucy niedergeschlagen. »Können wir denn gar nichts tun?«

»Im Moment nicht. Wir müssen weg, doch wir kommen wieder, das verspreche ich, und dann werden wir jedes Einzelne von ihnen freilassen. Aber wenn Batiste uns jetzt findet, haben die Bücher keine Chance.«

»Du hast recht«, sagte Lucy, machte jedoch keinerlei Anstalten, zu gehen. Die Enttäuschung, die ihr entgegenprallte, war so stark, dass sie ihr körperliche Schmerzen bereitete. Stöhnend hielt sie sich an einem der Regale fest. Nathan trat zu ihr und schlang seine Arme um sie. Lucy zog den Ärmel ihrer Bluse beiseite. Gleißendes Licht pulsierte aus ihrem Mal heraus. All ihre Kraft und ihre Hoffnung legte sie in den warmen Schimmer. Das Leuchten bahnte sich seinen Weg durch die Räume, die übervoll waren von Büchern. Um jedes einzelne legte es sich und spülte die Trauer und Hoffnungslosigkeit davon. Es war ein Versprechen, das sie den Büchern gab.

Nathan spürte, wie Lucy in seinem Arm immer schwächer wurde. Sanft bedeckte er das Mal mit seinen Fingern, und das Licht zog sich zurück. »Das muss reichen«, sagte er.

Sie drehte sich zu ihm um und verbarg ihr Gesicht an seiner Brust.

»Sie wissen jetzt, dass du sie nicht im Stich lässt.«

Lucy nickte und ließ sich endlich von ihm aus dem Raum führen.

In der Krypta kletterten sie über Orion, der immer noch bewusstlos auf der Schwelle lag. Nachdenklich betrachtete Nathan ihn.

»Da hat Sofia ihm einen ordentlichen Hieb verpasst.« Er prüfte die Fesseln an Händen und Füßen. »Wenn er zu sich kommt und sich verwandelt, dann gnade uns Gott. Es wäre besser, wir schieben ihn auf die Treppe und verriegeln den Zugang.«

Lucy nickte und begann, an Orions Beinen zu ziehen, während Nathan sich gegen dessen Schultern stemmte und schob. Nur langsam rutschte der Koloss über die Schwelle und die oberen Stufen hinunter.

Keiner von ihnen bemerkte, dass der Riese seine Augen aufschlug. Erst als sich seiner Kehle ein animalisches Knurren entrang, erstarrte Lucy.

Nathan ließ von dem Mann ab. »Komm raus da«, schrie er und reichte ihr seine Hand.

Orion verwandelte sich in Sekundenschnelle in das monströse Tier, das Lucy beinahe bis zur Taille reichte. Er schüttelte sich, und die Fesseln lösten sich von seinen muskulösen Beinen. Mit hochgezogenen Lefzen versperrte er Lucy den Weg. Verzweifelt presste sie sich an die Wand des Gangs. Der Hund schnappte nach ihrem Bein und grub seine Zähne in ihr Fleisch. Nathan versetzte ihm einen Tritt auf die Schnauze und zog Lucy im selben Moment nach oben. Sie stolperte über die Schwelle und fiel auf den Boden der Krypta. Nathan trat noch einmal nach dem Tier, sprang hinter den Sarg und bediente den Mechanismus, der die Tür verschloss. Dann kniete er neben Lucy nieder. »Hörst du mich, Lucy?« Hektisch strich er ihr die Haare aus dem Gesicht. »Tut es sehr weh?«

Lucy hatte die Lippen zusammengekniffen. »Er hat nicht tief gebissen, glaube ich«, presste sie hervor.

»Wir müssen ins Haus«, versuchte Nathan sie zu beruhigen, obwohl sich die Gedanken in seinem Kopf überschlugen. »Sofia wird sich die Wunde ansehen und sie verbinden. Sobald wir eine Möglichkeit finden, bringe ich dich zu einem Arzt.« Er half ihr die Treppen in die Kapelle hinauf und nahm sie dann auf den Arm.

Sie schmiegte ihre schweißfeuchte Stirn an seinen Hals. »Wir haben es fast geschafft, oder?«, fragte sie.

»Er wird uns nicht mehr einholen«, antwortete Nathan und hoffte, dass er sie nicht anlog.

Sofia stand in der Küchentür und rannte ihnen entgegen. »Noch eine Minute, und ich wäre rübergekommen«, rief sie. »Ich hatte solche Angst um euch. Was ist passiert?« Fassungslos sah sie auf Lucys Hose, die sich dunkelrot gefärbt hatte.

»Er hat sie gebissen«, erklärte Nathan. »Du musst dir die Wunde ansehen und sie auswaschen.« Vorsichtig setzte er Lucy auf einen Küchenstuhl und kniete vor ihr nieder. »Wir sind gleich hier weg, hörst du?«

Lucy nickte, und er befühlte ihre Stirn. Auf ihren Wangen hatten sich rote Flecken gebildet.

»Ich kümmere mich darum«, sagte Sofia, als im selben Moment das Telefon klingelte. »So geht das schon die ganze Zeit«, sagte sie. »Harold hat mir geschrieben. Sie sind auf dem Rückweg. Batiste tobt vor Wut.«

»Dann müssen wir uns beeilen. Ich sammle ein paar Sachen zusammen. Können wir deinen Wagen nehmen?« Ohne ihre Antwort abzuwarten, rannte er die Treppe zu seinem Zimmer nach oben.

»Ich muss die Hose aufschneiden«, sagte Sofia und holte ein paar Dinge aus einem Schrank.

Sie wusch die Wunde aus, während Lucy vor Schmerz keuchte, und verband sie. »Ich hoffe, der Biss entzündet sich nicht«, sagte Sofia. »Mit so etwas ist nicht zu spaßen. Du musst mir versprechen, zu einem Arzt zu gehen.«

Lucy biss die Zähne zusammen. Ihr war übel und schwindelig. »Hast du eine Schmerztablette für mich?«

»Natürlich.« Sofia strich ihr über die Wange. »Du bist sehr tapfer.« Sie ging zurück zum Schrank und nahm den Stapel Briefe heraus, die Nathans Eltern ihr geschrieben hatten.

»Ich habe sie extra mit hergebracht, falls euch die Flucht wider Erwarten gelingt. Es ist besser, wenn ihr die mitnehmt«, sagte sie. »Ich habe einen Zettel dazugelegt, auf dem die Adresse steht, wo Nathan seine Eltern finden kann. Er sollte zu ihnen fahren. Jetzt, wo er die Wahrheit kennt«, setzte sie hinzu.

»Natürlich«, sagte Lucy und schluckte die Tablette.

»Danke, mein Kind.« Sofia strich ihr übers Haar. »Ich werde für euch beten.«

Nathan kam zurück in die Küche. In seiner Hand hielt er eine Reisetasche. Er kniete vor Lucy nieder und nahm ihre Hände in seine. »Wie fühlst du dich? Sollen wir zu einem Arzt fahren?«

Entschlossen schüttelte sie den Kopf. »Wir müssen aufbrechen.«

»Sofia«, wandte Nathan sich an die Haushälterin. »Es ist besser, wenn ich dich fessele. Dann kann Batiste dir nicht unterstellen, dass du uns geholfen hast.«

Sofia nickte. »Du musst kein schlechtes Gewissen haben.«

Er band Sofia an einem der Stühle fest. »Harold und du, ihr solltet von hier fortgehen«, sagte er. »Ihr seid hier nicht sicher.«

»Wir werden sehen«, sagte Sofia ausweichend. »Passt ihr besser auf euch auf. Euch darf nichts zustoßen. Meine Autoschlüssel sind im Haus. Ihr müsst sie holen.«

Nathan gab Sofia zum Abschied einen Kuss auf die Wange. Dann zog er Lucy von dem Stuhl hoch. »Geht es?«

»Ist ja nicht weit«, antwortete sie und legte einen Arm um seine Taille.

Nathan gab ihr einen Kuss auf die Schläfe. »Ich bringe dich irgendwohin, wo du dich ausruhen kannst.«

> Solange ein Mensch ein Buch schreibt,
> kann er nicht unglücklich sein.
>
> Jean Paul

21. KAPITEL

Die kleine Maschine, die Batiste gechartert hatte, landete auf dem Flughafen von Newquay. Mit quietschenden Reifen fuhr eine Limousine auf dem Rollfeld vor. Kaum hatte sich die Tür geöffnet und war die Treppe ausgefahren, mühte Batiste de Tremaine sich hinunter. Harold eilte ihm hinterher. Der Fahrer des Wagens öffnete die Tür zu den Rückbänken und überreichte Harold die Autoschlüssel. Sirius nahm auf dem Beifahrersitz Platz.

Der Wagen schoss in die Dunkelheit davon. Sie verließen das Gelände des Flughafens und schlugen den Weg zum Landsitz ein. Kurz hinter dem Flugplatz bremste Harold auf einer menschenleeren Straße.

»Du weißt, was du zu tun hast«, sagte Batiste zu Sirius gewandt. »Halte sie auf. Koste es, was es wolle.«

Sirius öffnete die Tür und verließ den Wagen. Ein schwarzer Schatten bahnte sich mit rasender Geschwindigkeit seinen Weg durch das Unterholz am Rande der Straße.

Harold betete, dass Sofia seine Nachricht erhalten hatte und Lucy und Nathan fort waren, wenn Sirius auf dem Landsitz ankam. Niemand sollte jetzt in Batistes Nähe kommen. Er sorgte sich auch um Sofia. Hoffentlich hatte sie sich nicht zu irgendwelchen Dummheiten hinreißen lassen. Wenn das hier vorbei war, würde er Batiste um seine Entlassung bitten, beschloss Harold. Nathan war erwachsen. Sie waren nicht mehr für ihn verantwortlich. Batiste hatte Sofia und ihn für ihre Dienste großzügig entlohnt. Sie konnten sich ein kleines Haus am Meer leisten und dort in Ruhe ihren Lebensabend verbringen. Sie würden das alles hinter sich lassen.

Sofias Nerven waren zum Zerreißen gespannt. Es schien ihr nur Minuten her zu sein, seit der Motorenlärm ihres Minis in der Ferne verklungen war, als das wütende Gebell eines Hundes erklang. Das musste Sirius sein. Wie hatte der Hund es geschafft, so schnell zurück zu sein? Harolds Nachricht war vor nicht einmal einer Stunde eingetroffen.

Das Bellen kam näher. Gleich würde Sirius die Tür aufreißen. Doch stattdessen krachte eine dunkle Silhouette gegen eines der großen Glasfenster. Die Scheibe zersplitterte unter dem Aufprall. Sofia kniff die Augen zusammen. Winzige Scherben ritzten ihre Haut. Erst als kein Glas mehr auf sie niederprasselte, öffnete sie ihre Augen. Die Bestie stand knurrend vor ihr.

»Sie sind fort«, flüsterte sie voller Angst. »Sie haben mich gefesselt.« Wie zum Beweis bewegte sie, so gut es ging, ihre Hände. Der Hund bellte einmal laut, dann wandte er sich um und sprang durch das Fenster in die Nacht.

Kurz darauf tauchte Scheinwerferlicht den Weg vor der Küche in helles Licht. Harold riss die Küchentür auf und stolperte in den Raum.

»Sofia«, rief er. »Wo bist du?«

»Ich bin hier, Harold«, antwortete sie mit zittriger Stimme.

»Was haben sie mit dir gemacht?«, rief er, und Sofia kam nicht umhin, das schauspielerische Talent ihres Mannes zu bewundern.

Batiste trat hinter ihm ein. »Wo sind sie?«, fuhr er Sofia an.

»Wer?«, fragte sie, um Zeit zu gewinnen.

»Dieses Weib und mein Enkel.«

»Ich weiß es nicht«, sagte Sofia. »Ich hatte Orion das Abendbrot für Nathan mitgegeben. Er kam nicht zurück. Plötzlich tauchte Nathan mit einem Mädchen hier auf. Sie verlangten mein Auto, und als ich mich weigerte, da banden sie mich fest«, erklärte sie und schaute Batiste fest in die Augen.

Harold machte sich an den Fesseln zu schaffen. Als er sie gelöst hatte, rieb sich Sofia ihre Handgelenke.

»Haben sie gesagt, wo sie hinwollen?«, fragte Batiste.

Sofia schüttelte den Kopf. »Kein Wort.«

»Wie lange sind sie fort?«

Sofia überlegte, was sie sagen sollte. »Vielleicht eine Stunde«, antwortete sie zögernd.

»Sirius wird sie finden und zurückbringen«, sagte Batiste mit unverhohlener Drohung in der Stimme.

Sofia nickte.

»Beseitigen Sie die Sauerei«, befahl er ihr. »Und Sie, Harold, begleiten mich zur Kapelle. Ich muss nach dem Rechten sehen.«

Harold warf einen Blick auf seine Frau, die ihm aufmunternd zunickte. Er lächelte gequält zurück und folgte Batiste nach draußen.

Wenig später stieg dieser die Stufen zur Krypta hinunter und befreite Orion.

»Du wirst Sirius folgen«, befahl Batiste. »Und ihr kommt erst zurück, wenn ihr die beiden aufgespürt habt. Was mit dem Mädchen geschieht, ist mir egal, aber meinen Enkel, den bringt ihr mir. Koste es, was es wolle. Ich dulde kein weiteres Versagen«, schloss er drohend.

Orion nickte und stieg die Treppe hinauf, um sich zu verwandeln.

»Du kannst ins Haus gehen«, blaffte Batiste Harold an. Dieser wandte sich ab, während Batiste die Treppe zur Bibliothek hinabstieg.

Lucy war in einen unruhigen Schlaf gefallen. Nathan musterte sie besorgt. Vielleicht war es klüger, einen Arzt aufzusuchen. Andererseits wollte er so viele Kilometer wie nur möglich zwischen sich und das Haus seines Großvaters bringen. Batiste brauchte mit dem Auto von London maximal vier Stunden bis zum Landsitz. Er würde ihnen die Hunde sofort hinterherschicken. Nathan lenkte den Wagen an Dartmoor vorbei Richtung Exeter. Er würde einfach die ganze Nacht hindurch fahren. Lucy hielt den Packen Briefe, den Sofia ihr anvertraut hatte, auf dem Schoß umklammert.

Vorsichtig, um sie nicht zu wecken, zupfte Nathan den Zettel hervor, der zuoberst lag. Sofia hatte in ihrer schwungvollen Schrift eine Adresse daraufgeschrieben. Es war für Nathan nicht schwer zu erraten, wer an der angegebenen Anschrift wohnte.

Sie hatten keine Pläne gemacht, wohin sie gehen wollten. Sein Vater würde ihnen helfen können. Das war er ihm schuldig. Nathan lenkte den Wagen auf die Autobahn, die sie nach Schottland brachte.

Lucy erwachte, als es am Horizont hell zu werden begann. Stöhnend versuchte sie, ihr Bein auszustrecken. Der Schmerz ließ sie zusammenzucken.

Als sie sich Nathan zuwandte, fing sie seinen besorgten Blick auf. »Es geht schon«, erklärte sie. »Mach dir keine Sorgen.«

»Wir werden halten, um uns die Wunde anzusehen. Ich habe Angst, dass es sich entzündet.«

»Gute Idee«, stimmte Lucy zu. »Hat uns jemand verfolgt?«, fragte sie.

Nathan schüttelte den Kopf. »Ich habe niemanden bemerkt.«

»Batiste muss längst zurück sein«, sagte Lucy. »Ich hoffe, er hat uns abgenommen, dass Sofia uns nicht geholfen hat. Ich mache mir Sorgen um sie.«

»Ich auch«, sagte Nathan. »Aber wir hätten sie nicht mitnehmen können.«

Lucy schwieg, und Nathan tastete nach ihrer Hand. »Es wird alles gut«, versprach er.

»Das hoffe ich.« Sie blickte aus dem Fenster. »Wohin fahren wir überhaupt?«

Nathan tippte auf den Zettel, den er zurück in ihren Schoß gelegt hatte. »Zu meinen Eltern. Vielleicht können sie uns helfen.«

Lucy schwieg.

»Was denkst du?«, fragte Nathan. »Glaubst du, das ist eine schlechte Idee?«

»Ich würde gern Miss Olive anrufen. Sie wollte, dass ich mich bei ihr melde, sobald ich in Sicherheit bin. Sie hat versprochen, mir alles zu sagen, was sie über das *Vermächtnis der Hüterinnen* weiß.«

»Okay«, sagte Nathan. »Wenn du meinst, ruf sie an. Wir können versuchen, uns mit ihr zu treffen, wenn du das unbedingt möchtest.«

Lucy zog ihr Telefon aus der Tasche und wählte Miss Olives Nummer. Nach zweimaligem Klingeln nahm die Bibliothekarin ab.

»Wir haben es geschafft, Miss Olive. Wir sind ihm entkommen«, erklärte Lucy ihr hastig. »Wo sind Sie? Können wir uns treffen?«

»Nathan de Tremaine ist bei dir?«, fragte die Archivarin.

»Ja«, bestätigte Lucy.

»Batiste wird euch verfolgen, egal, wohin ihr geht«, sagte Miss Olive. »Das ist euch sicherlich klar. Er wird Mittel und Wege finden, euch zu zwingen, seinen Wünschen Folge zu leisten.«

»Das kann er nicht«, antwortete Lucy. »Nathan wird nie wieder Bücher für ihn auslesen. Das Einzige, was wir noch tun müssen, ist, die Bücher zu befreien. Jetzt sind wir auf dem Weg nach Schottland, um Nathans Eltern zu treffen. Aber ich möchte wissen, was Sie über *Das Vermächtnis* sagen können und wo wir es finden. Also, werden Sie uns helfen?«

»Du unterschätzt Batiste de Tremaine immer noch, Lucy!«, warf Miss Olive ihr vor. »Das ist ein Fehler. Aber wir dürfen nicht noch mehr Zeit verstreichen lassen. Ich nehme die Maschine von London nach Edinburgh. Ich kann am Nachmittag im Holyrood Palace sein. Kennst du ihn?«

Lucy bejahte.

»Das ist ein öffentlicher Ort. Wir treffen uns dort in der Großen Galerie. Passt auf, dass euch niemand folgt.«

»Danke«, sagte Lucy, als die alte Dame längst aufgelegt hatte.

»Holyrood Palace«, sagte sie zu Nathan. »Sie will sich am späten Nachmittag dort mit uns treffen.«

Nathan nickte zustimmend. »Hoffentlich sind noch viele Touristen da, wenn wir ankommen.«

Miss Olive band sich ihr Tuch fester und verließ den Edinburgher Flughafen. Sie stieg in eins der Taxis, die geduldig im Regen warteten.

»Bringen Sie mich zum Holyrood Palace«, sagte sie und stellte die Tasche, die sie bei sich trug, neben sich ab. Sie wollte auf keinen Fall länger als nötig bleiben. Sie hatte getan, was sie konnte. Heute würde sie Lucy alles Nötige mit auf den Weg geben. Dann blieb ihr nach all den Jahren der Suche nichts weiter übrig, als zu hoffen, dass Lucy ihrer Aufgabe gewachsen war.

Miss Olive war sich da nicht sicher. Wie hatte das Mädchen sich mit Nathan de Tremaine verbünden können? Die de Tremaines waren jahrhundertelang die erklärten Feinde der Hüterinnen gewesen. Und nun schloss sich Lucy mit einem von ihnen zusammen. Andererseits hatte das Mädchen ihr erklärt, dass die Bücher dies von ihr gefordert hatten. War das womöglich des Rätsels Lösung? Darauf wäre sie nie gekommen.

Sie selbst hatte das Buch nie gefunden. Immer nur neue und wieder neue Hinweise darauf. Womöglich wollte es sich nicht finden lassen. Ihre letzte Spur hatte sie nach Frankreich zurückgeführt. An den Ort, von dem die ersten Kinder des Bundes fortgebracht worden waren, um ihren Verfolgern zu entgehen. Dort hatte alles begonnen. Dort war der Keim gelegt worden, dessen Saat später in Zwietracht und Kampf endete. Viel zu oft hatten dic Frauen den Kürzeren in diesem Kampf gezogen. Doch es hatte immer festgestanden, dass sie in einer fernen Zukunft den Sieg über die Männer davontragen würden. War dieser Tag jetzt gekommen? Sosehr sie es hoffte, sie vermochte es nicht zu glauben.

Das Taxi hielt an dem gewünschten Ort. Miss Olive zahlte und stieg aus. Der prächtige Palast, Residenz der britischen Königin in Schottland, ragte vor ihr in die Höhe.

Schweren Herzens ging sie auf den Eingang zu. Trotz des späten Nachmittags gab es noch einige Touristen, die mit ihr das Schloss betraten. Miss Olive hatte weder einen Blick für den gepflegten Innenhof noch für die liebevoll restaurierten Ausstellungsräume. Eilig durchquerte sie die offiziellen Gemächer, bevor sie die Stiege zum Turmzimmer Maria Stuarts erklomm. Die Räumlichkeiten, in denen Maria mit ihrem Ehemann Lord Darnley gelebt hatte, und das Zimmer, in dem dieser ihren Sekretär David Rizzio ermordet hatte, waren die für die Touristen interessantesten Räume. Jetzt war es bis zur Galerie nicht mehr weit. Hoffentlich waren sie hier einigermaßen sicher. Allerdings hatte auch Lord Darnley den armen Rizzio in aller Öffentlichkeit und vor den Augen Marias umgebracht. Sie schüttelte das Unbehagen ab und trat durch den Eingang in das Zimmer.

Von der anderen Seite kam ihr ein junger Mann entgegen. Miss Olive schrak zusammen. Die Ähnlichkeit zu Batiste war nicht zu leugnen. Das musste Nathan de Tremaine sein. Sie konnte fast ein wenig verstehen, weshalb Lucy sich zu ihm hingezogen fühlte. Auch sie war ein bisschen in Batiste verliebt gewesen, wie im Übrigen beinahe alle Studentinnen ihres Jahrgangs. Er war der attraktivste Professor am King's College gewesen, nur knapp über dreißig Jahre alt. Es gab nicht wenige Mütter, die es gern gesehen hätten, wenn er um die Hand einer ihrer Töchter angehalten hätte. Allerdings hatte er sich für keine Einzige von ihnen interessiert.

Der Mann trat auf sie zu.

»Miss Olive?«, fragte er höflich und neigte ein wenig den Kopf zur Begrüßung. Schwarze Augen blickten sie aufmerksam an, und zögernd reichte sie ihm die Hand.

»Mr Nathan de Tremaine, nehme ich an?«

»Der bin ich. Lucy wartet bereits in der Galerie auf uns. Wir waren schon etwas früher hier. Lucy geht es nicht besonders gut. Wir müssen uns beeilen. Sie muss zu einem Arzt.«

»Was ist passiert?«, fragte Miss Olive alarmiert.

»Einer der Hunde meines Großvaters hat sie ins Bein gebissen.«

Die alte Frau blieb stehen und fasste Nathan am Arm.

»Einer *dieser* Hunde?«, fragte sie eindringlich.

»Sie wissen darüber Bescheid?«, fragte Nathan erstaunt.

Miss Olive setzte ihren Weg fort. »Ich glaube, es gibt kaum etwas, das ich nicht über Ihren Großvater weiß«, sagte sie.

»Aber wieso …?«

Abschätzend sah Miss Olive ihn an. »Das ist eine längere Geschichte, und ich weiß nicht einmal, ob ich Ihnen trauen kann, junger Mann.«

»Lucy tut es«, stellte er fest.

»Lucy ist jung«, winkte Miss Olive ab. »Jung und leicht zu beeindrucken.«

»Glauben Sie, ich wäre mit ihr hier, wenn ich ihr Böses wollte?«

»Die Männer des Bundes haben schon zu vielen Mitteln gegriffen, damit die Frauen ihnen zu Willen waren. Warum es nicht auch einmal mit der Liebe versuchen?«

Nathan sah sie ernst an. »Lucy ist nicht in mich verliebt«, stellte er klar. »Sie braucht mich. Das ist alles.«

Miss Olive ging nicht weiter darauf ein. »Ich werde Lucy sagen, was ich weiß, und dann tut sie hoffentlich das Richtige. Wenn Sie ihr dabei helfen, Nathan, umso besser. Die Zeit des Bundes ist vorbei. Ich hoffe, Sie wissen, was das bedeutet.«

Lucy saß auf einem der Stühle, die vor dem Fernseher in der Galerie aufgereiht waren. Sie achtete nicht auf den Film, der den Besuchern etwas über den alljährlichen Besuch der Queen in dem Palast erzählen sollte. Sie blickte nur in die Richtung, aus der Nathan und Miss Olive den Saal betreten mussten. Die Wunde an ihrem Bein pulsierte unerträglich. Bestimmt war das kein gutes Zeichen. Ihr war schwindelig und schlecht.

Wo blieben die beiden nur? Ob Miss Olive es sich überlegt hatte und doch nicht kam? Es hatte ihr nicht gefallen, dass Lucy Nathan befreit hatte. Sie traute den de Tremaines nicht, andererseits kannte sie Nathan nicht einmal. Lucy starrte auf das Handy in ihrer Hand. Vor wenigen Minuten hatte sie endlich Antwort auf ihre Nachricht bekommen. Noch einmal las Lucy die Zeilen.

Wir sind froh, dass ihr entkommen seid. Hier ist alles glattgegangen, nur Colin hat etwas abgekriegt. Zwei von Batistes Schlägern haben ihn verprügelt. Aber keine Angst, es ist nichts, was nicht wieder verheilt. Wir kümmern uns um ihn. Mach dir keine Sorgen. Wir drücken euch ganz fest die Daumen – und wenn ihr uns braucht … Jules.

Sie hatten Colin zusammengeschlagen. Die Angst um ihn schnürte Lucy die Kehle zu. Die Nachricht hatte zwar ganz optimistisch geklungen, aber wie Lucy Jules kannte, wollte diese nicht, dass sie sich Sorgen um Colin machte. Sicherlich war es schlimmer, als sie es schilderte. Sie musste Jules nachher anrufen, gleich nach dem Treffen mit Miss Olive. Oder war es besser, sich nicht mehr bei den dreien zu melden? Dass Colin zusammengeschlagen worden war, sollte ihr eigentlich eine Lehre sein. Sie würde ihre Freunde zukünftig aus der Sache heraushalten. Sie hatte sie schon viel zu sehr in Gefahr gebracht.

Lucy sah in dem Moment auf, in dem Nathan mit Miss Olive um die Ecke bog.

Lächelnd stand sie auf und humpelte den beiden entgegen. Miss Olive musterte sie besorgt, als sie in der Mitte des Raumes aufeinandertrafen.

»Du musst damit zu einem Arzt, Lucy«, erklärte sie. »Mit einem normalen Biss ist schon nicht zu spaßen. Bisse von diesen Geschöpfen, die Batiste da geschaffen hat, sind sicherlich noch gefährlicher.« Miss Olive blickte sich um. Bis auf zwei andere Touristen und einen Museumsführer war niemand zu sehen. »Ich denke, es ist besser, wenn wir uns setzen«, sagte sie. »Ich habe dir viel zu erzählen.«

Sie wies auf zwei Stühle, die unter einem der großen Fenster standen. Miss Olive setzte sich und wandte sich Nathan zu. »Junger Mann, ich weiß, Lucy vertraut Ihnen, aber nehmen Sie es mir nicht übel, wenn ich nicht so leichtgläubig bin. Ich habe mit Ihrer Familie keine guten Erfahrungen gemacht. Ich würde mein Wissen gern mit Lucy teilen, denn sie ist die Hüterin. Was Lucy mit diesem Wissen macht, muss sie entscheiden, auch, wie viel sie davon an Sie weitergibt. Ich würde es also vorziehen, dieses Gespräch mit ihr unter vier Augen zu führen.«

Nathan lächelte Miss Olive höflich an. »Ich warte dort hinten«, sagte er zu Lucy. Dann sah er auf seine Uhr. »Der Palast schließt bald.«

Miss Olive nickte und wandte sich Lucy zu. »Ich hoffe, die Zeit reicht aus, um dir alles zu erzählen, was ich weiß.«

Nathan schlenderte die Galerie entlang. Der Raum war geschätzte einhundertfünfzig Fuß lang. In Ermangelung einer Alternative betrachtete er die Gesichter der schottischen Monarchen, deren Gemälde hier aufgehängt waren. Immer wieder warf er einen besorgten Blick zu Miss Olive und Lucy, die in ein angeregtes Gespräch vertieft waren. Die letzten Besucher hatten den Raum bereits verlassen. Der Aufseher wippte ungeduldig auf und ab. Bestimmt wartete er auf seinen Feierabend. Nathan sah wieder auf die Uhr. Noch fünfzehn Minuten. Er würde froh sein, wenn sie gehen konnten. Er war sich von Anfang an nicht sicher gewesen, ob dieser Ort für ein Treffen gut genug gewählt war. Einerseits war er öffentlich, was für ihn sprach. Andererseits war er schwer überschaubar. Aus zwei Türen konnte dieser Raum betreten werden. Nathan musterte Lucys Gesicht. Sie hatte Schmerzen. Miss Olive zog ein Büchlein aus ihrer Tasche und schlug es auf. Nathan stöhnte innerlich, als sie anfing, darin herumzublättern. Konnte sie Lucy das verdammte Buch nicht einfach geben? Etwas braute sich zusammen, das spürte er. Lucy war hier nicht sicher. Sie mussten fort. Er stellte sich an ein Fenster und sah in den Innenhof. Der Aufseher trat an ihn heran. »Wir schließen«, sagte er zu Nathan. »Sie müssten den Palast verlassen.«

Nathan wandte sich den Frauen zu und erstarrte im gleichen Augenblick. Durch die Tür am anderen Ende des Raumes trat Sirius. Mit vor Wut funkelnden Augen musterte er Lucy und Miss Olive.

Nathan begann zu rennen. Die Frauen hatten den Mann ebenfalls entdeckt und waren aufgesprungen. Hilfe suchend schaute Lucy Nathan entgegen. Während er auf sie zurannte, verfluchte er sich dafür, dass er sich so weit von ihnen entfernt hatte. Auch Sirius kam im Laufschritt näher, und die Distanz, die er zurückzulegen hatte, war viel geringer. Miss Olive griff nach Lucys Hand und versuchte, sie zur anderen Seite des Saales zu ziehen. Mit ihrem verletzten Bein war Lucy nur sehr langsam. Immer wieder sahen die Frauen sich nach ihrem Verfolger um. Nur noch wenige Schritte, dann hatte er sie erreicht.

Sirius griff in die Tasche seines Jacketts. Als Nathan erkannte, welchen Gegenstand er herauszog, riss er die Augen auf.

Der Hüne blieb stehen und zielte mit der Gelassenheit eines eiskalten Killers auf Lucy.

»Lucy«, schrie Nathan, und Miss Olive schob sich vor sie. Die Kugel verließ mit einem ohrenbetäubenden Knall den Lauf der Pistole. Der Aufseher begann zu kreischen, als die Frauen durch die Wucht des Geschosses zu Boden fielen und reglos liegen blieben. Es war nicht zu erkennen, welche der beiden getroffen war. Sirius schritt unbeirrt weiter.

Nathan blieb keine Zeit zum Nachdenken. Er zog die Pistole, die er seinem Großvater entwendet hatte, aus seinem Hosenbund und feuerte ebenfalls. Sirius blieb nur einen Meter von den Frauen entfernt stehen und blickte verwundert auf den roten Fleck, der sich auf seinem Hemd ausbreitete, dann krachte er auf den roten Teppich.

Nathan kniete neben den beiden Frauen. Lucy stöhnte, und Nathan half ihr unter der bewegungslosen Miss Olive hervor.

»Bist du verletzt?«, fragte er.

»Nein.« Sie bettete Miss Olives Kopf in ihren Schoß. Tränen tropften aus ihren Augen. »Ist sie tot?«

Nathan suchte am Hals der älteren Frau nach einem Funken Leben. Ganz leicht spürte er den Puls unter seinen Fingern.

»Rufen Sie einen Arzt«, befahl er dem Aufseher, der sich zitternd hinter einem Stuhl verborgen hatte.

»Wir müssen weg«, flüsterte er Lucy zu und griff nach ihrer Hand. »Die Ärzte kümmern sich um sie. Man darf uns hier nicht finden. Hörst du mich?«

Lucy schüttelte den Kopf. »Ich kann sie nicht verlassen. Sie hat sich für mich geopfert.«

»Sirius ist bestimmt nicht allein«, sagte Nathan eindringlich. »Sie würde nicht wollen, dass sie dich kriegen. Nicht, nachdem sie das getan hat.«

Miss Olives Augenlider flatterten.

»Miss Olive, hören Sie mich?«, schluchzte Lucy. »Es wird gleich ein Arzt da sein. Halten Sie durch!«

Nathan warf einen Blick auf den regungslosen Sirius. Es würde ihn nicht wundern, wenn der Koloss sich wieder aufrichtete. Die Kraft, die sein Großvater da entfesselt hatte, erschien ihm teuflisch.

»Du musst gehen, Kind«, flüsterte Miss Olive kaum vernehmbar. »Vergiss das Buch nicht, dort steht alles drin, was ich herausgefunden habe.« Erschöpft hielt sie inne.

Nathan suchte den Boden nach dem Buch ab. Miss Olive hatte es unter sich begraben. Langsam zog er es hervor.

»Komm«, sagte er sanft zu Lucy. »Es ist besser so.«

Lucy nickte und zog ihre Jacke aus. Behutsam bettete sie Miss Olives Kopf darauf.

»Passen Sie gut auf sie auf, Nathan«, wisperte diese. Dann röchelte sie, und ein dünner Streifen Blut bahnte sich seinen Weg ihren Mundwinkel entlang. Noch einmal schöpfte sie Atem. »Bringen Sie sie zu Ihrem Vater. Er wird wissen, was zu tun ist«, flüsterte sie so leise, dass Nathan Mühe hatte, sie zu verstehen.

Dann fiel ihr Kopf zur Seite.

Lucy konnte ihren Blick nicht von dem Gesicht abwenden, aus dem im selben Moment alles Leben entschwand.

»Ist sie … ist sie tot?«, fragte sie mit zitternder Stimme.

Nathan nickte stumm. Er stand auf und zog Lucy entschlossen hoch.

Als sie keine Anstalten machte, zu gehen, drückte er ihr das Notizbuch in die Hand und nahm sie auf den Arm.

»Wie kommt man schnellsten hier raus?«, herrschte er den Aufseher an, der langsam hinter seinem Stuhl hervorkam.

»Im übernächsten Raum gibt es einen Fluchtweg. Er führt in den Innenhof«, erwiderte er. Nathan steuerte zielstrebig auf die Tür zu.

»Aber Sie können doch jetzt nicht weggehen«, rief der Mann ihnen hinterher. »Wir müssen die Polizei rufen.«

Nathan ignorierte ihn und öffnete die Tür. Kalte Luft schlug ihnen entgegen. Kurz orientierte er sich, dann betrat er mit Lucy das Treppenhaus. Wenig später standen sie vor dem Schloss. Der dunkle Vorplatz dehnte sich vor ihnen aus.

Hinter ihnen erscholl ein Bellen. »Orion«, flüsterte Lucy.

Mit Lucy auf dem Arm rannte Nathan über den Hof zu dem Mini. Er schob Lucy auf den Beifahrersitz und versuchte mit fliegenden Händen, sie anzuschnallen.

»Das kann ich selbst«, schrie sie. »Bring uns hier weg.«

Nathan umrundete den Wagen. Ein schwarzer Schatten flog auf ihn zu. Er rutschte auf seinen Sitz und startete den Motor. Ein Aufprall erschütterte das kleine Auto, dann raste es davon.

Wie hatten die Männer sie finden können? Sie mussten etwas bei sich haben, wodurch sie geortet werden konnten, überlegte Nathan.

Sie verließen die Stadt und legten Kilometer um Kilometer zurück.

»Lucy?«, fragte er. Sie schwieg und sah weiter aus dem Fenster. »Lucy, hast du das Handy noch bei dir?«

Sie wischte sich die Tränen aus den Augen und wandte sich ihm zu. »Ja, aber er kann die Nummer nicht kennen.«

»Wir sollten es trotzdem loswerden«, sagte Nathan.

Lucy nickte. »Wenn du meinst.«

Nathan hielt an der nächsten Tankstelle. »Gib es mir«, forderte er Lucy auf.

»Was hast du vor?«

»Ich versuche, sie auf eine falsche Fährte zu locken.«

Sie reichte ihm das Telefon und beobachtete Nathan, der zu einem Transporter ging, der an der gegenüberliegenden Tanksäule stand. Er sah sich um und warf das Handy auf die Ladefläche. In der Tankstelle verwickelte er einen Kunden, der an der Theke stand, in ein Gespräch. Kurze Zeit später war er zurück und reichte ihr einen Becher Tee.

»Wir haben Glück«, sagte er. »Das Handy ist spätestens in zehn Minuten auf dem Weg nach Irland. Der Fahrer nimmt die Fähre in Stranraer. Ich hoffe, das reicht aus.«

Lucy wollte etwas fühlen, aber sie war wie betäubt. Sie konnte ihr Bein nicht mehr bewegen. Jede Berührung schmerzte. Lange hielt sie das nicht mehr aus.

»Es wird schlimmer, habe ich recht?« Nathan strich ihr eine schweißnasse Haarsträhne aus dem Gesicht.

Lucy nickte.

»Wir haben keine Wahl«, bestimmte er. »Versuche, ein bisschen zu schlafen. Du hast Fieber.«

Statt die Augen zu schließen, öffnete sie das Notizbuch und begann darin zu lesen. Sie durfte keine Zeit mehr verlieren. Miss Olive musste die Letzte sein, die Batiste de Tremaine zum Opfer gefallen war.

Ihr Kopf rutschte zur Seite, und alles Blut wich aus ihrem Gesicht.

NACHWORT UND DANKSAGUNG

Es ist gar nicht so einfach, ein Nachwort zu einem Buch zu verfassen, das man schon vor einiger Zeit geschrieben und das schon viele begeisterte Leser gefunden hat.

Trotzdem möchte ich es gern versuchen, denn ich bin überglücklich, dass *Bookless* endlich im Buchhandel angekommen ist. Das ist schließlich der Platz, an den ein Buch über Bücher gehört.

In meiner Geschichte geht es um das Vergessen. Genauer um das Vergessen von Worten in einer Welt, in der jeder Moment und jeder Augenblick immer flüchtiger wird. Es geht um das Vergessen von Dingen, die uns wichtiger sein sollten. Es geht um das Vergessen von Geschichten, Überlieferungen und Mythen. Um Worte, die uns einmal ausgemacht haben und die uns zu dem machen, was wir sind.

Ich hoffe, dass ich ein bisschen an diesem Vergessen rütteln konnte. Dass ein paar von euch wieder ein Buch in die Hand nehmen, das sie einmal geliebt und dann aus den Augen verloren haben. Ich kann mich noch genau an das Buch erinnern, das mich zum Lesen gebracht hat: *Die sieben unterirdischen Könige* von Alexander Wolkow. Ich war neun oder zehn Jahre alt. Meine Tante hatte es mir gegeben, und ich lag so lange in ihrem eiskalten Gästezimmer, unter einer dicken Daunendecke, bis ich es verschlungen hatte. Heute hat das Buch einen Ehrenplatz in meinen ansonsten sehr chaotischen Bücherregalen direkt neben den *Irrfahrten des*

Odysseus. Leider ist es nicht das Originalbuch, das ich damals gelesen habe. Aber das ist auch nicht ganz so wichtig. Ich habe es meinen Kindern vorgelesen, gemeinsam haben wir Ellis Abenteuer noch einmal erlebt, und damit habe ich die Geschichte vor dem Vergessen bewahrt. Genau wie *Die Brüder Löwenherz, Die Kinder aus der Krachmacherstraße, Huckleberry Finn* (okay, das war mein Mann) oder *Die unendliche Geschichte.*

Das ist jetzt der Moment, DANKE zu sagen, dafür, dass ihr euch auf meine Geschichte eingelassen habt. Danke an all jene, die mich während des Schreibens begleitet haben – allen voran natürlich meine Familie, die den Küchentisch ständig mit meinen Notizen teilen musste.

Danke, dass ihr lest.

LESEPROBE AUS

BOOKLESS

EWIGLICH UNVERGESSEN

BAND 3

Sie musste ihre Augen öffnen. Nur so konnte sie diesen ewigen Albträumen und den Gestalten, die sie bevölkerten, entkommen. Aber je mehr sie sich bemühte, umso mehr wehrten ihre Lider sich.

Neben ihr stand jemand. Sie konnte zwei Stimmen unterscheiden, doch sie begriff nicht, worüber sie sprachen. Ein Lachen erklang – kurz und bellend. Ihr lief ein Schauer über den Rücken. Dann das Schlagen einer Tür. Sie atmete auf.

»Wachen Sie auf, Lucy«, erklang unvermittelt eine Stimme neben ihrem Ohr, und sie zuckte zusammen.

Jemand tätschelte mit kalten Händen ihre Wangen. Es fühlte sich unangenehm an.

»Lucy, ich weiß, dass Sie das können. Jetzt kommen Sie schon. Sie haben lange genug geschlafen. Ihre Verletzung ist beinahe verheilt.«

Lucy? Sie drehte und wendete den Namen in ihrem Kopf, aber er klang nicht vertraut. Weshalb benutzte er ihn dann, und von welcher Verletzung sprach er? Ihr tat nichts weh.

Mühsam öffnete sie die Augen und blinzelte, weil alles um sie herum seltsam verschwommen war. »Ich wusste, dass ich Sie wach bekomme.«

Ein Schwall übel riechenden Atems traf sie, und angeekelt drehte sie den Kopf zur Seite.

»Wer ist Lucy?«, krächzte sie.

Der Mann ließ sie los. »Lucy – das ist Ihr Name, mein Kind. Wissen Sie das nicht mehr? Na, keine Sorge, in ein paar Tagen erinnern Sie sich wieder an alles. Sie hatten einen schweren Unfall. Beinahe hätten wir Sie verloren.«

»Wir?«

»Ja. Wir – Ihr Verlobter hat sich schreckliche Sorgen um Sie gemacht. Ich werde ihm mitteilen, dass Sie aufgewacht sind. Heute ist es schon spät, aber morgen sollten Sie aufstehen und sich ein wenig bewegen. Sie müssen erst wieder zu Kräften kommen.«

Der Mann, der offensichtlich Arzt war, verstaute seine Instrumente in einer braunen, altmodischen Tasche und verließ ohne weitere Erklärungen das Zimmer.

Verwirrt sah Lucy sich um, aber nichts in dem Raum kam ihr auch nur ein bisschen bekannt vor. Sie versuchte, sich zu erinnern, an etwas – irgendetwas –, doch da war nur ein schwarzes Loch.

Sie griff mit einer Hand nach ihrem Kopf und betastete ihn. Wenn sie einen Unfall gehabt hatte, durch den sie sämtliche Erinnerungen verloren hatte, musste sie Kopfverletzungen haben. Oder nicht?

Spüren konnte sie nichts – keinen Verband, nicht mal ein Pflaster.

»Lucy.« Sie sprach ihren eigenen Namen laut aus. Er schwebte wie ein Fremdwort durch den stillen Raum.

Erneut weckte sie ein Klopfen. Der nächste Tag musste bereits angebrochen sein, denn als sie die Augen aufschlug, flutete helles Licht durch die Fenster in den Raum.

Es klopfte noch einmal.

»Herein«, rief sie und zog sich gleichzeitig die Decke bis zur Nasenspitze.

Ein junges Mädchen in einem schwarzen Kleid trat ein und machte einen Knicks. Lucy, sie hatte beschlossen, den fremden Namen vorerst zu akzeptieren, glaubte, ihren Augen nicht zu trauen.

Heutzutage knickste doch kein Mensch mehr. Andererseits passte das Verhalten in diese Umgebung. Der Raum war überaus luxuriös eingerichtet, wie ihr schon gestern aufgefallen war. Die Wände waren nicht mit Tapeten aus Papier, sondern mit glänzenden hellgrünen Satinstoffen bespannt. Außer dem Bett standen zwei helle Kommoden, ein Frisiertisch und gemütliche Sessel in dem Zimmer. Der Boden war mit dicken Orientteppichen ausgelegt. Lucy versuchte, herauszufinden, ob das die Umgebung war, in der sie normalerweise lebte. Es gelang ihr nicht.

»Ich soll Ihnen ein Bad richten.« Die junge Frau, die mit ihren strubbeligen, blonden Haaren und den zahlreichen Sommersprossen ziemlich vertrauenserweckend aussah, trat an das Bett. »Der Doktor sagt, es ist Zeit, aufzustehen.«

»Wie lange liege ich schon hier?«

»Fast zwei Wochen. Sie waren sehr krank. Sir Beaufort ist überglücklich, dass Sie aufgewacht sind. Er hat sich große Sorgen gemacht.«

»Sir Beaufort? Wer ist das?«

Das Mädchen bekam große, runde Augen. »Aber Miss Lucy. Sir Beaufort ist Ihr Verlobter. Erinnern Sie sich nicht?«

Lucy schüttelte den Kopf. »Wenn der Arzt mir nicht gesagt hätte, dass ich Lucy heiße, wüsste ich nicht einmal das.«

Das Mädchen schlug sich die Hand vor den Mund. »Das ist entsetzlich. Kann der Doktor denn nicht helfen?«

»Keine Ahnung. Er hat nicht viel gesagt, außer dass es ein paar Tage dauern kann, bis meine Erinnerungen wiederkommen.« Das Sprechen fiel Lucy schwer, in ihrem Hals brannte es. »Könnte ich bitte ein Glas Wasser bekommen?«

»Aber sicher.« Das Mädchen machte sich an einem kleinen Tisch zu schaffen und reichte Lucy kurze Zeit später ein gefülltes Glas. »Ich lasse Ihnen Wasser in die Badewanne«, erklärte sie und öffnete eine schmale Tür.

Lucy hörte das Rauschen des Wassers, und ein blumiger Duft drang zu ihr ins Zimmer. Sie versuchte, sich aufzurichten, doch es wollte ihr nicht gelingen. Sie war zu schwach.

»Warten Sie. Ich helfe Ihnen, Miss Lucy. Sie dürfen das Bein noch nicht belasten.«

»Wieso?«

»Wegen der Verletzung. Sie hatten einen Reitunfall. Beinahe hätte man das Bein abnehmen müssen.«

»Reitunfall?« Lucy schlug die Decke beiseite und sog scharf die Luft ein. Über ihren Oberschenkel zog sich eine dunkelrote Narbe.

Sie sah zu dem Mädchen, das sie mitleidig anblickte. »Das wird schon wieder. Immerhin haben Sie das Bein noch. Die Narbe wird mit der Zeit verblassen.«

Lucy versuchte noch einmal, sich aufzurichten. Es gelang ihr nicht ohne Hilfe. Sie war kaum imstande, das verletzte Bein zu belasten, und humpelte langsam in das Badezimmer. Es war ein Traum aus Marmor und Glas.

Das Mädchen platzierte sie auf einem Stuhl und half ihr dabei, das seidene Nachthemd auszuziehen.

»Wie heißen Sie eigentlich?« Lucy versuchte, ihre Verlegenheit zu überspielen, weil eine Wildfremde sie nackt sah.

»Klara. Ich wohne im Dorf. Ich habe mich so gefreut, als ich vor einer Woche herkommen durfte. Sir Beaufort war sehr besorgt um Sie. Er hat mich extra für Sie eingestellt.«

»Wohne ich schon lange hier?«

Klara drehte das Wasser ab und zuckte mit den Schultern. »Das weiß ich nicht. Sir Beaufort lebt sehr zurückgezogen. Er kommt nur selten ins Dorf.«

Lucy nickte.

»So, ab mit Ihnen in die Wanne.« Klara half Lucy in das gusseiserne Ungetüm, das auf Löwenklauen mitten im Raum stand. Duftender Schaum umgab sie, und Lucy schloss für einen Moment erleichtert die Augen. Als sie sie wieder aufschlug, eröffnete sich vor ihr der Blick in einen Garten.

»Wunderschön, oder? Eine der Damen, die vor Ihnen hier die Herrin war, hat das Badezimmer so herrichten lassen, dass sie in den Park sehen konnte, wenn sie badete. Sie können sich wirklich glücklich schätzen«, erklärte Klara.

»Kann ich das?«

Klara sah sie verwundert an. »Aber sicher. Sie sind die zukünftige Lady Beaufort. Viele Frauen würden Sie darum beneiden.«

»Wie ist er denn so – mein Verlobter?« Das Wort kam Lucy nur schwer über die Lippen.

»Na ja.« Klara zerknüllte einen Waschlappen zwischen den Fingern. »Er ist etwas älter als Sie …, aber sehr freundlich«, beeilte sie sich dazuzusetzen.

Das wurde ja immer besser. Lucy wurde trotz des heißen Wassers kalt. »Kannst du mich einen Moment allein lassen?«

»Eigentlich darf ich das nicht. Wo Sie noch so schwach sind. Der Herr hat es verboten.« Unsicherheit flackerte in Klaras Augen auf.

»Du kannst dich im Schlafzimmer nützlich machen. Lüften

oder das Bett aufschütteln. Lass die Tür auf, ich laufe nicht weg.« Lucy lächelte Klara aufmunternd an.

»Das wohl kaum«, bestätigte diese und lächelte verlegen zurück. »Fünf Minuten.«

Sie konnte nicht glauben, was sie gerade erfahren hatte. Sie war verlobt mit einem älteren Mann? Konnte man so etwas tatsächlich vergessen? Sie hatte einen Reitunfall gehabt. Aber sie konnte sich nicht erinnern, jemals in ihrem Leben auf einem Pferd gesessen zu haben. Lucy sehnte sich zurück in ihr Bett. Weshalb hatte sie nicht einfach weitergeschlafen? Der Gedanke ließ sie zusammenschrecken.

Es gab doch etwas, an das sie sich erinnerte. Die Albträume. Angst kroch ihr den Nacken herauf. Etwas hatte sie verfolgt. Immer und immer wieder. Gruselige, graue Gestalten. Sie hatten etwas von ihr gewollt. Nur was? Es war ihr nicht gelungen, ihnen zu entkommen. Sie hatten sich regelrecht an ihrem Verstand festgesaugt. Was hatten diese Ungeheuer mit ihr angestellt? Waren sie schuld, dass sie sich vergessen hatte? Tränen stiegen ihr in die Augen, die sie wütend fortwischte. Sie musste einen klaren Kopf bewahren, sich ihrem Leben stellen. Offenbar gab es Menschen, die bereit waren, ihr zu helfen. Sie war nicht allein, und bestimmt würden die Erinnerungen über kurz oder lang zurückkommen. Sie musste nur daran glauben. Sie waren noch in ihrem Kopf – nur eben verschüttet.

»Klara, hilfst du mir heraus?«, rief sie.

Sekunden später wurde sie in ein riesiges, weiches Handtuch gehüllt.

»Ich habe ein paar Sachen bereitgelegt«, erklärte Klara. »In einer halben Stunde gibt es Essen. Und die Herren mögen es nicht, wenn man sie warten lässt.«

Na toll, dachte Lucy. Seiner verletzten Verlobten konnte man eine kleine Verspätung sicher zugestehen.

Mit Klaras Hilfe zog Lucy erst ihre Unterwäsche und dann eine schmale graue Hose und einen dunkelgrünen Kaschmirpullover an. Sie fühlte sich unwohl in der Kleidung. So etwas trug sie? Das waren auf keinen Fall die Klamotten einer … Wie alt war sie eigentlich? »Klara?«

»Ja?« Diese bemühte sich, ihr das widerspenstige rote Haar zu richten.

»Weißt du, wie alt ich bin?«

»Keine Ahnung. Ich bin neunzehn. Während Sie schliefen, dachte ich, dass Sie jünger sind als ich. Aber jetzt in den Sachen …«

Ihr Tonfall ließ keinen Zweifel daran, was sie über Lucys Garderobe dachte.

Lucy lachte auf, und Klara stimmte einen Moment später ein.

»Auch egal. Ich werde es herausfinden. So lange passe ich in den Klamotten offenbar besser zu meinem älteren Verlobten.«

»Zum Glück nehmen Sie es mit Humor.«

»Kannst du mir einen Gefallen tun und mich nicht laufend siezen?«

»Aber der Herr hat es so befohlen.«

Lucy verdrehte die Augen. »Aber ich werde dazu wohl eine eigene Meinung haben dürfen, oder?«

»Ich weiß es nicht«, bekannte Klara mit verblüffender Ehrlichkeit. »Wie gesagt – er ist sehr nett … solange man seinen Befehlen folgt.«

Was passierte, wenn man es nicht tat, ließ Klara unausgesprochen. Lucy zog die Augenbrauen hoch.

»Sie sind fertig«, verkündete das Mädchen im selben Augenblick. Sie hatte Lucys Haare zu einem strengen Zopf zusammengebunden und ein leichtes Make-up aufgetragen. Lucy sah in den Spiegel, und eine fremde Frau starrte sie an. Wie unter zwanzig sah sie so keinesfalls aus. Am liebsten hätte sie sich die Schminke aus dem Gesicht gewischt und das Zopfgummi aus den Haaren gerissen. Irgendetwas sagte ihr jedoch, dass Klara dann Ärger bekommen würde. Offenbar konnte sie sich an einige Dinge doch erinnern. Auch wenn es nur die Gewissheit war, dass sie die Dienstboten in diesem Haus möglichst nicht in Schwierigkeiten bringen sollte.

Vorsichtig stand sie auf. »Dann wollen wir mal.« Ihre Knie zitterten.

Klara fasste sie unter. »Es wird schon. Sie müssen keine Angst haben.«

»Das sagt sich so leicht.«

Langsam stiegen sie die Treppe hinunter, und mit jedem Schritt verstärkte sich eine ungewisse Panik in Lucy. Was erwartete sie da unten?

LESEPROBE AUS

Götterfunke

Liebe mich nicht

BAND 1 DER GROSSEN
GÖTTERFUNKE-TRILOGIE
VON MARAH WOOLF

Regeln des göttlichen Wettstreits

Folgende Regeln sind festgeschrieben und für alle Zeit unabänderlich.

Hiermit gewährt Zeus dem Prometheus alle einhundert Jahre die Gunst, durch einen Wettstreit seine Sterblichkeit zu erlangen.

Der Oberste der Götter bestimmt den Ort des Wettstreits.

Athene, die Göttin der Weisheit, wählt das Mädchen, um das Prometheus kämpfen muss, als wollte er sie wirklich für sich gewinnen.

Gibt sich dieses Mädchen Prometheus im Zeitraum von sechzig Tagen hin, so verliert er den Wettstreit und bleibt unsterblich.

Weist sie ihn jedoch ab, macht Zeus ihn zu einem gewöhnlichen Menschen.

Zeus gestattet dem Prometheus in jedem Jahrhundert drei Versuche.

Alle Beteiligten schwören, sich an die Regeln des Wettstreits zu halten, fair zu kämpfen und weder zu lügen noch zu betrügen.

Neugierig sah ich mich um, während wir zum Haupthaus gingen. Es herrschte rege Betriebsamkeit auf den Wegen zwischen den Lodges. Ständig mussten wir kleinen Wagen mit Campmitarbeitern und Grüppchen von Schülern ausweichen. Aus einem größeren Gebäude ertönten Geschrei und das Pingpong von Tischtennisbällen.

Diesen letzten Sommer mit meinen Freunden wollte ich richtig genießen. Wer wusste schon, wann wir wieder so viel gemeinsame Zeit miteinander verbringen würden? Nur noch ein Schuljahr, und die drei würden in die große, weite Welt ziehen, während ich angekettet an meine Familie zurückbliebe. Mein Vater hatte uns verlassen und ich konnte mich meiner Verantwortung für die beiden nicht auch noch entziehen. Immer noch versuchte ich, mir einzureden, dass es mir nichts ausmachte.

Mein Telefon klingelte, als wir außer Atem am Haupthaus ankamen.

»Es ist Phoebe«, sagte ich nach einem Blick auf das Display. »Geh ruhig schon rein.«

»Ich bestelle uns einen Drink.« Robyn verschwand durch die Schwingtür.

»Phoebe? Ist etwas passiert?«

Meine kleine Schwester lachte. »Nichts Schlimmes. Du sollst dir nicht immer so viele Sorgen machen.«

»Warum rufst du mich dann an? Wir haben verabredet, nur im Notfall zu telefonieren. Ich habe fast einen Herzinfarkt bekommen.«

»Das ist ein Notfall.«

Ich setzte mich auf einen abgesägten Baumstamm. »Na, dann bin ich ja mal gespannt.«

»Ich habe die Hauptrolle«, flüsterte Phoebe aufgeregt. »Im Sommertheater.«

»Nein!« Am liebsten hätte ich sie in meine Arme gerissen.

»Doch«, quietschte sie. »Ich werde die Odette tanzen. Ist das nicht der Wahnsinn? Ich muss jetzt Schluss machen. Ich will noch üben. Hab dich lieb.«

»Ich dich lieber.«

Einen Moment lang starrte ich auf das dunkle Display. Ich hatte sie nicht gefragt, wie es unserer Mutter ging. Das schlechte Gewissen regte sich umgehend. Ich verdrängte den Gedanken schnell wieder. Meine Schwester tanzte ihre erste Hauptrolle. Ich konnte es nicht fassen. In ihrem kleinen, mageren Körper steckte eine echte Kämpferin. Wenn sie sich etwas vornahm, zog sie es durch. Egal, wie sehr ihre Füße bluteten. Sie würde die tollste Odette aller Zeiten sein. Mit vor Stolz geschwellter Brust wollte ich Robyn folgen, als mich ein Schwall eiskalten Wassers traf. Wie erstarrt blieb ich stehen. Ein weißer Volvo war durch die einzige größere Pfütze gefahren, die sich in einer Mulde auf dem Weg gebildet hatte. Unbeeindruckt setzte der Fahrer seine Fahrt fort. Fassungslos sah ich dem Auto hinterher. Der Wagen stoppte vor der Anmeldung und blieb mitten auf dem Pfad stehen. Konnte der Idiot nicht wie jeder normale Mensch einparken? Musste er auch noch den Weg versperren? Das war ja noch schlimmer als Robyns Allüren. Der Fahrer stieg aus und sah sich um.

»Tickst du noch richtig?«, rief ich schon von Weitem. Mein Top klebte nass auf meiner Haut. Die Haare hingen mir ins Gesicht. Bestimmt sah ich aus wie eine Furie.

Der Junge, der das Auto gefahren hatte, drehte sich zu mir um.

Grüne Augen musterten mich aufmerksam. Das war unmöglich. Ich blieb stehen und starrte ihn an. Es waren dieselben Augen. Seine Augen. Die Augen aus meinem Traum, und nun wusste ich auch, wie der Rest von ihm aussah. Meine Annahme *unverschämt gut* war eindeutig untertrieben gewesen.

»Du?«, krächzte ich und biss mir sofort auf die Zunge. Er würde mich für übergeschnappt halten, wenn ich ihn fragte, was er in meinem Traum verloren gehabt hatte, und ich könnte es ihm nicht mal verübeln. Es klang wie die blödeste Anmache aller Zeiten.

Er legte den Kopf schief und einen Arm auf das Wagendach. Abwartend sah er mich an. Ich täuschte mich nicht. Diese Augen waren unverwechselbar. Er hatte jemanden überredet, meine Seele wieder mit meinem Körper zu vereinen. Gruselige Vorstellung, aber vor allem völlig blödsinnig, ermahnte ich mich. Ich musste mich zusammenreißen. Verzweifelt versuchte ich, meine Fassung zurückzugewinnen und nicht daran zu denken, wie meine Haut unter seiner Berührung gekribbelt hatte. Ich konnte einem Wildfremden nicht unterstellen, durch meine Träume zu spazieren.

»Du hast mich nass gespritzt«, erklärte ich stattdessen lahm. »Mit deiner Angeberkarre. Sieh dir an, was du angerichtet hast.«

Sein Blick wanderte über meinen Körper. Es fühlte sich an, als bliebe die Zeit stehen. So genau sollte er nun auch nicht hinsehen.

Ich holte tief Luft. Vielleicht sollte ich zukünftig einen BH unter meine Tops ziehen, obwohl es da leider nicht viel zu halten gab. Aber wer hätte schon ahnen können, dass das Stückchen Stoff an meiner Haut festkleben würde. Wütend verschränkte ich die Arme vor der Brust. »Normalerweise hält man an und entschuldigt sich.«

»Es tut mir leid. Hast du den Wagen nicht kommen sehen?«, fragte er mit warmer Stimme.

Es war dieselbe *Stimme.* Ein Irrtum war ausgeschlossen. Was hatte der Junge in meinem Traum eigentlich angehabt? Ich hatte nicht darauf geachtet. Ich hatte bis auf diese Augen und Hände nichts von ihm gesehen. Der hier trug ein dunkles Hemd, das locker über einer schwarzen Jeans hing. Es verhüllte seinen muskulösen Körper und den flachen Bauch nur mittelmäßig. Vor allem aber war es sauber und frei von Blutspuren oder Sabber. Der Typ hatte bestimmt nicht im Schlamm gekniet und eine blutige Leiche im Arm gehalten.

Dennoch hätte ich schwören können, dass es der gleiche Junge war. Wenn ich an ihm riechen könnte, hätte ich Gewissheit. Ich schüttelte den Kopf in der Hoffnung, dass meine wirren Gedanken herausfielen. An ihm riechen – so weit kam es noch! Das Dreckwasser musste meinen Verstand verflüssigt haben.

Ich räusperte mich. »Ich habe im Hinterkopf keine Augen!« Der Kerl war ein Blödmann. Ganz anders als der Junge aus meinem Traum. Seine Augen brachten mich trotzdem durcheinander und weckten in mir den hirnrissigen Wunsch, mich in seine Arme zu werfen und mich von ihm beschützen zu lassen. Pfff! Als ob irgendein Kerl mich beschützen müsste. Schnell fixierte ich stattdessen den obersten Knopf seines Hemdes. Das war allerdings auch nicht viel besser, da ich so einen direkten Blick auf die Kuhle an seinem Hals hatte, der in eine glatte Brust überging.

»Beim nächsten Mal solltest du nicht mitten auf der Straße telefonieren«, erklärte er. »Es könnte sonst noch viel Schlimmeres passieren. Du könntest sterben.«

Ungläubig öffnete ich den Mund. Hatte er gerade vom Sterben geredet? Das musste ein Zufall sein. ER WAR ES NICHT! Ich stemmte die Arme in die Hüften. »Bin ich jetzt etwa selbst schuld?«

»Das habe nicht ich, sondern du gesagt. Ich bitte dich nur, zukünftig vorsichtiger zu sein.« Er zog etwas aus dem Auto, kam zu mir und legte mir eine Jacke um die Schultern. »Du solltest dich umziehen, sonst erkältest du dich noch.«

Da war sie – die Gewissheit. Die Jacke roch wie der Junge aus dem Traum. Als ich vor Überraschung schwankte, legte er seine Hände auf meine Oberarme, um mich festzuhalten. Ein Irrtum war ausgeschlossen. Träumte ich vielleicht immer noch? Ich sah zu ihm auf. Sein ebenmäßiges Gesicht war direkt über meinem. Kleine Grübchen saßen in seinen Wangen. Er beugte sich zu mir und sein Atem traf meine Lippen.

»Ich kenne dich«, flüsterte ich, dabei wollte ich am liebsten schreien. Bestimmt verlor ich gerade den Verstand.

Er ließ mich los, als hätte er sich verbrannt. Dann schüttelte er den Kopf, aber ich sah Unsicherheit in seinem Blick aufflackern. Ohne ein weiteres Wort wandte er sich ab und lief die Treppe zur Rezeption hinauf.

Ich konnte ihm nur mit offenem Mund hinterherstarren.

»Er hat dich wirklich nicht gesehen«, sagte eine Frauenstimme und klang dabei ziemlich belustigt. Mein Mund klappte zu. Zwei weitere Personen standen neben dem Auto und hatten unserem Schlagabtausch wortlos gelauscht. Wo kamen die beiden her? Ich hatte offensichtlich nur Augen für den anderen Jungen gehabt. Meine Wangen glühten.

»Er war nur etwas abgelenkt.« Das Mädchen sah mich an. Ob sie seine Freundin war? Die Glückliche!

»Es war seine erste Autofahrt«, versicherte mir der schwarzhaarige Junge, der neben ihr stand und seine Arme auf dem Autodach verschränkt hatte. Er zwinkerte mir zu. »Ich hätte es besser hingekriegt, aber keiner der beiden wollte mir dieses stinkende Ding aus Metall anvertrauen. Dabei lenkt niemand einen Wagen besser als ich.«

Mein Blick glitt zwischen den beiden hin und her. »Äh, ja, ich geh dann mal.« Ich griff in mein feuchtes Haar. »Man sieht sich.«

»Worauf du dich verlassen kannst«, antwortete der Junge. Ich wandte mich ab, zog die Jacke enger um mich und stutzte. Zwei Jungs und ein Mädchen. Genau wie in meinem Traum. Konnte das Zufall sein?

GötterFunke. Liebe mich nicht

Erschienen im Dressler Verlag

464 Seiten

Gebunden und mit veredeltem Schutzumschlag

Einband von Frauke Schneider

18,99 € [D] 19,60 € [A]

ISBN: 978-3-7915-0029-4

Viel Freude beim Abtauchen in Marah Woolfs göttliche Welten!